동경하는 작가는 인간이 아니었습니다

사와무라 미카게 지음
김미림 옮김

arte POP

차례

제1장 자시키와라시 유괴 사건

—— 동경하는 작가는
인간이 아니었습니다

한 번도 대화해본 적 없는 사람에게 전화를 걸 때는 엄청 긴장하고 만다. 세나 아사히는 이 버릇이 사회에 나와서도 고쳐지지 않았다.

아사히는 원래부터 낯을 약간 가린다. 전화할 때는 상대방의 얼굴이 보이지 않아서 더 심해지는 것일지도 모른다. '신세가 많습니다'라는 한마디도 제대로 못하고 말을 더듬고 목소리가 뒤집힌다. 전화기를 든 손이 떨리고 이상하게 땀이 난다.

게다가 그 사람이 전부터 쭉 동경하던 사람이라면 말할 것도 없다.

"시…… 시, 신세가 많습니다. 기, 기오사 세나입……!"

혀가 꼬였다. 어마무지하게 꼬였다.

"시, 실례했습니다! 기오사 출판사의 세나라고 합니다. 신세가 많습니다!"

머리에서 불이 뿜어져 나올 것 같은 기분으로 스마트폰을 쥐고 서둘러 고쳐 말했다. 반쯤 뒤집어진 목소리가 부끄러웠다. 차라리 지금 깊디깊은 구멍을 파서 자기 자신을 묻어버리고 싶다. 하지만 안타깝게도 여긴 지유가오카역 앞이다. 여기다 구멍을 팔 수 있을 리 없다. 덧붙이자면 시간은 오후 7시 50분이다. 집으로 가는 듯한 학생과 회사원이 기이한 시선으로 이쪽을 바라보고 있었다.

"힘내자고, 세나."

아사히 옆에서 오하시가 필사적으로 웃음을 참으며 말했다. 오하시는 아사히가 긴장했다는 것을 알고 일부러 '그래, 모처럼 세나네가 직접 전화해봐'라며 부추겼다. 상사라는 인간이. 지금 당장 머리나 벗겨져버려라. 아사히는 마음속으로 오하시에게 저주를 걸었다. 아니면 걷다가 바나나 껍질 밟고 넘어져라.

아니지, 지금은 어쨌든 통화를 해야 한다. 마음속에서 손으로 쥐고 있던 대못과 짚으로 만든 저주인형을 내던지고 아사히는 다시 전화기에 집중했다. 당장이라도 꺾이려는 기분을 필사적으로 다잡으면서.

"저, 이미 오하시 편집장님께 들으셨겠지만, 이번에 미사키 선생님의 담당으로……."

[미안하지만 48분만 기다려주세요.]

전화기 반대편에서 대답이 돌아왔다.

아사히가 당황하고 있는데 상대는 완전히 침묵했다. 어라? 화면을 들여다보니 이미 시커멓다. 상대가 전화를 끊은 것이다.

"왜? 미사키 선생이 뭐라고 해?"

오하시가 히죽히죽 웃으며 물었다. 아사히는 망연자실한 표정으로 오하시를 돌아보며 말했다.

"48분만 기다려달라는데요……."

"아, 그래? 그럼 가볍게 저녁이라도 먹을까."

오하시는 동요하는 모습도 없이 사람들로 붐비는 역 앞을 서둘러 걷기 시작했다. 아사히는 서둘러 그 뒤를 따라갔다.

"자주 이러시나요? 아니, 그보다 48분이라니, 그런 애매한 시간이……."

"자자, 이런 걸로 당황하면 그 사람 담당 못 해."

오하시는 그렇게 말했다. 아사히는 가벼운 현기증을 느꼈다.

왜일까. 동경하는 사람을 만나러 가는데 지금 당장 돌아가고 싶다.

애초 발단은 어제 있었던 일이었다. 그때 아사히는 엄청 풀이 죽어 있었다. 자신이 담당하던 작가가 담당자를 바꿔달라고 요청했던 것이다.

아사히는 소설 편집을 담당하고 있다. 대학을 졸업한 뒤 기오사 출판사에 입사해 처음 배속된 곳이 지금 있는 문예부문 편집부였다. 근속년수는 아직 2년밖에 안 됐지만, 작가한테서 담당자를 바꿔달라는 말을 들은 건 이번이 처음이었다.

요청을 한 작가는 후지이 하나에였다. 지금까지 수도 없이 많은 인기 시리즈를 출간한 대작가다. 반년 전 아사히가 담당하기 시작했던 초기부터 '어머, 편집자님이 너무 젊어 보이네. 괜찮겠어? 일 잘할 수 있겠어?'라며 못 미더워했었다.

그래도 업무적으로 큰 실수를 한 적은 없다. 하지만 왠지 모르게 후지이 하나에의 기분은 날이 갈수록 나빠져만 갔다. 결국 이날 회의하는 자리에서 그 말을 듣고야 만 것이다. "당신, 정말로 지루한 사람이네. 당신이랑 이야기해봤자 아무런 영감도 안 떠오르니까 다른 사람으로 바꿔줘."라고.

"지루하다니, 그런 이유로……. 후지이 선생님을 즐겁게 할 만한 이야기는 못했는지도 모르지만, 그럼 대체 제가 어떻게 해야 했던 걸까요."

편집부에 돌아와 선배에게 후지이 하나에의 요청을 보고한 뒤 아사히는 머리를 감쌌다.

"아사히 짱, 그렇게 신경 쓸 거 없다니까. 후지이 선생님이 지금은 이동한 그전 담당자를 워낙 마음에 들어 했던지라 괜히 비교 대상이 된 거야."

옆자리의 다카야마 후미카가 말했다. 아사히가 소속됐을 때부터 이런저런 도움을 준 선배였다.

"분명 후지이 선생님은 가부키를 좋아했지? 아사히 짱은 가부키에 대해 잘 모르잖아."

"네……. 후지이 선생님의 담당이 되고부터 조금 공부하기는 했는데……."

무엇보다 후지이 하나에와의 회의 중 80퍼센트는 취미인 가부키에 관한 이야기였다. 그 배우가, 그 연출이, 하고 열변을 토하는 후지이 하나에에게 벼락치기로 외운 지식으로 무리하게 맞춘 것이 오히려 거슬렸는지도 모른다.

하지만 그렇다고는 해도 대놓고 '지루하다'는 말을 들으니 정말 충격적이었다. 자신이 평범하다는 사실은 자각하고 있었기 때문에 더욱 그랬다. 전에 사귀었던 남자에게 '넌 너무 평범해서 지루해'라는 이유로 차였던 일이 떠올라서 아사히는 머리카락을 쥐고 싶어졌다. 나는 두 사람에게나 지적당할 만큼 지루한 인간인 걸까, 라고 생각했다.

"……이 일이 제 적성에 안 맞는 걸까요."

어깨를 푹 떨구며 중얼거리는 아사히에게 다카야마는 시원시원한 말투로 말했다.

"그러니까, 이번에는 작가랑 궁합이 나빴던 것뿐이야. 어느 정도는 어쩔 수 없는 일이니까 그렇게 신경 쓰지 않아도 돼. 자, 기분 풀고 다른 일을 하자."

"네……."

다카야마의 말에 아사히는 책상 앞에 고쳐 앉았다. 담당 작가는 후지이 하나에 한 명만 있는 게 아니다. 아사히가 맡고 있는 일은 책상 위에 쌓여 물리적인 질량을 드러내고 있었다. 무엇보다 편집 일은 교정지며 색상 견본이며 작가에게 보낼 자료 등으로 많은 종이와 함께할 수밖에 없는 것이 숙명이다.

"아, 맞다, 아사히 쨩, 들어봐. 내가 말이야."

"네, 뭘요?"

"어제 유령 봤어."

"네?"

다카야마의 말에 아사히는 손에 들고 있던 교정지를 떨어뜨릴 뻔했다. 뭐지, 그 비범한 체험은? 혹시 후지이 하나에가 바라는 재미는 이런 걸까.

하지만 다카야마는 아무렇지 않게 메일을 확인하며 태연하게 말을 이었다.

"아사히 쨩도 알고 있어? 우리 회사, 유령 나오는 걸로 유명한데."

"전 몰라요……. 아, 잠깐만요. 설마 사무실 안에서 봤다는 거예요?"

"응, 어젯밤에 나 엄청 늦게까지 회사에 있었거든. 근데 어느새 책상 옆에 어린아이가 서 있는 거야. 단발머리에 크림색 블라우스, 빨간 스커트를 입고. 그냥 보기엔 평범한데 뭔가 이상하잖아? 그런 어린애가 그렇게 늦은 시간에 편집부에 있을 리가 없으니까."

"그렇죠……. 그래서 어떻게 하셨어요, 다카야마 씨?"

"안 보이는 척 그냥 계속 일했어."

"네?"

"아니, 유령 봤을 때 '나 그쪽이 보여요'라는 걸 유령한테 들키지 않는 쪽이 좋다고들 하잖아? 들키면 잡혀간다고. 그래서 무시해버렸어."

뭐 이렇게 대범한 사람이 다 있지. 아사히는 흉내조차 낼 자신이 없었다.

"근데 그랬더니 조금 있다가 목소리가 들리는 거야."

"엥, 설마 저주의 말이라든가?"

"아니, 그게, '밤새면 피부에 안 좋아'라나."

"……네?"

"진짜야. 거짓말 아니고. 그런 상황이 되니까 아무리 나라도 돌아보게 되더라. 뭐, 돌아봤을 때는 이미 사라진 뒤였지만……. 그 자리에 이런 게 있었어."

그렇게 말하며 다카야마가 책상 서랍에서 꺼낸 것은 마스크팩이었다. 얼굴 전체에 딱 맞게 붙이는 타입으로 요즘 유행하는 동물 무늬 팩이다.

"써도 될지 좀 고민돼……. 아니, 그보다 유령까지 내 피부를 걱정하다니 너무 충격이야."

"……다카야마 씨, 농담이죠? 이 얘기."

"아니야, 맹세하는데 진짜야. 맹세코 유령이 준 물건이야."

그 얘기를 듣고 아사히와 다카야마의 맞은편에 앉아 있는, 같은 편집부의 후루야 신지가 말을 걸었다.

"저기, 어쩌면 나도 그 애 본 적 있는 것 같은데."

"네? 후루야 씨도요? 설마 후루야 씨도 마스크팩 받았어요?"

"아니, 난 '밤에 라면만 먹으면 몸에 안 좋아'라며 혼났어."

곰돌이 푸와 체형이 꼭 닮은 후루야는 빵빵한 배를 쓰다듬으며 말했다.

아사히는 다카야마와 얼굴을 맞댔다.

"……어쩐지 회사 사람들 건강을 엄청 걱정하는 것 같네요, 그 아이."

"그러게. 아사히 짱도 조만간 만나는 거 아니야? 우리 회사에서 본 사람 많아."

"아, 그럼 편집장님도 본 적 있어요?"

"있지, 그럼."

"으어어어!"

머리 바로 뒤에서 갑자기 날아든 목소리에 아사히는 의자에서 튀어 오를 뻔했다.

돌아보니 지저분한 수염에 삐쩍 마른 모습의 남자가 아사히를 내려다보고 있었다. 회의인가 뭔가로 사라졌던 오하시 노부히로 편집장이었다.

"오, 세나, 리액션 좋은데? 일부러 기척 없이 다가온 보람이 있어.”

“그렇게까지 부하 직원 뒤에 몰래 숨어들 필요가 있냐고요!”

“부하 직원들이 즐겁게 얘기하고 있으니까 방해하지 않으려고 배려한 거야.”

‘어때? 상냥하지?’라고 말하려는 듯이 오하시가 가슴을 쭉 폈다.

아사히는 직전에 나눈 대화를 떠올리고 오하시에게 물었다.

“역시 편집장님도 보신 적 있는 거예요? 소문이 자자한 그 여자 애요.”

“물론. 그 아이를 못 보면 우리 회사의 어엿한 직원이라고 할 수 없지.”

“……죄송합니다. 어엿한 직원이 못 돼서.”

이사히는 자기도 모르게 어깨를 움츠렸다.

하지만 그런 아사히에게 오하시는 툭 던지듯 말했다.

“무슨 소리야. 세나 너도 만난 적 있잖아.”

“네?”

놀란 아사히에게 오하시는 체셔고양이처럼 빙긋 미소를 지어 보였다.

“그건 그렇고, 지금 잠깐 시간 괜찮아?”

오하시가 아사히를 데리고 간 곳은 한 층 아래에 있는 회의실이었다. 아사히는 살짝 긴장한 채 의자에 앉았다.

간단한 회의라면 편집부 안의 열린 공간에 있는 의자와 테이블에서도 충분히 할 수 있다. 그곳을 쓰지 않고 일부러 다른 층으로 오다니 얼마나 비밀스러운 이야기인 걸까.

비밀스러운 이야기……. 짐작이 가는 일이 떠오르자 아사히의 얼굴에 핏기가 가셨다.

"저, 저기, 후지이 선생님 일 때문이라면 정말로 죄송합니다!"

기세 좋게 머리를 숙인 아사히에게 오하시는 별일 아니라는 듯 손을 저었다.

"아, 그거, 후지이 선생이 아까 나한테 메일 보냈어."

"죄송합니다. 제가 부족해서 폐를 끼쳤습니다!"

"응, 어쨌든 후지이 선생은 담당을 변경하기로 했어. 그 선생 상대로 세나는 좀 무리였지."

"죄송합니다……."

아사히는 숙인 머리를 들지 못한 채 더욱 작아졌다.

오하시의 말투는 결코 험악하지 않았지만 '세나는 무리였다'라는 말을 들으니 괴로웠다. 자신의 미숙함을 들킨 것만 같아 눈물이 나오려고 했다.

"뭐, 이번 건은 내 인선 실수도 있었다고 생각해. 너무 작가 쪽의 요구만 들어줄 수는 없지만 앞으로도 후지이 선생의 담당을 계속하는 건 세나에게도 좀 괴롭겠지. 물론 세나 쪽에서도 이번 일은 교훈으로 삼았으면 해."

"네……."

"후지이 선생 인수인계 건은 나중에 이야기하자. 오늘은 그 건이 아니라 다른 얘기를 하고 싶어서 말이야. 사실 세나가 꼭 담당해줬으면 하는 작가가 있어."

갑자기 화제가 바뀌자 아사히는 놀란 얼굴로 고개를 들었다.

"네? 저한테요……? 음, 신인 작가인가요?"

"아니, 전부터 쭉 써오던 사람이야."

"누구예요?"

"미사키 젠."

"……네?"

"미사키 젠 선생의 담당을 부탁하고 싶어."

오하시가 말했다.

아사히는 자기도 모르게 숨을 멈췄다.

미사키 젠.

아주 특별한 작가의 이름이었다.

기오사 출판사에게도, 아사히 자신에게도.

미사키 젠은 사람들 사이에서 환상연애소설 작가라고 불리고 있다. 아름다운 배경 묘사와 치밀한 심리 표현, 그리고 어딘가 판타스틱한 요소를 담은 소설이 특기인 작가다. 꽤 인기가 있는 작가인데 무엇 때문인지 기오사 외의 출판사와는 일하지 않고 인터뷰도 하지 않는다.

그뿐 아니라 미사키 젠은 경력, 얼굴, 성별, 나이 등 알려져 있는 게 전혀 없었다. 그래서 수수께끼의 작가라 불리며 유명 작가 아무개가 가명으로 집필하고 있다는 소문이 여러 번 나돌았을 정도였다. 실제로 직접 담당하는 오하시 외에는 편집부 사람들조차 미사키 젠의 얼굴을 본 적이 없었다.

누구도 미사키 젠이 어떤 사람인지 모른다.

하지만 다들 미사키 젠이 만들어내는 아름다운 판타지에 매료된다.

아사히도 그중 한 사람이었다.

미사키 젠의 작품을 처음 읽은 건 고등학교 때고, 『론도』라는 작품이었다. 지금까지도 확실히 기억하고 있다. 시간을 초월하며 사랑하는 사람을 찾아 헤매는 이야기였다.

이야기는 18세기 빈에서 시작한다. 시인인 남자와 오페라 가수인 여자가 등장한다. 두 사람은 운명적으로 만나서 사랑에 빠지지만 여자는 후원자인 귀족과 결혼하여 외국으로 떠나기로 이미 정해져 있었다. 함께할 수 없게 된 두 사람은 그래도 언젠가 다시 만나기로 약속한다.

'언젠가 꿈 같은 재회를 합시다. 아무리 긴 시간이 지나든, 얼마나 서로의 모습이 바뀌어 있든 분명 나는 당신을, 당신은 나를 알아볼 수 있겠지.'

하지만 두 사람은 그 뒤로 만나지 못했다. 그 생애에서는.

그리고 시간이 흘렀다. 두 사람은 다른 사람으로 환생했다. 물론 둘은 전생을 전혀 기억하지 못했다.

하지만 두 사람은 문득 예전에 무척 중요한 약속을 했다는 사실을 떠올린다. 그러나 잘되지는 않는다. 다시 태어난 그들 앞에는 당연하게도 또 다른 인생이 펼쳐져 있다. 상대방을 생각해냈을 때는 이미 다른 사람과 결혼해서 가정을 이루고 있다든가, 우연히 교회를 지나치다가 진행되는 장례식을 보고 상대방의 죽음을 알게 되는 일도 있었다.

그래도 두 사람은 계속해서 다시 태어났다. 언젠가 만날 수 있도록, 사랑할 수 있도록. 실낱같은 단서를 모아서 상대가 다른 나라에 있다는 사실을 알게 되면 쫓아가서 끊임없이 찾아다닌다. 오스트리아에서 미국으로, 그리고 일본으로. 마치 같은 선율을 반복해 쫓아가는 론도(주제가 같은 상태로 되풀이되는 동안 다른 가락이 삽입되는 기악곡)처럼, 몇 번이고 다른 생을 살면서 그들은 상대방을 찾았다.

하지만 두 사람이 동시대에 산다는 법은 없고 같은 시각에 죽지도 않는다. 그런 소설 같은 일이 일어날 리가 없다.

즉, 두 사람의 시간대는 이윽고 치명적일 만큼 엇갈리고 말았다.

찾고 있는 상대방은 같은 국가는커녕 같은 시간을 살지도 않는다. 남자가 새로운 인생을 반쯤 살고 있는 동안 여자는 아직 태어나지도 않았다는 식이다. 그래도 두 사람의 마음에는 예전의 약속이 꺼지지 않는 불꽃처럼 줄곧 타고 있었다. 만나지 못하는 연인을 위해 편지를 남기고, 불렀던 노래의 악보를 남긴다. 다시 시인으로 태어난 남자는 여자를 위해서 시를 짓고 여자는 그 시를 읽으며 어쩔 도리 없이 끓어오르는 그리움에 눈물을 흘린다.

이야기의 끝에서 두 사람은 겨우 만난다.

그리고 함께 긴 밤을 지새우고 아침이 찾아오는 순간을 맞이한다.

남자는 이미 숨이 끊어지기 직전의 노인이고 여자는 아직 어린 소녀지만, 그럼에도 불구하고 두 사람은 다시 만난 기쁨에 가슴 떨려 하고, 곧 찾아올 이별을 슬퍼하며, 지금 이 시간이 영원히 끝나지 않기를 바라면서 지금까지 봤던 것 중 가장 아름다운 일출을 계속해서 바라본다.

당시 아사히는 그 책을 읽으며 몇 번이나 울었다. 몇 번이고 다시 읽으면서 단어의 아름다움을 곱씹고 책에 담긴 슬픔을 가슴으로 끌어안고 정말 좋아하는 장면을 떠올리면서 빠져들었다. 사람들에게 이 책이 얼마나 훌륭한지 알리고 다니고 싶었다.

그런 아사히의 모습을 보고 친구는 '꼭 사랑에 빠진 것 같다'라고 말했다.

정말이지, 사랑과 무척 닮았을지도 모른다.

그 책을 생각하는 것만으로 가슴 깊은 곳에서부터 무언가가 흘러넘치는 느낌이 들었다. 슬퍼서 눈물이 나오려 하면서도 동시에 마음이 따뜻해졌다. 원래부터 책 읽는 걸 좋아했지만 그런 감정은 처음이었다.

책과 사랑에 빠질 수 있다면 ― 그 책이 아사히의 첫사랑이었다.

그때부터 미사키 젠의 신간이 나올 때마다 아사히는 서점으로 달려갔다. 읽을 때마다 몇 번이고 사랑에 빠졌다. 그리고 결국에는 미사키 젠의 책을 내는 기오사 출판사에 취직하게 됐다.

하지만 기오사에 입사하고도 미사키 젠의 얼굴도 모른 채로 2년이 흘렀다. 그랬는데, 갑자기 미사키 젠의 담당 편집자가 되라니.

어쩌지. 담당이 된다는 건 좀 다르지 않을까.

만날 수 있다는 것이다. 미사키 젠을. 줄곧 동경하던 그 작가를.

"세나? 세나, 어이, 세나, 괜찮아? 들려? 숨은 쉬고 있는 거야?"

"……아, 죽는 줄 알았어요……."

오하시의 목소리에 정신이 들었다. 참았던 숨을 뱉는 것과 동시에 절정과 혼란이 안개처럼 흩어졌다.

그 순간 떠오른 건 '내가 해도 괜찮을까'라는 생각이었다. 무엇보다 아사히는 오늘 작가에게 담당을 바꿔달라는 말을 들었다.

"왜 저예요? 미사키 선생님은 줄곧 편집장님이 담당하셨잖아요."

"그게, 이제 슬슬 다른 사람한테 넘겨야겠다는 생각을 하고 있었어. 요즘 아무래도 이래저래 손이 모자라서."

어깨를 으쓱하며 오하시가 말했다.

하지만 그것만으로는 왜 아사히가 담당으로 지정된 건지 알 수 없었다.

"저는 아직 경험도 부족한걸요……. 저기, 예전부터 미사키 선생님의 열혈 팬이었는데, 그 작가를 너무 좋아하는 사람이 담당 편집자가 되는 건 별로 좋지 않겠죠?"

담당 편집자는 작가가 쓴 작품의 가장 첫 번째 독자이자 비평가이다. 필요에 따라 작품에 한마디해야 할 수도 있다. 미사키 젠 정도의 작가라면 그럴 필요까진 없을지도 모르겠지만, 그래도 역시 지나치게 좋아하는 사람이 담당을 맡는다는 게 좋은 일인가 싶다.

하지만 오하시는 이렇게 말했다.

"분명 그렇지만, 그 부분은 상황을 지켜보다가 나도 도울 거야. 뭐, 그 선생은 원고 완성도에는 늘 문제가 없었으니까 괜찮을 거고. 그래도 원고 재촉은 필요하고, 몇 가지 주의사항도 있어. 사실 그쪽이 더 걱정이지만……. 어쨌든 의논해봤는데 세나가 제일 적임자라는 결론이 났어."

"의논요? 미사키 젠 선생님이랑 의논하셨어요?"

"아니, 그건 아니야."

그럼 대체 누구와 의논했다는 걸까. 그런 생각을 하는 아사히의 눈앞에서 오하시는 또 체셔고양이처럼 웃었다.

"내일 당장 미사키 젠 선생 댁에 가서 담당을 바꾼다고 인사하려고. 저녁 8시쯤인데 괜찮아?"

"네, 괜찮아요."

"그럼 지금부터 주의사항을 말해줄게. 우선 미사키 선생 개인정보에 대해서는 다른 누구에게도 말하지 말 것. 편집부 사람들한테도 안 돼. 이건 알겠지?"

"네, 작가의 개인정보를 지키는 건 당연하니까요."

"그리고 지금부터 말하는 세 가지는 좀 내용 면에서 특수할지도 모르겠지만 어쨌든 지켜줬으면 해."

"네."

등을 곧게 펴고 신묘하게 고개를 끄덕이는 아사히에게 오하시는 세 가지 주의사항을 말했다.

"우선 첫째, '낮엔 절대 연락해선 안 되고 찾아가지도 말 것'."

"알겠습니다. 미사키 선생님은 낮에는 다른 일을 하고 계신가요? 아니면 완전 야행성이신가요? 뭐, 어느 쪽이든 그런 작가야 많죠."

"응, 뭐, 그런 셈이야. 다음 두 번째. '미사키 젠을 만날 때는 은제품을 몸에 걸치지 말 것'. 이건 괜찮지? 세나는 액세서리를 별로 두르지 않으니까."

"아, 네, 괜찮기는 한데……. 미사키 선생님 알레르기 있어요?"

"응, 뭐, 비슷해. 그리고 세 번째. 이건 정말 주의해야 해."

"네."

"'경찰을 조심할 것'."

"……네?"

아사히는 눈을 깜빡이며 오하시를 바라봤다.

오하시는 자못 곤란하다는 듯이 눈썹을 찡그리며 말했다.

"아니, 뭣보다 말이야, 경찰이 자주 들락거리는 탓에 원고가 진행이 안 된다니까."

"자, 잠시만요. 왜 경찰이 자주 들락거려요?"

"오는 걸 어떡해. 내가 막을 수 있는 일도 아니고."

"아무리 그래도 왜……."

"뭐, 그쪽도 자기 일이야."

"……."

동경하는 작가의 담당이 되는 건데, 왠지 불안하다.

혹시 행실에 문제가 있는 사람이라 경찰이 자주 찾아오는 것은 아닐까?

아사히의 불안을 더욱 부채질한 건 편집부에 돌아온 뒤 본 다카야마와 직원들의 반응이었다.

선배 편집자를 제치고 자신이 미사키 젠의 담당이 됐다는 사실 때문에 아사히는 나름대로 부담스러웠는데, 의외로 다카야마와 후루야는 이야기를 듣자마자 동정의 눈빛을 보내왔다.

"와, 그래? 큰일이네."

"그, 그렇게 문제 있는 작가예요?"

아사히가 묻자 다카야마도 후루야도 고개를 저었다.

"나도 잘 모르겠지만 오하시 편집장님이 미사키 선생님 일에 자주 휘둘리곤 하니까. 급하게 호출 받는 일도 있고. 게다가 미사키 선생님은 원고를 손으로 쓸걸. 그래서 메일로 못 받으니까 자주 집까지 찾아가셨잖아."

"나는 오하시 편집장님이 경찰이랑 통화하는 걸 들은 적 있어. '서까지 모시러 갈게요'라고 했으니까, 틀림없어. 미사키 선생을 경찰서까지 모시러 갔다는 거지."

"대, 대체 어떤 사람이에요? 미사키 선생님은……."

하지만 머리를 감싸 쥐는 아사히에게 다카야마도 후루야도 '글쎄……'라며 고개를 갸웃할 뿐이었다.

결국 직접 담당하는 사람 말고는 누구도 미사키 젠의 실체를 알지 못하는 것이다.

이런 사정으로 미사키 젠과의 첫 대면을 앞두고 48분이라는 대기 시간을 강제적으로 벌게 된 아사히는 오하시가 적당히 고른 파스타 가게에서 직원이 가져다준 카르보나라에 손을 댈 기분도 나지 않아 그저 상상의 나래를 펼치고 있었다.

과연 미사키 젠은 어떤 인물일까?

방금 전화를 받은 목소리는 남자였다. 그가 미사키 젠 본인이라면 적어도 성별은 남자라는 거다. 찰나였고, 엄청 긴장했기 때문에 딱히 잘 기억나지는 않지만.

아사히의 맞은편에서 나폴리탄 곱빼기를 우적우적 먹고 있던 오하시가 결정타를 날렸다.

"아마 미사키 선생을 만나면 이래저래 놀랄 일이 많을 테니까 각오해둬."

"이래저래, 라니 뭘요?"

"이래저래가 이래저래지 뭐야. 아무튼 만나면 알게 돼."

오하시는 그렇게 말하고 웃었다. 아, 정말 싫다. 이 체셔고양이 아저씨 같으니라고. 아사히는 생각했다.

"그러고 보니 미사키 선생님은 왜 우리 출판사에서 책을 내는 거예요? 상을 타서 데뷔한 것도 아니잖아요."

"뭐, 조금 연이 있어."

"미사키 선생님은 벌써 8년 정도 작가로 활동하고 있죠. 나이가 어떻게 돼요?"

"음, 뭐, 그것도 만나면 알게 돼…… 라고는 말 못 하겠네, 응."

오하시가 애매하게 말을 흐렸다. 의아한 표정으로 아사히는 고개를 갸웃했다.

아사히가 예상하기에 미사키 젠의 연령대는 삼십대에서 사십대, 혹은 그 이상이었다. 멋있는 아저씨이면 좋겠다고 생각은 했지만, 의외로 젊은 걸까.

그때 오하시가 갑자기 목소리를 낮췄다.

"……실은 미사키 선생을 만나기 전에 세나에게 말해둘 게 있어."

"뭐, 뭐예요?"

"알지? 미사키 선생이 최근 2년쯤 신작을 거의 쓰지 않았잖아."

"아, 네. 분명 단편 두 개를 쓴 게 다죠."

"그래. 하지만 그래서는 곤란해. 우리 출판사에 제일 많이 벌어주는 작가인데. 그러니까 세나의 임무는 어떻게든 그 미사키 선생이 신작 장편소설을 쓰게 하는 거야."

"그런 중요한 임무를 지금 여기서 달성하라고요? 이렇게 불안한 상황에서?"

"그렇지만 세나도 읽고 싶지 않아? 미사키 젠의 신작 장편."

오하시가 체셔고양이처럼 빙긋 웃자, 아사히는 무심결에 입을 다물었다.

그야 물론 읽고 싶다. 미사키 젠의 신작 장편. 단편으로는 부족하다. 묵직하게 한 권을 읽고 싶다는 욕심이 난다.

평범한 독자였다면 신작이 나오지 않는 상황에서 할 수 있는 건 안달이 나 앞으로 나올 책을 고대하는 것뿐이다. 하지만 담당 편집자는 직접 작가에게 독촉할 수 있다. 작가가 글을 쓰게 하는 일이 가능한 것이다.

그렇게 생각한 순간 몸이 떨릴 정도의 흥분이 가슴속에서 솟구쳤다.

미사키 젠은 아사히를 위해서 쓰는 게 아니라는 것 정도는 아사히도 알고 있었다. 하지만 미사키 젠이 쓸 원고를 가장 처음 읽게 될 사람은 아사히다.

"기대하고 있으라고, 세나."

체셔고양이가 머금은 미소와 속삭임에 아사히는 빨개진 볼을 서둘러 손바닥으로 감쌌다.

그렇지만 문제는 작가가 쓰게 할 수 있느냐 없느냐다. 역시 불안하기만 하다.

오하시는 48분이라는 대기시간이 지나자 아사히를 데리고 파스타 가게를 나온 후 역 앞의 번화가를 지나 주택가 쪽으로 걸어갔다.

"저기, 한 번 더 전화해서 확인 안 해봐도 돼요?"

"괜찮을 거야. 어차피 취미활동 시간일 테니까."

아사히의 물음에 오하시는 그렇게 대답하고 재빠르게 걸어나갔다. 미사키 젠의 취미가 무엇인지는 가르쳐주지 않았다. 그것도 만나보면 안다고 하려나.

아사히는 오하시를 따라 걷다가 어쩌다 하늘을 올려다봤다.

지금은 6월이고, 도쿄는 어제 막 장마철에 접어들었다. 오늘도 비가 내릴 거라고 생각했지만 아슬아슬하게 안 내리고 지나갈 분위기다. 그렇지만 하늘에 뜬 달은 짙은 구름에 가려져 있다. 바람이 강해서일까, 하늘에선 구름의 움직임이 빨랐다. 흘러가는 검은 안개 같은 구름 너머로 주변이 어두워서 더 하얗게 빛나는 달은 마치 수묵화처럼 아름다웠다.

이것이 미사키 젠과 만나는 날의 밤하늘인가. 아사히는 묘하게 감개무량함을 느꼈다.

오랜 세월 동경해왔고 사랑해온 작가를 만나기 직전에 보는 하늘이라니.

"자, 여기가 미사키 젠 선생의 집이야."

오하시의 말에 아사히는 하늘을 향해 있던 시선을 비스듬히 아래로 내렸다.

밤중에 새하얗게 서 있는 멋진 6층 맨션이 보였다. 꽤 괜찮은 건물인데, 불이 켜져 있는 층은 6층뿐이었다.

오하시는 현관에 있는 인터폰으로 603호실을 호출했다.

"안녕하세요. 오하시입니다. 이제 올라가도 될까요."

대답 없이 자동잠금 문이 열렸다.

"그럼, 갈까?"

아사히는 오하시 뒤를 따라서 맨션 안으로 발을 들였다. 엘리베이터를 타고 올라가 오하시가 603호실의 벨을 눌렀다. 명패는 없었다.

그때 철컥, 문이 열렸다.

"……응?"

아사히는 문을 열어준 사람을 뚫어지게 쳐다보았다.

마치 인형 같은 금발의 소녀였다.

열 살 될까 말까 한 나이에 어떻게 봐도 서양인처럼 보이는 얼굴이었다. 게다가 엄청난 미소녀였다. 멋진 금발 곱슬머리, 파란 눈동자, 하얀 피부. 프릴이 달린 검은 원피스를 입고 올려다보는 얼굴은 실로 사랑스러웠지만, 어딘가 아이 같지 않은 차가운 무표정 때문에 오히려 더 인형 같다는 인상이 굳어졌다.

"안녕."

오하시가 인사하자 소녀는 문을 활짝 열고 오하시와 아사히를 안으로 들였다. 그리고 두 사람이 신발을 벗는 동안 발소리도 내지 않고 복도 안쪽으로 달려갔다.

"저기, 편집장님, 지금 저 애는 누구죠?"

"아, 루나 짱. 여기서 살고 있어."

작은 목소리로 묻는 아사히에게 오하시가 대답한다. 미사키 젠의 아이, 라고는 말하지 않았다는 게 마음에 걸렸다.

복도 끝에 있는 문을 열자 안쪽으로 넓은 거실이 보였다. 부엌과 연결된 거실에서 방금 본 아이가 물을 끓이고 있었다. 거실 중앙에는 커다란 유리 테이블과 훌륭한 소파 세트가 놓여 있었다.

그리고 밤색 머리의 남자가 앉아 있었다.

남자는 거실로 들어선 오하시와 아사히 쪽을 천천히 돌아봤다.

―그 순간, 심장이 멈추는 줄 알았다.

이 사람이 미사키 젠이란 말인가.

젊다. 아무리 봐도 20대로밖에 보이지 않는다.

게다가 루나와 마찬가지로 서양인 얼굴이다. 하프, 아니면 쿼터일까? 혹은 애초에 일본인의 피가 섞이지 않았을 가능성도 있다. 높은 콧대와 하얀 피부, 긴 앞머리 아래 빛나는 눈동자는 밝은 다갈색이었다. 눈썹이나 속눈썹도 머리카락과 마찬가지로 연한 색깔이다. 무서울 정도로 잘 다듬어진 이목구비는 작가가 아니라 모델이나 배우를 하는 편이 나을 정도였다. 넉넉한 품의 하얀 셔츠에 검은색 바지를 입고 앉아 꼰 다리는 역시 일본인이랄 수 없을 정도로 길었다.

남자는 연수정처럼 투명한 눈동자로 빤히 아사히를 쳐다보고 있었다. 그가 눈을 돌리기까지 수 초 동안 아사히는 숨 쉬는 것을 완전히 잊고 말았다.

"이야, 안녕하세요. 미사키 선생님. 집까지 찾아와서 죄송합니다. 오늘은 담당자 인수인계 겸 인사를 하러 왔어요. 여기 있는 세나가 앞으로 담당자가 될 겁니다."

오하시의 목소리에 아사히는 겨우 정신을 차렸다. 경직되어 있을 때가 아니었다. 역시 이 사람이구나. 이 사람이 미사키 젠이다.

"세, 세나 아사히입니다. 잘 부탁드립니다! 이건 별거 아니지만……!"

아사히는 당황해서 고개를 숙였고, 그대로 선물로 들고 온 케이크 상자를 내밀었다.

"세나— 아사히 씨."

고개를 숙이고 있는 아사히의 귀에 맑고 달콤한 테너 톤의 목소리가 울렸다. 이게 미사키 젠의 목소리구나.

"그렇군요. 아사히라. 그것 참 꽤 멋진 이름이네요."

미사키 젠에게 이름을 칭찬받았다. 그 사실에 아사히는 순간적으로 얼굴이 달아오르는 것을 느꼈다. 분명 새빨갛겠지. 부끄러워서 얼굴을 들 수가 없었다.

"저, 저기, 감사합……."

'감사합니다.' 아사히가 그렇게 말하려는 찰나였다.

"그런데 그쪽이 아까부터 내밀고 있는 물건 말입니다만, 별거 아니라면 필요 없습니다. 가지고 돌아가세요."

부드럽게 귀에 닿는 미성이 이름을 칭찬해줄 때와 같은 말투로 그렇게 말했다.

놀랄 겨를도 없이 미사키 젠은 말을 이었다.

"겸손을 미덕으로 여기는 건 분명 이 나라의 문화지만, 상식적으로 별거 아닌 걸 타인에게 준다면 상대는 어떨 것 같아요? 이 책 재미없어요, 이 음식 맛없어요. 그런 식으로 장사하는 사람이 어디 있나요? 정말 별것 아닌 물건을 받고 기뻐할 사람은 아마 없겠죠. 즉, 아까 그쪽이 한 말은 지금 내민 물건을 만든 사람한테도, 받는 사람인 나에게도 무척 실례되는 말이라고 할 수 있습니다."

"아, 저기, 그······."

아사히는 허둥지둥 고개를 들었다.

미사키 젠은 이미 아사히에게는 관심 없다는 듯이 시선을 다른 쪽으로 돌리고 손으로 가볍게 턱을 괴고 있었다. 부드럽게 부풀어 딱 보기 좋은 입술이 다시 열렸다.

"안녕하세요, 세나 아사히 씨. 처음 뵙겠습니다. 그리고 안녕히 가세요. 나는 그쪽과 일하고 싶은 마음이 없어요. 그 별것 아닌 물건을 가지고 지금 당장 돌아가 주세요."

이 세상 어떤 여자라도 설득할 수 있을 법한 달콤한 목소리, 시라도 읊는 듯한 우아한 말투, 외견과는 다르게 아주 깨끗한 일본어 발음.

그러나 말하는 내용은 아주 지독하다.

게다가 인사만 했을 뿐인데 담당을 거부당하고 말았다. 너무 기막혀서 충격으로 머릿속이 새하얘졌다. 후지이 하나에게 '당신은 정말 지루한 사람이네'라는 말을 들었던 기억이 순간적으로 되살아나서 아사히는 흘러내리려는 눈물을 겨우 참았다.

"저기, 미사키 선생님, 우리 회사 젊은 직원을 너무 괴롭히지 말아주세요. 일반적인 인사말이잖아요. '별것 아니지만 받아주세요' 같은 말은."

오하시가 못 말리겠다는 표정으로 중간에 끼어들었다.

"아, 정말이지. 이제 슬슬 담당 바꾸겠다고 전부터 말씀드렸잖아요. 이래 봬도 우리 회사에서 미사키 선생님한테 제일 맞을 것 같은 사람을 골라왔다고요."

"대체 뭘 기준으로 고른 겁니까? 아니면 변변찮은 인물들만 있는 겁니까?"

미사키 젠의 독설은 상대가 오하시라도 마찬가지였다.

하지만 오하시는 동요하는 모습도 없이 체셔고양이처럼 씨익 미소를 지었다.

"어라, 그렇게 말씀하셔도 괜찮으시겠어요? 여기 세나는 사요가 찍은 사람인데요."

"사요 씨가요? 그렇습니까."

오하시의 말에 어쩐 일인지 미사키 젠은 그렇게 말하고는 입을 다물었다. 눈썹을 찡그리고 있긴 하지만 아무 말도 하지 않았다. 사요가 누구지?

그때 부엌에 있던 루나가 거실로 오더니 아사히의 앞에 멈춰 섰다. 말없이 이사히를 올려다보고는 케이크 상자를 건네받아 부엌으로 돌아갔다. 어쨌든 선물은 받아들여진 모양이다. 비록 미사키 젠이 아닌 수수께끼의 미소녀에게지만.

드디어 방 안을 둘러볼 여유가 생긴 아사히는 미사키 젠이 앉은 소파 주변을 둘러싸듯 원기둥 같은 것이 설치되어 있다는 사실을 눈치챘다.

홈시어터 스피커다.

미사키 젠의 바로 정면에는 대형 텔레비전이 있고 테이블 위에는 DVD 케이스가 하나 놓여 있었다. 아사히는 그 DVD 표지를 바라봤다. 빨간 테두리에 둘러싸인 검은 배경 안에는 간소한 침대에 누운 금발 여자와 옆에서 덮치려는 남성이 있었다. 검은 드레스 사이로 대담하게 보이는 여자의 하얀 다리가 매끈했다.

타이틀은 〈Witness for the Prosecution〉. 검찰 측 증인.

"아……〈정부〉네요. 빌리 와일더가 연출했던."

아사히가 영화의 일본판 제목을 말하자 미사키 젠의 눈썹이 살짝 올라갔다.

뭔가 말해야 해. 미사키 젠의 마음에 들 말을.

여기서 승부를 봐야 한다.

돌아가라는 말에 네, 알겠습니다, 하고 울면서 돌아갈 수는 없는 일이다. 동경하는 작가이기 때문만은 아니다. 나는 편집자다. 앞으로 담당하게 될 작가에게 만나자마자 미움을 받았기 때문에 일할 수 없다는 변명 같은 건 통하지 않는다.

생각하자. 아마도 미사키 젠은 영화광일 것이다. 집에 홈시어터를 완비하고 있는 데다 벽장에는 영화 DVD와 블루레이가 가득 들어차 있다. 아래쪽 선반에 있는 비디오테이프는 DVD로 만들어지지 않은 오래된 작품일지도 모른다. 좋았어. 이건 물어야 돼. 놓치면 안 돼. 상대방의 취미에 대한 이야기로 먼저 눈에 들어서 내 쪽으로 끌어들이자.

게다가 이 주제라면, 아사히에게도 약간은 유리하다.

"미사키 선생님, 영화 좋아하세요?"

마음을 다잡고 아사히는 입을 열었다.

"〈정부〉는 꽤 재밌는 영화죠. 혹시 아까 48분만 기다려달라고 하신 이유가 이 영화를 보시던 중이라서 그런 건가요?"

"음, 나는 영화 보는 중에 누가 방해하는 걸 싫어합니다."

"알아요! 역시 영화는 집중해서 보고 싶잖아요!"

아사히가 기세 좋게 끄덕이자 미사키 젠은 '이것 봐라' 하는 표정으로 물었다.

"세나 씨도 영화 좋아합니까?"

"네! 엄청 좋아합니다!"

"그럼 세나 씨가 좋아하는 영화를 하나 말해주세요."

"아……."

아사히가 말문이 막히자, 미사키 젠은 짓궂은 표정으로 눈을 가늘게 떴다.

"왜 그러세요? 영화 좋아하는 거 맞습니까? 아니면 영화를 좋아한다는 말은 이 자리를 무마하려는 거짓말입니까? 좋아하는 영화가 바로 떠오르지 않다니."

"아, 아니에요! 그게 아니라…… 장르를 나눠 대답해도 괜찮을까요?"

"네?"

미사키는 눈을 깜빡이며 아사히를 쳐다봤다. 그런 미사키 젠에게서 눈을 돌리고 아사히는 진지하게 떠올렸다. 좋아하는 영화를 꼽아보라는 말은 진정한 영화광에게는 결코 가벼운 질문이 아니었다.

"아, 장르를 나눈다 해도 무리일지도 모르겠어요. 좋아하는 영화가 너무 많이 떠올라서 하나만 고르기가 어려워요! 음, 법정 미스터리 장르라면 역시 〈정부〉가 상위에 있어요! 원작이 애거사 크리스티의 소설이고, 감독이 빌리 와일더고 주연배우가 마를레네 디트리히죠! 마지막 반전에서는 정말 놀랐어요! 그리고 변호사 역할의 아저씨가 귀여웠죠! 법정물이 아닌 미스터리 장르라면 〈살인의 추억〉이라든가, 〈올드보이〉도 꽤 좋은 영화예요. 보고 난 뒤에 꽤나 묵직한 여운이 오잖아요. 로맨틱코미디 장르는 〈뜨거운 것이 좋아〉를 정말 좋아해요! 이것도 빌리 와일더 감독 작품이고, 메릴린 먼로가 'I wanna be loved by you'라고 노래하는 장면이 유명하죠. 이 영화 속의 메릴린이 제일 귀여운 것 같아요. 하지만 이 영화는 무엇보다 토니 커티스랑 잭 레먼의 콤비가 좋았어요! 코미디에 한정되지 않는 연애영화 장르라면 〈케이트 앤 레오폴드〉라든가 〈러브 액츄얼리〉도 정말 좋아해요. 그리고 아카데미상을 수상한 〈아티스트〉! 그것도 좋았어요. 페피가 조지의 악기점에 숨어들어 조지의 턱시도 소매에 팔을 넣어서 자신을 껴안는 장면이 좋아서요! 모험물이라면 좀 뻔하지만, 〈인디아나 존스〉 시리즈의 초기 세 편이 지금 봐도 역시 재밌어요. 판타지라면 〈반지의 제왕〉 3부작이죠. 화려한 영상미와 그 영화를 위해 개발된 수많은 기술을 생각하면 상위에 올리고 싶어요. 그리고 어떤 장르에 넣어야 좋을지 고민되는데, 〈대탈출〉은 영원히 역사에 남을 명작이에요! 물론 〈스팅〉이나 〈내일을 향해 쏴라!〉도 잊을 수 없지만요, 음, 그리고 그밖에는 〈가타카〉랑 〈아멜리에〉, 〈라이프 오브 파이〉, 〈쇼생크 탈출〉, 〈불멸의 연인〉, 〈빅 피쉬〉, 〈다크 나이트〉, 〈엣지 오브 투모로우〉, 아, 그리고 〈그래비티〉요! 스토리는 단순한데 엄청 감동적이고 영상도 몸이 떨릴 정도로 아름다워요. 옛날 국내영화는 별로 본 게 없지만, 〈유레루〉라든가 〈고백〉이라든가 〈애프터 스쿨〉이라든가, 〈그리고 아버지가 된다〉라든가, 〈분노〉라든가…… 〈키사라기〉도 엄청 웃기고 잘 만든 영화죠. 〈파코와 마법 동화책〉도 좋아해요! 뮤지컬이라면 이번에도 너무 뻔한데 〈사운드 오브 뮤직〉이랑 〈메리 포핀스〉 중에 고민이 되고요. 아, 하지만 〈레미제라블〉이나 〈렌트〉도 재밌죠! 참, 맞다, 다큐멘터리 장르라면 〈에브리 리틀 스텝-코러스 라인〉이 정말 슬프죠! 이건 정말로 강추해요! 브로드웨이에서 〈코러스 라인〉 무대를 재연했을 때의 오디션을 찍은 영화인데…… 아."

아사히는 갑자기 정신이 들어 입을 다물었다.

미사키 젠이 완전 굳어 있었다. 어떡하지.

저질러버렸다. 종종 이런 일이 있었다. 본 영화 이야기를 끊임없이 줄줄 나열하다 분위기를 깨는 일이. 그러지 않으려고 친한 친구 외에는 극도로 조심하고 있었는데.

미사키 젠이 천천히 입을 열었다.

"……잘 알겠습니다."

완전히 독기가 빠진 말투였다.

"세나 씨는…… 영화를 무척 좋아하시는군요."

"……네."

죄송하네요, 영화 오타쿠라서. 그런 마음으로 아사히는 풀죽은 채 고개를 끄덕였다. 질렸다. 분명 질린 거다.

"〈에브리 리틀 스텝-코러스 라인〉은 저도 무척 좋아합니다."

미사키 젠의 말에 아사히는 눈을 크게 떴다.

미사키 젠은 소파에 몸을 기대고 영화의 장면을 떠올리기라도 하듯 먼 곳을 응시하고 있었다.

"기억하세요? 폴 역의 오디션 장면. 몇 명이나 되는 참가자가 차례차례 떨어진 다음에 결국 딱 맞는 사람이 나타나죠."

"네, 기억해요! 분명 제이슨이라는 이름의 젊은이였죠."

"네, 그의 연기를 본 연출가 밥 에비앙이 눈물을 흘리잖아요. 밥뿐 아니라 주변 다른 심사위원들도 다들 코를 훌쩍이면서 울곤 '정했다'고 말합니다. 멋지다고 생각했어요. 심사위원들로서는 몇 번이나 들었던 대사, 몇 번이나 봤던 장면인데도 그 장면을 보고 진심으로 울잖아요. 그 정도로 그의 연기가 훌륭했다는 거고, 심사위원들이 〈코러스 라인〉이라는 작품을 사랑했다는 의미이기도 하겠죠."

"네. 그 영화는 세라 역의 오디션도 잊기 어려워요. 세라로밖에 보이지 않는, 분명 이 사람이라면 세라 역에 뽑힐 거라고 생각했던 인물이 떨어져버리죠……. 그때 그녀가 '작년 여름 같은 연기를 하라고 해봐야 이미 잊어버렸어. 애인이랑 헤어지고 나서 이런저런 일이 있었지만 8개월도 더 전이야'라고 했던 말이 왠지 참을 수가 없어요."

"맞아요, 그리고 그 다음에 세라 역에 합격한 여배우의 웃는 얼굴이 크게 잡혔죠. 빛나고 생기 있는 미소와 목소리……. 그런 명암이 〈코러스 라인〉 그 자체라서 인상 깊었어요."

미사키 젠이 고개를 끄덕였다. 표정은 아까보다 훨씬 부드러워졌다.

혹시 이건……. 아사히는 오하시를 돌아봤다.

그때까지 입 다물고 아사히와 미사키 젠을 보고 있던 오하시는 짝짝 박수를 치며 말했다.

"봐요, 역시 세나가 적임자죠? 무엇보다 우리 편집부에서 제일가는 영화광이에요. 미사키 선생님의 심오한 영화 이야기도 받아줄 수 있는 사람은 이 녀석뿐이에요."

"……그렇군요. 이 부분은 확실히 오하시 씨보다 훨씬 낫네요."

"그렇게 말하면 상처받는다고요. 뭐, 그래도 합격인 거죠?"

"알겠습니다. 그렇게 하죠."

체념한 말투로 미사키 젠이 말했다.

그때 루나가 부엌에서 나와 테이블 위에 홍차와 케이크를 놓았다. 마치 이제야 겨우 아사히와 오하시를 손님으로 인정한다는 듯이.

거기서부터는 놀라울 정도로 분위기가 부드러워졌다.

미사키 젠 주위에는 아무래도 아사히만큼 영화를 좋아하는 사람이 없는 듯했다. 마니아는 마니아 나름의 고독이 있다. 같은 기분을 서로 알아주는 상대는 소중하다.

"요즘 젊은 사람 중엔 매체가 선전하는 화제작만 보는 사람이 많으니까요. 옛날 작품은 전혀 모르는 사람들뿐이라서. 정말이지 한탄스러워요."

"맞아요. 대체로 드라마에서 자주 그러잖아요. '영화 보러 갈래?' 라는 말로만 데이트 신청하는 장면이 이해가 안 돼요! 왜 영화 제목은 말 안 하냐고요. 저는 그게 너무 이상해요."

"동감입니다. 영화관은 보고 싶은 영화가 있으니까 가는 건데."

"아니, 그냥 데이트가 하고 싶은 거 아냐? 실제로 나는 그런 말로 데이트 신청한 적 있는데. 영화관은 첫 데이트 장소로는 딱이잖습니까?"

"무슨 소리예요, 편집장님! 시비 걸고 싶으면 저쪽으로 가주세요. 완전 민폐니까."

"단순히 영화를 즐기고 싶은 사람으로서 당장 나가달라고 말하고 싶어지네요. 혹은 상대방 취향이 아닌 영화를 골라서 엄청 곤란해지라든가."

"아니, 아무리 그래도 둘 다 그렇게 화낼 것까지야……."

영화광인 둘 사이에 끼어서 오하시가 쓴웃음을 지었다.

아사히는 미사키 젠과 영화 이야기를 계속하면서 내심 주먹을 쥐었다. 앞으로 어떻게 될지 모르겠지만 이 정도라면 제1단계는 클리어겠지.

그건 그렇고 미사키 젠은 대체 몇 살인 걸까. 겉으로 보이는 나이랑 커리어를 계산하면 데뷔작인 『론도』는 십대 때 쓴 게 되는데. 고등학생이 그런 글을 쓴 거라면 정말 대단하다.

그때 문득 시선을 느낀 아사히는 뒤를 돌아봤다. 부엌의 카운터 뒤에서 루나가 이쪽을 보고 있었다. 아사히랑 눈이 마주치자 루나는 고양이가 위협하듯 '하악' 하고 숨만 뱉어내며 으르렁거리더니 깜짝 놀란 아사히를 노려보고는 카운터 뒤에서 뛰쳐나와 방을 나가버렸다. 아무래도 미움받는 느낌이 들었다.

"저기, 루나 짱은 미사키 선생님의…… 여동생인가요?"

"아닙니다."

아사히가 묻자 미사키 젠은 고개를 저었다.

"저와 루나는 피가 전혀 섞이지 않았습니다. 지인의 아이를 맡아서 키우는 것도 아닙니다. 덧붙이자면 고아를 데려온 것도, 사연이 있는 아이를 대신 보호하고 있는 것도 아닙니다."

상대의 예상을 전부 꿰뚫은 듯한 대답이 돌아왔다. 덕분에 더 두 사람의 관계가 알 수 없어졌다. 설마 연인인가, 라고 생각했다가 아사히는 속으로 고개를 크게 저었다. 저렇게 작은 여자아이인데.

미사키 젠은 그런 아사히를 곁눈으로 보며 쿡, 하고 웃었다.

"그야, 작은 게 좋잖아요?"

"……네?"

마치 아사히의 마음을 읽은 듯한 말투에 아사히는 순간 몸이 굳었다. 역시 롤리타 콤플렉스인가.

그런데 이어지는 미사키 젠의 말은 더욱 알쏭달쏭했다.

"일본의 집은 좁으니까요. 지금은 맨션에 살고 있고. 크기가 크면 비좁아져서 안 됩니다."

"……음, 네?"

"집 안에서 옆에 두려고 한다면 콤팩트한 편이 좋다는 얘기입니다. 이해가 안 되나요?"

그렇게 말하며 미사키 젠이 우아하게 찻잔을 입으로 가져갔다. 그대로 영상으로 남기고 싶을 정도로 실로 아름다운 동작과 옆얼굴이었다.

하지만 무슨 말인지 전혀 모르겠다. 그보다 이렇게 넓은 맨션에 살면서 비좁아지니까 싫다니, 일단 그게 이해가 안 됐다.

"아, 이제 슬슬 그쪽 얘기도 해두는 게 좋겠죠?"

미사키 젠이 오하시에게 시선을 돌리고 가볍게 고개를 갸웃했다. 오하시는 어깨를 움츠렸다.

"그렇죠. 숨겨봤자 언젠가 들킬 테고. 미리 알아두는 게 좋겠죠."

"오하시 씨가 미리 얘기해두는 게 더 좋지 않았을까요?"

"실물을 보지 않고 이야기만 듣고는 믿지 않을지도 모르잖아요. 주의사항만 우선 전달하긴 했어요."

"그걸로도 눈치채지 못할 정도로 둔하다면 어쩔 수 없네요."

미사키 젠과 오하시는 그런 이야기를 하며 마주보고 고개를 끄덕였다. 혼자만 못 알아들은 아사히는 미사키 젠과 오하시를 번갈아 바라봤다.

"저기, 대체 무슨 이야기를 하시는 거예요?"

그러자 미사키 젠과 오하시가 동시에 얼굴을 아사히 쪽으로 향했다. 입을 연 사람은 미사키 젠이었다.

"그나저나 세나 씨는 호러영화를 볼 수 있으세요?"

"아, 죄송해요. 무서운 건 안 좋아해서요……. 그쪽을 엄청 좋아하는 친구가 있어서 이야기만 듣곤 하는데."

"그럼 뱀파이어 영화는 별로 안 보나요?"

"뱀파이어 영화요? 게리 올드만 주연의 〈드라큐라〉는 봤어요. 다른 영화도 몇 편 봤고요. 뱀파이어 영화는 그다지 무섭지 않아서 저도 볼 수 있는 게 많아요. 친구가 추천해서 본 〈렛 미 인〉은 정말 재밌었어요. 주연과 아역 두 사람 모두 연기를 잘했고, 영화 전체적으로 분위기도 좋았고요."

"아, 〈렛 미 인〉의 아역은 확실히 좋았어요. 그런 연기를 해놓고 두 사람 다 연기 경험이 거의 없었다고 해서 놀라웠죠. 할리우드 판 〈렛 미 인〉보다 훨씬 훌륭했어요. 하지만 진짜로서 한마디하자면 엘리가 입가에 피를 묻힌 채로 오스카르의 집에 오는 장면은 용서가 안 돼요. 너무 예의가 없습니다. 입가에 소스나 드레싱을 묻힌 채 걸어 다니는 사람이 있나요? 〈다크 섀도우〉에서도 마찬가지로 조니 뎁이 입과 가슴에 피가 범벅이 된 채로 걸어 다니며 사람들과 이야기하잖아요. 정말 부끄러운 줄도 모르고. 보면서 불쾌했어요. 무릇 신사라면 하지 않을 행동입니다."

"뭐, 그래도 그건 뱀파이어라는 걸 관객들에게 알려주기 위해서잖아요. 영상으로서는 임팩트 있기도 하고, 거기다."

영화 이야기인 줄 알고 말하던 아사히는 도중에 뭔가 이상하다는 걸 깨달았다.

왜 갑자기 호러영화 이야기를 하지. 게다가 왜 뱀파이어 영화야.

미사키 젠과 오하시는 의미심장한 시선으로 아사히를 지그시 바라보고 있었다.

아니, 그보다.

영화에 나오는 뱀파이어에 대한 표현이 잘못됐다고 말하기 전에 미사키 젠이 뭐라고 말했더라?

그래, 분명 '진짜로서 한마디하겠는데'라고 말한 것 같다.

미사키 젠과 오하시는 계속 아사히를 빤히 바라보고 있었다. 아사히가 눈치챘다는 걸 알아채고 둘이서 빙긋 웃었다.

"미사키 젠을 담당하기에 앞서 알아야 할 중요한 사항들."

오하시가 말했다.

"첫 번째, '낮에는 절대 연락하지 말고, 방문해서도 안 된다'. 그럼 여기서 문제. 두 번째는 뭐였을까?

"……미사키 선생님과 만날 때는 은제품을 몸에 두르지 말 것…… 이라고 하셨죠."

"정답. 그럼 다음은 연상 게임. 야행성에 은제품을 좋아하지 않는다면?"

"으음……."

생각하는 척하며 아사히는 테이블 위로 시선을 떨궜다. 테두리가 금으로 장식된 새하얀 티 세트. 옆에 놓인 티스푼도 케이크용 포크도 전부 금색으로 도금되어 빛나고 있었다. 은제품은 하나도 없었다.

고개를 들어 새삼스레 미사키 젠을 바라봤다.

지나치게 잘 다듬어진 얼굴이다. 마치 인간이 아닌 듯한 미모. 안이 다 비칠 듯이 새하얀 피부. 완벽한 형태를 갖춘 입술이 천천히 미소를 짓자, 새하얀 치아가 꽉 들어찬 것이 보였다. 기분 탓인지 송곳니가 더 날카로워 보였다. 마치 짐승의 송곳니처럼.

머리에 어떤 단어가 떠올랐지만 아사히는 즉시 부인했다. 그런 일은 있을 수 없었다.

"아뇨. 그게 정답이에요. 세나 아사히 씨."

아사히는 아직 아무 말도 하지 않았는데 미사키 젠은 그렇게 말하고 더욱 미소를 지었다.

아사히의 생각을 그대로 읽기라도 한 듯이.

"힉."

아사히는 소파에 앉은 채 엉덩이로 뒷걸음질 쳤다.

미사키가 '정답'이라고 말한 그 단어가 아사히의 머릿속을 휘저었다.

뱀파이어. 뱀파이어.

사람의 피를 마시고, 영원히 밤의 어둠 속에서 사는— 괴물.

"뭐, 그런 거죠. 분명 괴물이에요. 하지만 그게 어떻다는 거죠?"

미사키 젠은 기분 나빠하는 기색도 없이 오히려 아사히의 반응을 즐기는 듯 미소를 지으며 말했다. 그가 눈을 가늘게 뜨자 눈동자가 아주 잠깐 활활 타오르는 듯 새빨갛게 빛났다.

순간 아사히는 등줄기에 소름이 돋는 걸 느꼈다.

본능이었다.

본능이 아사히에게 가르쳐주고 있다. 지금 아사히의 눈앞에 있는 건 인간과는 다른 생물이라고.

그래도 일말의 희망에 기대고 싶어서 아사히는 소리쳤다.

"저, 저, 저, 저, 저, 어디 카메라 있나요?"

"없습니다. 영화나 드라마 촬영도 아니에요."

"그, 그, 그, 그, 그런가요. 그렇죠. 죄송합니다!"

"그보다 이런 상황에서 누가 영화 촬영이라고 생각합니까. 재밌는 분이시네요."

미사키 젠이 어이없다는 목소리로 말했다. 작가에게 재미있다는 소리를 들은 아사히는 조금 기뻤다. 그런 게 기쁘다니 머리가 이상해졌나 보다.

"아, 놀라게 해서 죄송합니다. 부디 편하게 계세요. 딱히 아사히 씨를 어떻게 할 생각은 없어요."

"저기, 세나 씨한테 말해두겠는데. 나 선생님한테 피 빨린 적 한 번도 없어. 알았지?"

거의 패닉 상태에 빠진 아사히에게 미사키 젠과 오하시가 말했다.

"오하시 씨는 흡연자죠. 그런 지극히 유해한 혈액은 식용으로는 못 써요."

"저, 저는 흡연자가 아닌데요!"

"그러니까 세나 씨, 세나 씨 피를 마실 생각 없다고 아까 말했을 텐데요. 아무리 뱀파이어라 불리는 종족이라고 해도 지금 같은 시대에 인간의 피를 그렇게 태연하게 마실 수 있을 리 없잖아요. 경찰에 잡혀가요."

"네? 체, 체포? 체포돼요?"

"체포돼요. 뉴스에 나오지는 않지만."

망설임 없이 미사키 젠이 고개를 끄덕였다.

"……아, 혹시 선생님 같은 분이 다른 곳에도 많나요?"

"있어요. 일반 사람들한테는 알려져 있지 않을 뿐이지."

"그렇구나……."

설마 이 사람도? 아사히는 의심의 눈초리로 오하시를 돌아봤다. 하지만 오하시는 어처구니없다는 표정으로 고개를 저었다. 완전히 체셔고양이의 친척일 거라고 생각했는데.

"인간 사회에서 살아가는 이상 우리 인간 외의 존재들도 기본적으로는 인간이 만든 법이라는 것을 지켜야 합니다. 그렇지만 대부분의 인간은 자신과 다른 종족이 사회에 섞여 있다는 건 꿈에도 생각하지 않아요. 그러니 혼란을 피하기 위해서 인간 외 존재에 관한 정보를 극도로 숨기고 있는 겁니다. 그러니까 지금도 영화나 책 같은 상상 속 세계에만 존재한다고 생각하고들 있죠."

미사키 젠이 말했다.

"참고로 이 세계의 뱀파이어 작품에 대해서는 아쉬운 부분이 많아요."

미사키 젠은 씁쓸한 표정으로 현실을 살아가는 뱀파이어의 입장을 호소했다.

"우선 뱀파이어와 전염병을 혼동하는 건 이제 그만했으면 좋겠어요. 뱀파이어에게 물린 인간이 죄다 뱀파이어가 된다면 이 세상은 순식간에 뱀파이어 천지가 됩니다. 안 그래도 수명이 긴 종족인데 포식 대상 전부를 동족으로 만들어버리면 우리는 금방 절멸하게 됩니다. 그런 건 말도 안 되잖아요? 게다가 뱀파이어가 십자가와 성수에 약하다는 설이 있는 것 같은데 딱히 우리가 악마도 아니고 그런 걸 무서워하고 자시고 할 것도 없습니다. 그 외에도 마늘을 무서워한다느니, 흐르는 물을 건너지 못한다느니, 초대받지 않은 집에는 들어가지 못한다느니, 거울에 비치지 않는다느니, 별 희한한 룰이 그럴듯하게 이야기되고 있습니다만 대부분이 만들어진 이야기입니다. 브램 스토커(뱀파이어 소설의 고전인 『드라큘라』를 쓴 아일랜드 작가)의 상상력은 정말이지 민폐도 이런 민폐가 없습니다."

"그런, 뱀파이어 상징의 근간을 흔들어버리는 말씀을 하시다니!"

"저희는 그저 살아 있는 존재일 뿐입니다. 고양이가 고양이로 있듯이, 개가 개로 있듯이. 그걸 악마의 한 종류인 것처럼 취급하며 십자가와 성수로 퇴치하려고 하다니 정말 어리석기 그지없습니다."

미사키 젠이 내뱉듯이 말했다. 그런 것치고 〈드라큘라〉도 〈다크 섀도우〉도, 〈렛 미 인〉도 할리우드판 〈렛 미 인〉도 모두 착실하게 챙겨 봤다니 영화 오타쿠로서의 내공이 깊다.

"그렇지만 사실을 바탕으로 한 설정도 있습니다. 실제 저는 햇빛을 쬘 수 없고 은제품을 만질 수 없어요. 일종의 알레르기 같은 거죠. 개에게 양파를 주면 중독을 일으킬 수 있는 것과 마찬가지로."

"그럼 나무 말뚝을 심장에 박으면요?"

"세나 씨는 날카로운 걸로 심장을 찌르면 살아 있을 자신이 있나요?"

"없어요."

"저도 없어요. 시험해본 적도 없지만."

"저기, 그러면 미사키 선생님은 지금 몇 살이에요?"

"덕분에 보기보다는 오래 살았습니다. 일본으로 건너온 건 다이쇼 시대쯤이에요."

"다이쇼라니……."

아사히의 조부모보다 나이가 더 많다. 이렇게 피부가 반질반질하고 반짝반짝한데.

하지만 이걸로 고등학생이 『론도』를 썼을지도 모른다는 의혹은 풀렸다. 그렇게 오랫동안 살아오면서 인생을 풍부하게 경험했기 때문에 비로소 쓸 수 있었던 작품이라고 생각하는 편이 그래도 마음 편하다.

"아, 그렇다면 루나 짱도 혹시……."

"루나는 뱀파이어는 아닙니다. 인간도 아니지만. 옛날에 잠깐 연이 있어서 꽤 오랫동안 저를 도와주고 있어요."

미사키 젠이 그렇게 말한 순간 방금까지 분명 방을 나가 있었던 루나가 불쑥 소파 뒤에서 모습을 드러냈다. 루나는 미사키 젠의 팔에 매달려 아사히를 향해 혀를 삐죽 내밀었다. 뭐지, 자기 주인님한테 친한 척하지 말라는 의사표현인가.

그리고 아사히는 가장 궁금한 점에 대해서 미사키 젠에게 질문을 던졌다.

"그, 그럼 식사는…… 평소에 어떻게 하세요?"

분명 〈렛 미 인〉에서 뱀파이어인 엘리는 인간의 음식을 먹지 못했다. 하지만 미사키 젠은 방금 케이크를 먹었다.

"어디까지나 기호품으로서 인간의 음식도 먹을 수 있어요. 할 수 없이 피가 필요할 때는 수혈용 혈액으로 처리합니다."

역시 주식은 인간의 피인 모양이다.

아사히는 혈액 팩에 빨대를 꽂아서 내용물을 빨아 먹는 미사키 젠을 상상해봤다. 아무래도 우아함이 부족하다. 현실이란 그런 것일까.

"자, 여기까지 이야기했으니까. 새삼스럽지만 묻겠습니다."

여기서 미사키 젠은 한 번 말을 끊고 아사히를 응시했다.

"세나 아사히 씨, 당신은 이래도 내 담당 편집자를 할 마음이 있습니까?"

아사히는 숨을 삼켰다.

그렇다. 세나 아사히는 미사키 젠의 담당 편집자가 되기 위해서 오늘 여기에 왔다.

"당신은 편집자이고 나는 작가입니다. 당신의 일은 내가 쓴 작품을 세상에 내놓는 것. 나는 어떤 이유로 프로필을 숨기고 싶습니다. 그게 내 정체가 인간이 아니라서든, 아니면 다른 이유가 더 있어서든 딱히 상관없습니다. 그런 건 내 작품 자체와 일절 관련이 없어요."

미사키 젠은 딱 잘라 말했다.

"내가 어떤 존재인지 몰라도 세상 사람들은 내 작품을 읽어요. 작품은 세상에 내놓은 시점에서 더 이상 내 개인의 것이 아니게 됩니다. 나는 그저 작품 그 자체를 독자들이 즐겨줬으면 해요. 그뿐입니다."

미사키 젠의 말이 아사히의 마음속에 스며들었다.

작품과 작가는 별개다.

작가의 됨됨이나 일상에 대해 알고 싶어 하는 독자가 많다. 게다가 작가 본인이 블로그나 트위터에서 자기 자신을 세상에 내보이는 일도 자주 있다. 그렇게 쓰는 사람과 읽는 사람이 연결됨으로써 얻는 상승효과는 크다.

하지만 단순히 작품 세계를 즐기고 싶다면, 작가가 어떤 사람인지는 사실 아무래도 상관없을지도 모른다.

아사히도 그랬다. 미사키 젠이 어떤 사람인지 몰라도 그의 작품을 진심으로 사랑했다.

그걸 깨달은 순간, 파도가 밀려 나가듯 혼란도 공포도 사라졌다. 어느새 아사히는 자세를 바르게 고치고 미사키 젠과 마주하고 있었다.

"당신은 편집자로서 나에게 협조해줄 수 있습니까? 나에 관한 정보를 모두 숨긴 채 나의 작품만을 세상 사람들에게 전달해주겠어요?"

"네."

미사키 젠의 물음에 아사히는 확실하게 고개를 끄덕였다. 미사키 젠의 눈을 정면으로 맞받아치면서 대답할 수 있었다.

"그게 제 일이니까요."

마음 한구석에서 악마와 계약한 것 같은 기분이 들었지만 그래도 어딘가 조금 자랑스러웠다.

작품을 독자에게 전달한다. 미사키 젠은 그 역할을 지금 아사히에게 맡긴 것이다.

그리고 그 말은 아주 자연스럽게 아사히의 입에서 술술 나왔다.

"그러니까 미사키 선생님, 선생님은 작품을 써주세요."

아사히의 말에 미사키 젠이 눈을 조금 크게 떴다.

이제 막 담당이 된, 게다가 아직 햇병아리인 편집자가 무슨 소리를 하는 거냐고 생각할지도 모른다. 하지만 미사키 젠은 지금 이렇게 말했다. '내 작품을 세상 사람들에게 전달해주겠어요?'라고. 그렇다면 미사키 젠이 쓰지 않으면 안 된다.

그렇다. 써야 한다.

"저는 담당 편집자로서 온 힘을 다해 작가님을 지킬 거예요. 그리고 작가님의 작품을 기다리고 있는 독자들에게 작가님의 작품을 전달하겠습니다. 그러니까 미사키 선생님."

솔직히 말해야겠다. 이 순간 아사히는 오하시가 내린 임무에 대해서 잊고 있었다.

미사키 젠의 작품을 기다리고 있는 독자. 그건 다른 누구도 아닌 아사히 자신이다. 공과 사를 구분하지 못한다고 말하려면 하라지. 이게 악마와의 계약이라면 아사히의 소망은 단 하나다. 그 소망을 위해서라면 무엇이든 할 것이고, 무엇을 내놓게 되더라도 상관없다. 그게 영혼이든, 피든.

오로지 미사키 젠의 신작을 읽고 싶다는— 그 마음만으로 아사히는 미사키 젠에게 머리를 숙였다.

"소설을 써주세요. 부탁합니다."

그리고 아사히는 미사키 젠이 알겠다고 말할 때까지 고개를 들지 않았다.

그날 아사히가 나가노에 있는 자신의 집에 도착한 시간은 밤 11시가 넘어서였다.

"다녀왔어, 2호⋯⋯."

신발장 위에 놓인 고양이 인형을 향해 말을 걸었다. 2호의 정식 이름은 냐타 2호로, 냐타는 본가에서 키우고 있는 태비 무늬 고양이의 이름이었다. 상경해서 혼자 살게 됐을 때 외로워서 꼭 닮은 인형을 발견하고 냐타 2호라는 이름을 지어줬다. 이후 2호는 아사히의 좋은 동거 상대가 되었고, 외출할 때는 배웅해주고 돌아올 때는 반갑게 맞아주었다. 물론 아사히가 외출할 때 신발장 위에 옮겨놓기 때문이기는 하다.

아사히는 2호를 안고 소파에 앉아 오늘 있었던 일을 돌아보고 깊은 한숨을 내쉬었다.

왠지 둥둥 떠서 머리가 현실을 따라가지 못하는 느낌이었다. 그런 느낌이 드는 것도 무리는 아니다. 아사히는 방금까지 현실과는 엄청 동떨어져 있는 상황에 처해 있었으니까.

설마 미사키 젠의 정체가 뱀파이어였을 줄이야.

7퍼센트 정도는 역시 미사키 젠과 오하시의 농담이었을 거라고 의심하는 마음도 있다. 그러나 나머지 93퍼센트는 오늘 마주한 모든 것에 그냥 믿음이 갔다. 딱히 눈앞에서 피를 마시는 모습을 보지는 않았지만 미사키 젠의 눈이 빨갛게 빛난 순간의 느낌은 잊을 수 없다. 현대사회 일본에서 평범하게 살며 본능을 드러내는 일은 좀처럼 없을 것이다.

뱀파이어는 허구 속에만 존재한다고 생각했다.

생각해보니 확실히 허구 속에 존재하는 사람이었다.

엄청나게 아름다운 외모에 정중한 말투로 독설을 내뱉는다. 영화를 좋아하며, 인간이 아니다. 그런 존재가 이렇게나 평범한 자신과 같은 세계에 살고 있다니 정말이지 믿기지 않는다.

그리고 그런 상대방에게 대체 무슨 말을 해버린 걸까.

"……으아아아아, 2호, 어떡해! 이 잘난 척하는 애송이는 뭐냐고 생각했을지도!"

아사히는 자신이 한 짓을 떠올리고는 저도 모르게 2호를 끌어안고 소파 위에 뒤집어져서 손발을 휘저으며 버둥거렸다. 미사키 젠의 맨션을 나온 뒤 오하시에게는 잘했다는 칭찬을 들었지만, 미사키 젠은 어떤 식으로 생각할지 알 수 없었다. 한동안 장편을 쓰지 않았던 미사키 젠에게 일단은 단편을 하나 쓰는 것으로 무사히 의뢰를 승낙받긴 했지만.

"하, 하지만 미사키 선생님이 딱히 화난 것 같지는 않았는데, 괜찮겠지……. 아앗?"

그 순간 아사히는 자신의 실수를 깨닫고 깜짝 놀라 몸을 일으켰다.

"미사키 선생님한테 팬이라고 말하는 거 까먹었다……."

어떻게 이런 일이. 모처럼 미사키 젠과 만났는데.

오늘 밤 일을 아무리 돌이켜봐도 미사키 젠의 작품에 대한 이야기를 한 기억이 없었다. 분명 그럴 상황이 아니라면 아니긴 했지만, 그래도 이건 아니지. 언젠가 미사키 젠과 만나면 '작가님 팬이에요. 작품 엄청 좋아해요'라고 말하겠다고 줄곧 생각해왔는데. 아니, 작가와 만나자마자 대뜸 팬이라고 선언하는 건 좀 아니라고 쳐도, 적어도 '미사키 선생님 작품은 모두 읽었습니다' 정도는 말해야 했다.

"어째서! 이래서야 미사키 선생님이 날 보고 앤 영화만 보고 책은 안 읽는다고 생각할지도 몰라⋯⋯."

아사히는 거센 파도처럼 밀려오는 후회에 다시 한 번 2호를 끌어안고 소파에 쓰러졌다가 잠시 그대로 2호의 몸에 얼굴을 묻고 숨 막히기 직전에 다시 몸을 일으켰다.

아사히가 2호를 소파에 내버려 두고 비틀비틀 걸어간 곳은 책장이었다.

미사키 젠의 작품은 전부 초판본으로 소장하고 있고, 본가를 나올 때 전부 옮겨 왔다.

아사히는 그중에서 데뷔작인 『론도』를 꺼냈다.

지금까지 셀 수도 없을 정도로 몇 번이나 읽어 꽤 해져 있었다. 취직 시험 때도 부적 대신 가방에 넣어서 갔었다. 표지 끝이 조금 찢어져 있는 건 뻣뻣하게 긴장한 채 면접장을 나온 직후 넘어져서 가방 속의 내용물이 사방으로 쏟아졌던 탓이었다. 그때는 재수가 없어서 분명 시험에 떨어질 거라 생각하고 엄청 풀죽었었다. 어찌어찌 붙어서 기오사에 입사했을 때는 누구보다 스스로가 놀랐던 게 아직도 기억난다.

아사히는 페이지를 대충 넘겨보았다. 잠깐 다시 읽었을 뿐인데 처음 읽을 때 느꼈던 가슴속 울림이 지금도 다시 되살아났다.

당시의 아사히는 꿈에도 생각하지 못했을 것이다. 미사키 젠의 담당이 될 줄은.

지금도 자신 따위가 맡아도 되는 일인지 궁금하다.

아사히는 떨리는 숨을 천천히 내뱉고 미사키 젠의 책을 끌어안았다.

지금부터 담당 편집자로서 온 힘을 다해 미사키 젠을 위해 일한다.

그러니까, 그러니까, 부디.

"……써주세요. 미사키 선생님."

기도하는 마음으로 그렇게 중얼거리는 아사히의 등 뒤를 2호가 소파 위에 앉아 다정하게 지켜보고 있었다.

예전 담당인 오하시의 말에 따르면, 미사키 젠이라는 작가는 쓰기 시작하면 그 속도가 빠르다고 했다. 다만 규칙적으로 '하루 한 장' 이렇게 쓰는 타입은 아니고, 의지가 생기지 않으면 시작하기까지 너무 오래 걸리며, 그 외에 이런저런 사정으로 늦을 때도 있다고 했다.

"그 외 이런저런 사정이란 게 뭐예요?"

"언젠가 알게 돼." 아사히가 묻자 오하시는 굳은 표정으로 대답했다. 늘 그랬던 것처럼 체셔고양이의 웃음을 짓지 않았다는 게 신경 쓰였다.

"단편이라고 해도 착실하게 진척 사항을 확인할 것." 오하시의 시달을 받고 첫 만남으로부터 2주 정도 지났을 때쯤, 아사히는 미사키 젠에게 전화하기로 했다. 마감은 아직 남아 있었지만 슬슬 무엇을 쓸지 정도는 정했을 것이다. 아직 정하지 않았다면 그것대로 의논할 수 있다.

오하시가 알려준 정보로는 미사키 젠이 '일어나는' 시간은 대체로 오후 6시부터 7시 사이이기 때문에 오후 8시에 전화했다. 한 차례 심호흡을 하고 긴장을 떨쳐냈다.

"신세가 많습니다. 기오사의 세나입니다."

[아, 세나 씨, 안녕하세요.]

미사키 젠은 바로 전화를 받아줬다. 좋아, 다음에도 이 시간대에 전화하자. 아사히는 마음속으로 결정했다. 작가에게 몇 시에 전화할지는 의외로 꽤 고민스러운 부분이다.

"지금 시간 괜찮으신가요? 전에 의뢰드린 단편 건 말인데요."

[죄송해요, 세나 씨, 지금 좀 귀찮게 구는 형사한테 잡혀버려서. 다음에 전화해주시면 감사하겠습니다만.]

"네?"

예상하지 못했던 대답에 아사히는 순간 얼어붙었다.

형사에게 붙잡히고 말았다니, 무슨 일일까.

설마 체포됐나. 흡혈 욕구를 참지 못하고 누군가를 덮치고 말았나?

"……선생님. 지금 어디 계세요?"

[아직 집입니다만.]

어쨌든 아직 경찰서에는 끌려가지 않은 모양이었다. 하지만 '아직 집'이라고 하는 건 지금부터 이동할지도 모른다는 얘기였다.

"지금 당장 찾아뵙겠습니다! 도착할 때까지 거기 있어주세요!"

그렇게만 말하고 전화를 끊은 뒤, 아사히는 기세 좋게 자리에서 일어났다.

옆에 앉은 다카야마가 놀란 표정으로 아사히를 봤다.

"뭐, 뭐야? 아사히 짱 어디 아파?"

"미, 미사키 선생님이……."

아사히는 말을 삼켰다. 안 된다, 말할 수 없다. 미사키 젠에 관해서는 편집부 내에서도 극비다. 하물며 누군가를 덮쳐서 체포됐을지도 모른다고는 절대 말할 수 없다.

"응, 뭐야? 미사키 선생님 무슨 일 있어?"

"아무튼 저 지금 미사키 선생님 댁에 다녀오겠습니다!"

다카야마는 서둘러 편집부를 나서는 아사히를 어안이 벙벙한 채 배웅했다.

지하철에 뛰어 올라탄 아사히는 초조하게 다음 정차 역을 표시하는 전광판을 올려다봤다. '빨리, 빨리' 하면서 마음만 급해져 도저히 진정되지가 않았다.

간다고 해서 해결될 일이 아닐지도 모르지만 어떻게든 미사키 젠을 지켜야 한다고 생각했다. 그렇게나 피를 마시고 싶었다면 내피를 줄 수도 있었는데. 한 번에 4백 밀리리터 정도라면 헌혈하는 분량이나 마찬가지다. 기꺼이 제공할 각오도 있다.

그렇게 미사키의 집에 도착해 벨을 누르자, 이번에도 루나가 문을 열어줬다.

수상하다는 눈빛으로 아사히를 올려다보는 루나에게 아사히는 물었다.

"미사키 선생님은?"

루나는 말없이 거실을 손가락으로 가리켰다. 현관 입구에는 전에 없었던 커다란 남자 구두가 한 켤레 있었다. 형사의 신발인가.

아사히는 내팽개치듯 신발을 벗고 안으로 들어가 거실 문을 열었다.

"선생님!"

과연 그곳에는 미사키 젠과 또 다른 한 사람, 양복을 입은 젊은 남자가 있었다.

하지만 아무리 봐도 분위기가 생각했던 것과는 달랐다.

미사키 젠은 지난번과 마찬가지로 우아하게 다리를 꼬고 소파에 앉아 홍차를 담은 찻잔을 손에 들고 있었다. 맞은편에 앉은 남자가 손에 들고 있는 것은 막 한 입 베어 문 쿠키였다. 누가 봐도 사이좋게 차를 마시는 모습으로밖에 보이지 않았다.

"벌써 오셨어요? 엄청 빠르시네요."

미사키 젠은 찻잔을 받침에 내려놓고 놀란 표정으로 아사히를 봤다.

"그런데 세나 씨, 대체 무슨 일이죠? 원고 얘기라면 나중에 다시 전화하면 될 텐데."

"저기, 아까 전화로 체포됐다고 말씀하시지 않았어요?"

아사히가 숨을 거칠게 쉬며 묻자 미사키 젠은 고개를 갸웃했다.

"아, 아까 '형사한테 붙잡혔다'라는 말을 착각했군요."

"차, 착각이라고요? 그럼 체포는요? 처벌은요?"

"이 경우 '붙잡혔다'는 말은 '길 가다가 옆집 사는 오지랖 넓은 아주머니한테 붙잡혀서 한 시간 동안 서서 이야기했어'라고 할 때의 붙잡혔다는 뜻과 같아요. 체포는 아닙니다."

별일 아니라는 말투에 아사히는 저도 모르게 비틀거리며 그 자리에 주저앉았다. 전차에 탔을 때 빼고는 여기까지 줄곧 뛰어 왔는데.

"하지만 거짓말한 적은 없어요. 나츠키 씨는 정말 형사거든요. 그리고 전 그저 자문 역할을 하고 있을 뿐입니다."

"형사…… 자문 역할……?"

아사히는 주저앉은 채 나츠키라는 사람을 쳐다봤다.

나츠키도 나츠키대로 흥미진진한 표정을 하고 아사히를 보고 있었다.

"오, 새 담당자라는 사람이 여자였구나. 좋겠다, 여자 담당자라니. 우리는 여자가 한 명도 없어. 계장하고 나하고 둘뿐이라 눈물 날 정도로 삭막해서 말이야."

나츠키는 그렇게 말하며 자리에서 일어나 아사히 앞까지 다가왔다. 이목구비는 뚜렷했다. 하지만 멋지다기보다는 애교 있는 느낌의 얼굴이었다. 키가 크고, 체격도 좋지만 사람 좋아 보이는 분위기 탓인지 묘하게 위압감은 없었다. 아마도 아사히와 비슷한 나이겠지.

나츠키가 매우 편안한 태도로 손을 내밀기에 아사히는 반사적으로 그 손을 잡았다. 나츠키는 그대로 휙 아사히를 끌어당겼다. 자리에서 일어난 아사히를 향해 남자는 빙그레 웃었다.

"괜찮아요? 아무튼 미사키는 말하는 방식이 나쁘다니까. 그냥 평범하게 '손님이 왔어'라고 하면 될 걸."

"아뇨. 제가 지레짐작해서 오해한 게 잘못이죠. 그런데 형사시라고요."

"아, 실례합니다. 경시청 수사1과 소속 하야시바라 나츠키입니다. 잘 부탁해요."

나츠키가 주머니에서 경찰수첩을 꺼내 보여줬다. 딱히 경찰이라는 느낌은 없었지만 아무래도 진짜인 듯했다. 아사히도 당황해서 명함을 꺼내 내밀었다.

"기오사 출판사의 세나라고 합니다. 아까는 소란 피워 죄송했습니다. 그런데 저기, 형사님이 미사키 선생님한테 어떤 자문을 구하시는 거예요?"

"그야 물론 사건에 대한 자문이죠."

"사건이라뇨?"

그때 미사키 젠이 끼어들었다.

"오하시 씨에게 못 들으셨어요? 저는 가끔 경찰 수사에 협력하고 있습니다."

"아, 그러고 보니까……."

미사키 젠에 관한 주의사항 세 번째가 떠올랐다. '경찰을 주의할 것'. 그 말인즉, 이런 일을 뜻했던 모양이었다.

"하지만 미사키 선생님은 범죄소설이나 추리소설을 쓰는 게 아닌데, 왜죠?"

"그야 물론 제가 인간이 아니기 때문입니다."

미사키 젠이 대답했다.

"나츠키 씨는 수사1과 안에서도 특수수사과에 있어요. 이름도 '이질사건수사계'라고 합니다."

"'유실물수사계'로 잘못 알아듣고 분실물을 수사한다고 생각하는 사람도 자주 있지만, 아니거든요. 참고로 줄여서 '이수계'입니다. 아, 그런데 비밀입니다. 일반 사람들한테는 알려지지 않았거든요."

나츠키는 가벼운 말투로 얘기했지만, 혹시 이건 경찰 내의 극비 수사 정보가 아닐까?

하지만 두 사람은 아사히가 이 이야기를 외부에 흘리지 않을 거라고 생각하는 모양이었다. 즉, 이것도 미사키 젠의 개인정보에 관한 이야기인 것이다.

"이수계는 사람 외의 존재가 관여된 사건, 혹은 그 관여가 의심되는 사건이 일어났을 때 비밀리에 뒤에서 처리하는 것을 제1의 목적으로 삼습니다. 즉 괴물에 얽힌 일들 말이죠. 경시청 이외에도 가나가와현경, 오사카부경, 홋카이도경에 설치되어 있어요."

"그런 사건도 일어나요?"

"뭐, 그런대로. 이 나라에 살고 있는 인간 외 존재는 이미 메이지 시대 중반에 정부에게 인지되었어요. 일반인에게는 알려지지 않은 채로요."

미사키 젠의 설명을 들으면 이랬다.

에도 시대 정도까지 이 나라의 인간과 인간 외 존재는 나름대로 공존하며 잘 살았다고 한다. 그러나 메이지 시대에 와서 몰아친 근대화의 물결은 사람 아닌 자들에게 좀처럼 익숙해질 수 없는 것이었다. 그들의 정체를 숨겨줬던 암흑은 사라지고 문명화가 불러온 서양 문화는 그들의 삶을 바꿨다. 그 결과 그때까지 인간들 속에 섞여서 살던 그들이 범죄를 저지르거나 정체가 발각되는 사건이 늘어났다.

하지만 바로 어제까지만 해도 옆집에 살던 이웃이 인간이 아니라는 이유로 여기저기서 난리가 난다면 쓸데없는 혼란이 초래될 것이었다. 고민 끝에 정부는 그들의 존재를 숨긴 채, 그들을 '관리' 하기로 했다.

현재 이 나라에 살고 있는 인간 이외의 존재들은 정부에 자신의 존재를 신고해서 등록한 경우가 대부분이다.

"뭐, 그중에는 등록 제도에 반발하는 무뢰파도 있지만. 그래도 여기서 살아가는 이상 그들도 생활이라는 걸 할 겁니다. 어설픈 싸움은 피하고 싶어지는 게 당연한 법입니다. 그래서 그렇게 쉽게 나쁜 짓을 저지르는 자는 없기도 합니다. 그래도 범죄를 저지르는 녀석들이 가끔씩 있지요. 소매치기가 자기 정체성이라며 사람들의 지갑을 마구 털고 다니는 도도메키라든가, 사람을 빠뜨려버리는 물귀신이라든가. 그래서 그쪽 관련 사건을 전담하려고 만든 부서가 이수계입니다. 이수계가 만들어진 건 최근이지만, 그 전신인 부서는 꽤 옛날부터 있었습니다. 내가 배속된 건 작년이지만."

나츠키는 아사히가 요괴 사전 안에만 존재한다고 믿었던 요괴의 이름을 아무렇지 않은 표정으로 말했다. 정말로 도도메키가 존재하는 건가? 분명 팔에 눈이 엄청 많이 달린 요괴였던 것 같은데.

"미사키는 전부터 이수계에 협력하고 있었다네요. 우리보다 훨씬 오랫동안 일본에서 살아왔으니까 그쪽 계열 녀석들에게는 잘 알려져 있고, 이래저래 아는 것도 많아요. 말은 이래도 실제로는 사건이라 해봐야 단순한 장난이거나 평범한 인간의 범행인 경우가 많지만요."

"정말이지 민폐입니다. 뭐, 받을 건 받고 있지만."

"받을 거라뇨? 월급이 나와요?"

아사히가 묻자, 미사키 젠은 가벼운 말투로 대답했다.

"현금은 아니고, 혈액 팩을 지급받고 있습니다."

"아……."

분명 그런 건 나름의 루트를 통해서 구하지 않으면 좀처럼 손에 넣을 수 없겠지. 일단은 기브 앤드 테이크인 모양이다.

"음, 그럼 하야시바라 씨가 오늘 여기에 온 것도 선생님께 자문을 구해야 하는 사건이 있어서인가요?"

"맞습니다, 그겁니다. 그러니까 슬슬 미사키를 좀 빌려가도 되겠습니까? 지금 가야 할 데가 있는데 아까 세나 씨가 전화로 미사키한테 움직이지 말라고 해서 일단은 기다리고 있었습니다."

"앗, 죄송해요! 저 때문에!"

"아니, 괜찮아요. 어차피 이 녀석은 홍차를 다 마시지 않으면 안 일어나니까."

태연하게 홍차를 마시는 미사키 젠을 슬쩍 쳐다보고 나츠키가 어깨를 으쓱했다.

경찰에게 수사 협조하는 거라면 주제넘게 참견할 일은 아니겠지. 둘은 이제부터 수사를 위해 외출할 테니 아사히는 돌아가는 게 좋을 듯 보였다.

그나저나 아사히는 나츠키가 굉장하다는 생각이 들었다. 아까부터 계속 미사키 젠을 이름으로 친밀하게 부르고 심지어 반말까지 했다. 혹시 나츠키도 미사키 젠 같은 존재가 아닐까.

그때 미사키 젠이 아사히의 생각을 단칼에 부정했다.

"아뇨. 나츠키는 인간입니다. 그저 바보일 뿐이에요."

"바보라 하지 마. 뭐야, 갑자기 사람을 깎아내리고."

"그게 아니라 나츠키 씨가 날 편하게 부르는 걸 보고 세나 씨가 희한하게 생각해서."

"그야 미사키는 겉모습이 나랑 비슷한 나이로 보이니까 그러지. '씨'를 붙이는 게 귀찮기도 하고. 게다가……."

"게다가?"

"나츠키랑 미사키. 뭔가 울림이 좋아."

"이것 봐요, 바보죠?"

"바보라고 하지 말라니까! 진지하게 한숨 쉬지 마! 됐으니까 얼른 다 마셔. 언제까지 우아하게 티타임 기분 내고 있을 거야!"

요컨대 나츠키는 엄청나게 서글서글한 타입이었다. 좋겠다, 둘은 사이좋아서. 아사히는 나츠키가 조금 부러웠다.

아니, 그보다.

"저기…… 미사키 선생님?"

"네, 왜 그러시죠?"

"혹시 선생님은 제 생각을 읽으시나요?"

아사히는 방금 전 든 궁금증을 입 밖으로 꺼내지 않았다. 그럼에도 미사키 젠은 그 의문에 대답한 것이다.

미사키 젠은 홍차가 든 찻잔을 받침에 올려놓고 진지한 얼굴로 고개를 끄덕였다.

"뭐, 어느 정도는요."

"그, 그럼 그것도 역시 뱀파이어의 특수한 능력인가요?"

"딱히 뱀파이어에게만 한정된 능력은 아닙니다. 우리 인간 외의 존재는 인간보다 훨씬 촉이 예리합니다."

"……훨씬이라는 건 대체 어느 정도인 거예요?"

"세나 씨는 생각하는 게 얼굴에 나타나는 사람이니까요."

간파당하고 말았다. 그 말인즉 날 전부 안다는 뜻일까? 그렇다면 아사히가 미사키 젠의 열혈 팬이라는 사실도 이미 전달됐을지도 모른다. 어떡하지, 왜인지 엄청 창피해졌다. 지금부터는 미사키 젠 앞에서 늘 평온한 바다 풍경이나 달밤의 사막 같은 걸 떠올려야겠다.

그때 진동으로 해둔 아사히의 스마트폰이 울렸다. 발신자를 보니 오하시에게서 온 전화였다. 아사히는 죄송하다고 양해를 구한 후 복도에서 전화를 받았다.

"네, 세나입니다."

[세나, 지금 어디 있어? 미사키 선생님 집이야? 아까 엄청난 기세로 나가던데, 뭔 일 있어?]

"아, 죄송해요. 제가 착각했어요."

아사히는 그렇게 말하고 나츠키가 와 있다고 오하시에게 전달했다.

[아, 또 그거야? ……나 참, 자꾸 그러면 곤란한데. 미사키 선생전에도 그거 때문에 크게 다쳤잖아.]

"다쳐요? 잠깐만요. 위험한 일을 하시는 거예요?"

[그 왜, 반년 전에 도쿄에서 엽기적인 연쇄살인사건 있었잖아. 젊은 여자 셋이 배가 갈라진 채로 죽어 있던 사건. 범인을 잡았다는 보도는 없었지만 사실 완전히 해결됐어. 늑대인간 짓이었는데 미사키 선생이 잡았어.]

"그 정도면 자문이 아니라, 완전 행동대장이잖아요!"

[그렇다니까. 어지간히 큰일이었는지, 그땐 물리기까지 했어.]

"……어디를요?"

[아마 왼쪽 팔일걸.]

아사히의 머릿속에서 미사키 젠이 찻잔을 들어 올리는 영상이 재생됐다. 우아하게 찻잔을 잡은 손은 왼손이었다. 그렇다면 아마도 미사키 젠은 왼손잡이일 것이다.

그리고 미사키 젠은 원고를 손으로 쓴다.

즉, 왼팔을 다치면 원고를 쓸 수 없다.

"그, 그건 안 돼!"

아사히는 전화를 끊고 거실로 달려갔다.

미사키 젠은 홍차를 다 마셨는지 슬슬 나가려고 일어서던 참이었다.

아사히는 미사키 젠의 왼팔을 덥석 붙잡았다.

"안 돼요! 선생님을 수사에 데려가지 말아주세요!"

"무슨 일입니까, 세나 씨?"

"어, 왜 그러시죠, 갑자기?"

아사히는 깜짝 놀란 두 사람에게 신경 쓰지 않고 미사키 젠의 왼팔을 계속 붙잡고 있었다. 이 팔만은 필사적으로 지켜야 한다. 회사를 위해서, 무엇보다 미사키 젠의 신작을 손꼽아 기다리는 독자를 위해서.

"선생님은 제가 지킵니다! 어딘가 데려가시거든 저도 갈 거예요!"

"음, 그런 눈초리로 노려봐도 어쩔 수 없을 텐데……."

나츠키가 곤란하다는 표정으로 얼굴을 긁었다. 아사히는 물러나지 않으리라는 강경한 눈빛으로 나츠키를 노려봤다.

나츠키는 잠시 생각하더니 손목시계로 시간을 확인하고 얼굴을 찡그렸다.

"……어쩔 수 없지, 그럼 세나 씨도 같이 갑시다."

"정말 괜찮겠습니까? 나츠키 씨?"

미사키 젠이 아사히에게 왼팔을 붙잡힌 채 물었다.

"본청에 들어가는 것도 아닌데 뭐. 한 명쯤은 덤으로 따라와도 상관없어. 그것보다 이제 슬슬 나가지 않으면 진짜 늦어. 뭐, 의뢰인은 몇 시라도 괜찮다고 했지만 아무리 그래도 너무 늦으면 계장한테 혼나. ……이러는 거 역시 계장한테 들키면 혼나겠지만."

"제가 할 수 있는 일이라면 기꺼이 도울게요!"

아사히는 미사키 젠의 팔에 매달린 채 그렇게 선언했다.

"같이 가는 건 좋은데, 세나 씨. 지금 가는 곳에서 보거나 들은 건 다른 데 절대 말하지 말아줘요. 비밀 엄수는 필수입니다."

"알고 있어요!"

힘차게 고개를 끄덕이는 세나를 내려다보며 미사키 젠이 말했다.

"괜찮습니다. 나츠키 씨가 담당하는 사건은 어차피 말해봐야 아무도 믿지 않을 테니까요. 게다가 세나 씨는 사요 씨가 찍은 사람이니까 일단 신뢰할 수 있고요."

"그래? 그럼 됐어. 그래서, 세나 씨는 이동 중에도 그렇게 있을 겁니까?"

나츠키의 말에 아사히는 깜짝 놀라 그제야 자신이 미사키 젠의 팔을 세게 붙잡고 있다는 걸 깨달았다. 당황하며 미사키 젠에게서 떨어진 아사히의 볼이 새삼스레 빨개졌다.

아사히는 얼버무리려는 듯 물었다.

"저, 저기 전에도 말씀하셨던 것 같은데, 사요 씨가 누구예요?"

"세나 씨도 알고 있어요."

미사키 젠이 대답했다. 하지만 아사히가 아는 사람 중에 그런 이름을 가진 사람은 없었다.

"자, 갑시다, 갑시다!"

나츠키가 재촉하는 바람에 아사히는 그 이상 추궁하지도 못하고 아직 빨갛게 달아오른 볼을 신경 쓰면서 현관으로 향했다.

나츠키가 운전하는 차를 타고 도착한 곳은 꽤 훌륭한 일본식 저택이었다.

위풍당당한 건물 입구 옆은 오른쪽 왼쪽 할 것 없이 양쪽으로 하얀 담이 끝도 없이 이어져 있었다. 담 너머에는 멋들어지게 가지를 뻗은 소나무가 보였다. 덕분에 아사히의 머릿속에 바로 떠오른 이미지는 사무라이 복장에 칼을 차고 문신한 남자가 나오는 협객영화였다. 설마 여기는 야쿠자 두목의 집인가.

"아닙니다, 세나 씨. 여긴 도깨비 집이에요."

"네?"

"아니야. 여기는 가지와라 젠조 씨 집이라니까."

나츠키가 손가락으로 가리킨 곳에는 분명히 '가지와라'라고 적힌 명패가 있었다.

"세나 씨는 뉴스 봅니까? 그럼 들어본 적 있는 이름일 텐데요. 가지와라 젠조."

그러고 보니 어디서 들어본 적 있는 이름이었다. 분명 며칠 전에 어떤 정치인의 비리 사건 의혹과 관련해서 본 뉴스에서 나왔던 이름 같았다.

"그래서 기자들 눈 피해서 들어가야 해."

차를 탄 상태로 집 뒤쪽으로 돌아가서 나츠키가 부엌문인 듯한 곳에 붙은 초인종을 눌렀다. 그러자 곧 가사도우미로 보이는 중년 여자가 나왔다.

여자는 나츠키가 꺼낸 경찰수첩을 보고 놀란 듯 자세를 고치더니, 뒤이어 미사키 젠의 잘 다듬어진 얼굴을 보고 멍해진 표정으로 볼을 붉히고, 그리고 마지막에 아사히를 보고는 엄청 수상하다는 표정을 지었다. 아사히는 자신은 신경 쓰지 말라는 표정으로 살짝 고개를 끄덕여 인사했을 뿐인데도. 아사히는 이 자리에서 자기 자신만 붕 떠 있다는 사실을 잘 알고 있었다.

여자의 안내로 응접실처럼 보이는 방에 들어갔다. 저택의 외관은 일본 전통 양식을 따랐지만 방은 서양식으로, 양반다리가 불편한 아사히는 속으로 안심했다. 가죽 소파와 중후한 테이블이 있었고, 그리고 벽에 걸린 그림은 드가의 작품 같은데 설마 진품은 아니겠지. 찬장 안에는 바카라(오스트리아의 유명 크리스털 제품 브랜드)일 것 같은 유리잔이 죽 늘어서 있었다.

아사히는 어떻게든 기억을 더듬으며 가지와라 젠조가 어떤 사람이었는지를 머릿속에서 검색해봤다.

분명 이미 은퇴한 거물 정치인이었다. 은퇴하고도 정치계에 그 영향력을 뻗치고 있다는 소문이 돌고 있고, 아들 역시 국회의원이다. 이번 의혹은 아들 때문에 나온 이야기였지만 자세한 내용까지는 기억나지 않았다.

"저기, 요즘 뉴스에 나오는 게 무슨 내용이죠?"

"우회헌금이에요."

아사히가 묻자, 미사키 젠이 가르쳐주었다.

"자금관리단체에서 당의 지부로 보낸 헌금과 딱 떨어지는 금액이 같은 날 지부에서 젠조 씨의 아들 모토키 씨에게 입금됐습니다. 자금관리단체에게 직접 기부를 받으면 정치자금규정 위반이기 때문에 숨기기 위해 지부를 이용해서 우회했다는 의혹이 나오고 있어요."

"……질문이 있는데요."

"네, 하세요."

"비리 의혹 수사에 왜 하야시바라 씨랑 선생님이 나서시는 거죠? 이수계의 일은 인간이 아닌 인간이 얽힌 사건을 수사하는 거잖아요."

"인간이 아닌 인간이라는 말은 꽤 모순된 표현이네요. 하지만 말씀대로 비리 의혹 수사 때문에 온 게 아닙니다."

"그럼 무슨 수사예요?"

아사히가 고개를 갸웃거리자 나츠키가 대답했다.

"실은 말이야. 유괴 사건이야."

"네?"

그건 또 웬 흉흉한 사건이람.

하지만 유괴 사건 수사를 왜 이수계가 하는 걸까. 괴물이 이 집의 누군가를 납치하기라도 한 걸까.

"자세한 건 지금부터 물어볼 겁니다. 저기, 도깨비가 등장했네요."

미사키 젠의 시선이 문 쪽을 향했다.

그때 바로 문이 열리면서 전통 복장을 입은 노인이 들어왔다.

머리는 거의 백발이지만, 정력 넘치는 얼굴 덕분에 그다지 늙었다는 느낌은 들지 않았다. 결코 키는 크지 않았지만 전신에서 뿜어져 나오는 위압감은 보통 사람의 것이 아니었다. 아사히도 얼굴 정도는 텔레비전에서 본 적이 있었다.

가지와라 젠조는 도깨비 같은 얼굴로 이쪽을 슥 노려보더니 입을 열었다.

"……도깨비라니, 말은 잘하는구먼."

"일본 국회는 도깨비들이 설치는 곳이라고 얘기들 하잖아요. 물론 일본만의 이야기는 아닙니다만."

기죽은 모양새도 없이 대답하는 미사키 젠을 보며 가지와라는 두터운 목소리로 웃었다.

"도깨비는 자네가 아니던가. 경시청이 외국 괴물을 키우고 있다는 이야기라면 나도 들은 적이 있네만."

"키운다는 표현은 마음에 들지 않는군요. 하지만 당신만 한 인물이라면, 뭐 이런저런 얘기를 들어 알고 있대도 이상하지 않죠. 전 총무처장 가지와라 젠조 씨."

"그나저나 꽤 늦은 시간에 찾아왔군. 오늘 밤에는 오지 않겠거니 하고 있었는데."

"이 시간쯤이 저로서는 딱 좋습니다. 야행성이라서요."

미사키 젠이 말하자 가지와라는 한 번 더 웃었다.

"흠, 마음에 드는군. 배짱이 두둑한 녀석이라면 나쁘지 않지."

가지와라는 그렇게 말하고 미사키 젠의 맞은편 소파에 털썩 앉아 미사키 젠에서 나츠키 쪽으로 시선을 옮기더니 말했다.

"그래서, 자네가 이수계 형사인가?"

"경시청 제1과 이질사건수사계의 하야시바라입니다. 오늘은 이야기 들으러 찾아뵀습니다."

나츠키가 가지와라에게 명함을 건넸다. 정계의 거물을 상대로 그다지 긴장한 기색이 없다는 점이 대단하게 느껴졌다.

가지와라는 슬쩍 명함에 시선을 주고는 바로 테이블 위로 던졌다. 아사히는 쳐다보지도 않았다. 어쩌면 처음부터 시야에 들어오지 않았는지도 모른다.

"그럼 시간 아까우니 얼른 본론으로 들어가지."

가지와라는 매우 엄숙한 말투로 이수계 형사를 집으로 부른 이유를 이야기했다.

"우리 집 자시키와라시가 유괴됐어. 얼른 찾아서 데리고 와."

'으음, 자시키와라시가 뭐더라.' 매우 진지한 모습의 가지와라의 얼굴을 보면서 아사히는 생각했다.

분명 아이의 모습을 한 요괴였던 것 같은데. 하지만 그 이상 자세한 내용을 떠올리려고 하면, 왜인지 머릿속에 미즈타니 유타카의 얼굴이 떠오른다. 아마도 전에 봤던 〈홈 : 사랑스러운 자시키와라시〉라는 영화를 본 탓이겠지. 마음이 따뜻해지는 영화였어. 축제 장면에서 눈물이 났는데. 그런 생각을 하다가 아사히는 자신이 가볍게 현실을 도피하고 있는 중이라는 사실을 깨달았다. 아니지, 이런 생각이나 할 때가 아니야.

"우리 집은 원래 도호쿠 지방 출신이야. 대대로 자시키와라시가 집에 살고 있었어. 내 대부터 도쿄에 올라왔는데 왜 그랬는지 모르겠지만, 그때 같이 따라왔네."

"그것 참 신기하네요. 지시키와라시는 집에 들러붙어 있는 게 보통인데."

미사키 젠도 매우 진지한 표정으로 그렇게 대답했다. 자시키와라시가 정말로 존재하는 건가. 뱀파이어가 실재하는데 자시키와라시가 있다고 해서 이상할 게 없기는 하다.

그나저나 아무래도 이번 사건은 사람 외의 존재가 피해자 쪽인 모양이었다.

"자시키와라시는 집을 번영하게 해주는 요괴가 아닌가. 그래서 도호쿠에 있을 때부터 자시키와라시가 나오는 방에는 장난감을 잔뜩 넣어두고 소중히 돌봤네. 여기 왔을 때도 그랬어. 방 하나를 아이용 방으로 만들고 놀이 상대를 고용해서 돌보게 했어. 하지만 자시키와라시는 아무나 볼 수 있는 게 아니라서 보는 사람을 찾아 고용하느라 아주 뼈가 휘었지."

가지와라는 흥, 하고 콧방귀 뀌고는 소파에 기댔다.

"옛날에는 나도 봤어. 어렸을 적 얘기지만 말야. 모르는 남자애가 놀자며 다가와서 한동안 집 안에서 숨바꼭질을 하며 놀았던 기억이 있네. 하지만 요즈음에는 전혀 보이지 않았어. 그래도 기척만은 어떻게든 느끼고 있었는데……. 요 며칠 만에 사라졌어. 사라지자마자 그런 보도가 나온 거야. 설마 우회헌금을 했으리라고는 생각도 못 했지."

"멍청이 같은 아들놈이." 가지와라가 입안에서 말을 뭉개듯이 중얼거렸다.

그리고 가지와라는 한 장의 메모를 꺼냈다.

"누가 자시키와라시를 데리고 갔는지 알고 있어. 여기, 그 여자 이름이랑 주소야."

가지와라가 메모지를 테이블 위로 던졌다. 나츠키가 주워서 메모지에 쓰인 글씨를 읽었다.

"모토무라 유키코. 뭐 하는 사람이에요?"

"자시키와라시와 놀아주기 위해 고용됐던 여자야. 그전에 고용했던 아주머니가 나이 때문에 몸이 안 좋아져서 말이지. 슬슬 아이랑 놀아주기 힘들어서 다른 사람을 고용했더니, 그 여자가 우리 집 자시키와라시를 유괴했어. 은혜를 원수로 갚다니."

"유괴라고 하시면 어떤 요구가 있었는지요. 그 모토무라 유키코 씨가 무슨 요구를 했습니까?"

미사키 젠이 물었다. 가지와라는 미사키 젠을 짜증스럽게 쳐다 봤다.

"그런 건 없어. 하지만 그 여자가 자시키와라시를 데려갔어. 유 괴야."

"자시키와라시가 스스로 이 집을 나가서 그 여자분 집으로 갔을 지도 모르잖습니까."

"그럴 리 없네."

"왜 그렇게 생각하십니까?"

미사키 젠이 물었다.

가지와라가 입을 다물고 일자 모양의 입술을 삐죽이고는 눈을 번득이며 미사키 젠을 노려봤다.

미사키 젠은 우아하지만 어딘가 차가운 미소를 지으며 말했다.

"자시키와라시가 나간 집은 기운다."

흠칫, 가지와라의 어깨가 순간 떨렸다.

미사키 젠은 눈을 가늘게 뜨면서 계속 말을 이었다.

"인간들 사이에서도 유명한 이야기죠. 자시키와라시는 집을 부 유하게 만든다. 하지만 떠나면 바로 몰락한다. 당신은 그게 무서운 겁니다. 그러니 스스로 나간 게 아니라, 누군가에게 납치됐다고 생 각하고 싶은 거죠?"

"……'그건' 쭉 우리 집에 있었어. 우린 소중하게 돌봐줬어. 그래, 아주 소중하게. 그러니까 스스로 나갈 이유 같은 건 없어."

"글쎄, 과연 그럴까요."

미사키 젠은 그렇게 말하고 가지와라의 눈을 지그시 바라봤다. 가지와라의 마음속을 읽기라도 하듯이.

이윽고 참을 수 없었는지 가지와라가 눈을 피하며 탁, 테이블을 주먹으로 두드리고 자리에서 일어섰다.

"어쨌든 얼른 데리고 와! 굳이 그 여자를 체포하라고는 안 하겠네. 자시키와라시가 돌아오기만 하면 돼! 얘기는 여기까지. 썩 돌아가!"

가지와라는 그렇게 소리치더니 난폭하게 문을 열어서 나가버렸다.

그 후 같은 문에서 빼꼼 얼굴을 내민 건 아까 그 가사도우미처럼 보이는 여자였다. 따뜻한 차를 받친 쟁반을 손에 들고 있었다.

"……저기, 죄송합니다. 차를 너무 늦게 내왔네요."

"아, 괜찮습니다. 저희도 이제 막 돌아가려던 참이에요."

미사키 젠이 빙긋 웃으며 그렇게 말하자 여자는 노골적으로 얼굴을 붉히며, 입안으로만 우물우물 중얼거렸다. "그러시군요. 죄송합니다."

그 모습에 나츠키가 작은 목소리로 미사키 젠에게 말했다.

"이 여자 킬러 같으니."

"그런 무례한 말은 하는 게 아닙니다."

미사키 젠이 작은 목소리로 되받아쳤다.

그러고서 문득 뭔가 떠오른 얼굴로 미사키 젠은 다시 한 번 여자를 바라봤다.

"죄송합니다만, 한 가지 부탁해도 되겠습니까?"

"네, 네, 무슨 부탁이시죠?"

무엇이든 말씀만 해주세요, 라는 듯이 여자가 말했다. 이 지나치게 잘생긴 얼굴과 달콤한 목소리만 있다면 세상 대부분의 여자는 미사키 젠의 부탁을 들어주고 말 것이 분명하다.

하지만 미사키 젠이 여자에게 한 부탁은 좀 오묘한 부탁이었다.

"자시키와라시의 방을 보여주실 수 있을까요?"

"음? 아, 네, 그럴게요."

여자는 수상하게 생각하면서도 자시키와라시가 지내던 방으로 안내해줬다.

방은 저택 구석에 있는 작은 방이었다. 이 집은 다다미방과 서양식 방이 섞여 있는 듯했고, 아무래도 서양식 방은 비교적 최근에 리모델링한 것 같았다. 다다미방은 서양식 방에 비하면 어딘가 낡아 보였고, 최근에 다다미만 교체했는지 푸릇푸릇한 모습이었다.

그리고 다다미 위에 널브러져 있는 건, 산처럼 쌓인 아이 장난감이었다.

아동용 방송에 나오는 변신 히어로 인형, 봉제인형, 보드게임, 레고 시리즈에 만화 잡지까지. 그뿐 아니라 방 안에는 대형 텔레비전에 그 앞엔 최신형 게임기가 몇 대나 늘어서 있고, 선반에는 게임 소프트웨어가 가득 들어차 있었다.

"희한한 방이죠?"

여기까지 안내해준 여자는 자시키와라시가 보이지 않는 모양이었다. 이 방에 정말로 있었다고는 꿈에도 생각하지 못한 말투로 말했다.

"처장님은 좀 특이한 분이에요. 미신을 너무 믿는다고 할까…… 자시키와라시가 있으니까, 라는 이상한 이유로 이렇게나 장난감을 쌓아두고, 놀이 상대까지 고용하다니. 아무도 사용하지 않은 장난감을 이렇게나 잔뜩 살 거라면 조금은 아키히토 도련님도 가지고 놀게 해주면 좋을 텐데. 늘 그런 생각이 들어요."

"아키히토 도련님이오?"

"……아, 아니에요. 제가 이런 말을 했다는 건 처장님한테는 비밀이에요."

여자는 괜한 말을 해버리고 말았다는 듯 얼굴을 찡그렸다.

자시키와라시의 방을 나올 때 미사키 젠이 문득 왼쪽 방향으로 몸을 돌렸다. 이에 이끌려 아사히도 같은 곳을 보는데, 계단 그림자 속에서 아이의 얼굴이 보였다. 남자아이였다.

설마 자시키와라시는 아니겠지. 아사히가 그런 생각을 하고 있는데 여자가 그 아이의 이름을 불렀다.

"아키히토 도련님! 아직도 안 주무시고 뭐 해요!"

깜짝 놀란 아이의 얼굴이 한 번 뒤로 물러나더니 다시 슬슬 이쪽을 슬쩍 쳐다봤다.

"저 아이는 누굽니까?"

미사키 젠이 여자에게 물었다.

"의원님의, 모토키 씨의 아들이에요. 아키히토 도련님이에요."

"조금 얘기를 나눠도 될까요?"

"네? 아, 네…… 그러세요."

대답을 듣고 미사키 젠은 갑자기 아사히의 등을 살짝 떠밀었다.

"세나 씨, 다녀오세요."

"네? 왜 제가요?"

"저 아이가 보고 있던 사람은 세나 씨입니다. 게다가 일반적으로 여자 쪽이 작은 아이에게 경계심을 사지 않고 다가갈 수 있는 것 같더군요. 자시키와라시에 대해 알고 있는지 물어봐주세요."

미사키의 말에 아사히는 머뭇거리며 아키히토 쪽으로 걸어갔다.

아키히토는 아사히가 자기 쪽으로 오는 걸 보더니 다시 숨어버렸다. 하지만 아사히가 정면에서 돌아 들어가니 아키히토가 계단에 앉아 있는 모습이 보였다. 초등학교 저학년쯤 됐을까. 푸른색 잠옷 차림으로 무릎을 끌어안고 앉아 있다.

"안녕."

아사히가 살짝 허리를 굽혀 아키히토의 얼굴을 들여다보며 그렇게 말을 걸자 아키히토는 칩뜬 눈으로 올려다보며 작은 목소리로 '안녕하세요' 하고 인사했다.

그리고 역시 작은 목소리로 중얼거렸다. "사쿠라 선생님 아니네."

"사쿠라 선생님?"

"유치원에 있을 때 선생님. 좀 닮아서 착각했어요."

"아…… 그래, 미안해. 사쿠라 선생님이 아니라서."

아사히는 쓴웃음을 지었다. 옛날부터 사람들이 자신을 잘못 알아보는 경우가 많았다. 꽤 높은 확률로 처음 만난 사람에게서 '초등학교 때 같은 반이었던 누구랑 닮았다' 같은 말을 듣곤 했다. 친숙한 얼굴이라고 하면 듣기야 좋지만, 결국은 어지간히 평범한 얼굴이라는 말이 된다.

하지만 덕분에 아키히토의 이야기를 들을 수 있을 듯하다.

"여기서 뭐 해? 벌써 10시가 넘었어. 빨리 안 자면 혼나는 거 아니야?"

"……누나야말로 그 방에서 뭐 하고 있어요?"

아키히토가 의심스러운 눈으로 그렇게 물었다.

"어, 음, 그 방에 자시키와라시가 있었다고 해서 보러 왔어. 저기, 아키히토는 자시키와라시 본 적 있어?"

"……그런 거 없거든! 바보 아냐?"

아키히토의 반응은 꽤 격렬했다.

"할아버지 완전 머리가 이상해. 아무도 없는 방에 장난감 가득 쌓아놓고 내가 만지면 화낸단 말이야! 나보고는 게임하면 바보 된다면서 그 방에는 새 게임기가 엄청 많다고!"

아키히토가 달려들기라도 할 기세로 소리 질렀다. 너무 격렬한 반응에 아사히는 자기도 모르게 미사키 젠 쪽을 돌아봤다.

미사키 젠은 아까 서 있던 자리 그대로 움직이지 않고, 그저 조용히 이쪽을 바라보고 있었다. 계속 이야기하라는 듯해서 아사히는 다시 아키히토 쪽으로 몸을 돌렸다.

"그럼 아키히토는 자시키와라시를 보거나 같이 놀지 않았단 거네?"

"당연히 아니지. 자시키와라시 같은 건 없으니까! 우리 집에서 자시키와라시가 있다고 말하는 사람은 할아버지랑 유키코 누나뿐이야. 둘 다 머리가 이상해!"

즉, 가지와라의 아들 부부도 자시키와라시를 본 적이 없다는 이야기다.

그때 갑자기 벼락이 떨어졌다.

"아키히토! 아직도 안 자고 뭐 해!"

가지와라가 복도에 서 있었다. 아키히토의 목소리를 듣고 나온 모양이다.

아키히토는 가지와라의 얼굴을 보자마자 자리에서 일어나 말없이 계단을 뛰어 올라갔다. 가지와라가 계단 아래까지 왔을 때는 이미 아키히토의 모습은 보이지 않았다.

"얼른 안 자? 잠이 안 오면 공부라도 해!"

그래도 가지와라는 아키히토가 사라진 2층을 향해서 호통쳤다. 아사히는 자신이 혼나는 것도 아닌데 무서워서 그 자리에서 움츠러들었다.

그때 어느새 옆에 다가온 나츠키가 아사히의 어깨에 손을 올리며 말했다.

"잠시만요, 가지와라 씨. 그렇게 소리치지 않아도 되잖습니까? 그런 식으로 아이를 혼내시면 나중에 커서 아이도 똑같이 누군가에게 소리치는 사람이 됩니다."

"닥쳐. 아이 부모가 변변치 않으니까 나라도 가르치는 거야."

"무슨 말씀이시죠?"

나츠키는 아주 자연스레 답을 재촉했다. 가지와라는 쓸쓸한 얼굴로 말했다.

"저것의 엄마는 오늘도 바람난 애인이랑 같이 있어. 아빠는 바쁘고. 특히 지금은 그 사건으로 정신없지. 집에 돌아온대도 자기 아들한테 신경 쓸 여유도 없네. 그렇다면 내가 저 아이에게 이것저것 가르쳐야 하지 않겠나."

"흠…… 그러시군요."

그것 참 큰일입니다, 하고 나츠키가 어깨를 으쓱했다.

슬쩍 가지와라 집안의 가정사를 알아낸 나츠키를 보며 아사히는 조금 놀랐다. 그다지 형사다운 사람은 아니라고 생각했는데 알고 보면 그렇지 않을지도 모른다.

가지와라도 쓸데없는 말을 해버렸다는 걸 알아챈 모양이었다. 조금 거북한 표정으로 나츠키를 노려봤다.

"우리 손자한테 신경 쓸 여유가 있으면 얼른 자시키와라시를 찾아오기나 해. 알겠나."

내뱉듯이 그렇게 말하고 가지와라는 발걸음을 돌렸다. 미사키 젠이 그를 배웅하며 나직이 중얼거렸다.

"그렇군. 이 가족은 누구도 서로 얼굴을 마주하지 않는 모양이군요."

아사히는 그 말이 꽤 인상적으로 들려서 미사키 젠을 돌아봤다.

"오늘은 그만 돌아가죠." 아름다운 뱀파이어는 딱 한 번, 슬쩍 자시키와라시의 방 안에 시선을 던지고 아사히와 나츠키를 재촉했다.

"지금 그 여자분을 찾아가기엔 시간이 너무 늦었으니까, 내일 조금 더 이른 시간에 가기로 해요. 모토무라 유키코 씨의 집이오."

나츠키는 모토무라 유키코의 자택을 아사히가 함께 방문하는 것도 단번에 허락해주었다.

"그야 남자 둘이서 여자 집에 찾아가면 경계할지도 모르니까, 아사히 짱이 같이 가주는 쪽이 얘기하기 쉽지 않을까 해서요."

어느새 호칭이 '세나 씨'에서 '아사히 짱'으로 바뀌어 있었지만 딱히 싫지 않은 이유는 태연한 나츠키의 태도와 말투 때문일까.

"나보고도 그냥 '나츠키'라고 부르세요. 딱딱한 거 싫어해서."

그렇게 말했지만 아무리 그래도 격의 없이 부르기는 뭣해서 '나츠키 씨'로 합의를 봤다.

아무튼 가지와라의 저택을 방문한 다음 날, 그런 연유로 아사히는 또다시 미사키 젠과 함께 나츠키가 운전하는 자동차에 몸을 실었다. 자시키와라시 유괴 사건의 중요 참고인에게 이야기를 듣기 위해서.

그런데 그건 그렇고, 라고 아사히는 생각했다.

"그건 그렇고, 자시키와라시라는 게 정말 있나 봐요……."

"뭡니까, 세나 씨. 심각해 보이네요."

"아, 죄송해요. 뭔가 아직 실감이 나지 않아서……."

"그러세요? 세나 씨 입에서 그런 말이 나오다니 좀 놀랐습니다."

"그야 뭐, 뱀파이어도 있으니까 자시키와라시가 있다고 해도 딱히 이상하지는 않죠."

"아니요. 그런 뜻이 아니에요."

"그럼 무슨 뜻이에요?"

아사히는 고개를 갸웃했다. 미사키 젠이 그에 대해 입을 열려는 찰나, 나츠키가 차를 세우고 도착했다며 목소리를 높였다. 목적지인 모양이었다.

유키코의 집은 낡은 2층 아파트 건물의 1층이었다.

밤 8시가 넘은 시간. 나츠키가 인터폰을 누르자 체인 잠금장치가 된 문틈으로 30대 초반으로 보이는 여자가 얼굴을 내밀었다.

"죄송합니다. 이야기를 좀 듣고 싶은데 괜찮으신가요?"

나츠키가 그렇게 말하며 경찰수첩을 보여주자 여자는 이내 굳은 얼굴로 문을 닫았지만, 곧바로 체인을 푸는 소리가 들리더니 다시 문이 열렸다.

"저…… 그러세요. 들어오세요."

여자의 말에 세 사람은 방으로 들어갔다.

때마침 저녁을 먹고 있었던 모양이었다. 밥상 위에는 카레라이스가 담긴 접시 두 개가 놓여 있었지만 방 안을 둘러봐도 유키코 외에는 아무도 없었다.

방 안은 나름 깔끔하게 정리되어 있었다. 그런데 유독 한구석에만 커다란 상자가 무더기로 쌓여 있었다. 살펴보니 상자 겉면에 텔레비전이니, 청소기니 적혀 있었다. 비좁은 아파트와는 묘하게 어울리지 않는 느낌이었다.

"아, 지금 차 내올게요."

유키코가 우왕좌왕하며 밥상 위에 놓인 카레 접시를 부엌으로 치웠다. 아사히와 일행이 자리에 앉자, 주전자를 가스레인지에 올렸다.

"아뇨, 신경 쓰지 마시고 유키코 씨도 여기 앉으세요."

미사키 젠이 유키코의 얼굴을 바라보며 부드러운 말투로 말하자 유키코는 얼굴을 붉히며 '네'라고 했다가 '아니오'라고 했다가, 입 속에서 우물우물 중얼거리며 이쪽으로 왔다. 역시 여자들에게 미자키 젠의 미모 효과는 절대적인 모양이다.

유키코가 자리에 앉자 나츠키가 말을 꺼냈다.

"모토무라 씨, 가지와라 젠조 씨를 알고 계십니까?"

"아, 네……. 가지와라 씨 댁에서 일한 적이 있어요."

"그 일에 대해서 여쭤봐도 될까요?"

유키코는 조금 곤란하다는 표정을 지었다. 어떻게 얘기하면 좋을지 모르겠다는 표정이었다. 그 모습을 보고 미사키 젠이 도움의 손길을 내밀었다.

"자시키와라시를 돌보는 게 그쪽 일이었다는 건 가지와라 씨에게 이미 들었습니다. 거기에 대해서 좀 더 자세하게 듣고 싶어요."

"아…… 알고 계시네요. 산타에 대해서."

유키코는 작게 한숨을 쉬고 이야기를 시작했다.

유키코가 가지와라의 집에 고용된 건 반년 전이었다고 한다. 그때까지 일하고 있던 회사가 도산해서 새로 일을 찾고 있던 차에 아는 사람의 소개로 가지와라 저택에서 일손을 구한다는 걸 알게 됐다.

가사도우미 알선 일을 하는 지인이 말하기를 업무는 베이비시터 같은 일이라고 했다. 단, 자격증 같은 건 딱히 필요하지 않지만 일을 맡으려면 '시험'을 봐야 한다고.

"시험이라는 게 뭐냐고 물었더니 어쨌든 그 집 아이와 놀고 오면 된다고 하더라고요. 솔직히 뭐가 뭔지 알 수 없었지만, 그래도 일하고 싶어서 가지와라 씨 집을 소개받았어요."

유키코가 가지와라 집을 방문했을 때 안내한 사람은 가지와라 젠조였다. 바로 장난감이 잔뜩 놓여 있는 방으로 갔지만, 가장 중요한 아이가 보이지 않았다. 당황한 유키코에게 가지와라는 두 시간 뒤에 보러 오겠다는 말을 남기고 사라졌다.

어찌할 바를 모르고 있던 유키코는 잠시 후 시선을 느꼈다.

돌아보자 장롱이 조금 열려 있고, 그 틈으로 아이가 유키코를 보고 있었다.

유키코가 말을 걸자 아이는 장롱 문을 냉큼 쾅 닫아버렸다. 어쩔 수 없이 장롱을 향해 말을 건 지 5분, 유키코가 당황하기 시작한 그때, 다시 슬그머니 문이 열렸다고 한다.

작은 틈새로 건네받은 건 동화가 잔뜩 실린 책이었고 유키코는 그걸 읽어달라는 뜻으로 해석했다. 유키코가 소리 내 책을 읽어주는 동안 가끔씩 장롱 안에서 작은 웃음소리가 들렸다.

그리고 가지와라가 말한 두 시간이 지나기 직전에 그 아이는 장롱 너머로 자신의 이름이 '산타'라는 사실을 가르쳐줬다.

"그 얘기를 가지와라 씨에게 말했더니 합격이라고 해서…… 그 이후로 일주일에 네 번씩 산타와 놀아주기 위해 그 집을 드나들게 됐어요."

산타는 방을 가득 메운 게임기나 장난감에는 별로 흥미를 보이지 않고 술래잡기나 숨바꼭질 같은 놀이를 좋아해서, 유키코는 산타를 찾으러 다른 방에 스스럼없이 출입을 했다가 가사도우미와 모토키 씨, 그의 아내로부터 꾸중을 들었다.

그러는 동안 유키코는 기묘한 사실을 깨달았다.

가사도우미도, 모토키 부부도, 그들의 아이인 아키히토, 그리고 젠조조차 산타의 모습이 보이지 않는다는 식으로 행동했다. 산타가 그들의 바로 옆을 뛰어다녀도 돌아보지도 않았다. 산타는 그들에게는 마치 투명인간 같은 존재였다.

한번은 모토키의 아내 미나코에게서 "당신, 집 안 뛰어다니면서 혼잣말하는 것 좀 그만하지 그래? 기분 나쁘거든."라는 말을 대놓고 들은 적도 있었다. 그때 유키코의 바로 옆에는 산타가 있었는데.

"처음에는 그게 무슨 의미인지 몰랐어요. 그렇게 많은 장난감을 주고, 놀아줄 사람도 고용해놓고 정작 산타 자체는 무시하다니……. 희한하더라고요. 하지만 곧바로 너무 심하다는 생각이 들었어요. 다 같이 산타가 존재하지 않는다는 듯이 굴다니……. 일종의 학대 아닌가, 하고요."

미나코는 자주 집을 비우고, 가끔씩 돌아와서는 바로 화려하게 차려입고 나가는 사람이었다. 아키히토를 조금은 귀여워하는 듯했지만 산타에게는 눈길도 주지 않아서 혹시 산타는 미나코 씨와 피가 섞이지 않았을지도 모른다고 생각했을 정도였다.

산타는 말이 없는 아이였다. 유키코와 놀 때는 큰 소리로 웃기도 했지만 다른 사람 앞에서는 일절 말하지 않았다. 그들에게 무시당

해도 울지 않고 그저 가끔씩 엄청 외로워 보이는 표정을 지은 적은 있다. 유키코는 산타가 가여워서 어찌할 바를 몰랐다.

그렇게 반년이 지났을 때쯤이었다.

산타는 유키코가 돌아가려고 하면 가지 말라고 붙잡았다.

하지만 가지와라는 유키코가 계약된 시간을 넘겨서 집에 있는 걸 좋아하지 않았다. 어찌어찌 달래서 산타를 두고 돌아왔지만, 뒤통수를 붙잡히는 느낌이 들었다.

그리고 일주일 전.

"늘 그랬던 것처럼 가지와라 씨의 집에서 아파트로 돌아와 문득 뒤를 돌아보니 산타가 있는 거예요. 몰래 따라왔는지."

허둥지둥 가지와라 씨의 집까지 돌려보냈지만 산타는 다음 날 다시 따라왔다. 또 집으로 돌려보냈으나 역시 유키코가 집에 돌아오면 뒤에 따라와 있었다. 돌아가라고 몇 번이나 설득했지만 무슨 말을 해도 듣지 않았다.

가지와라에게 전화로 그 일에 대해 이야기하자 가지와라는 차를 타고 아파트까지 왔다. 하지만 산타는 어딘가에 숨어버려서 데리고 돌아갈 수 없었다. 가지와라는 크게 화를 냈지만 가장 중요한 산타가 없으니 어쩔 도리가 없었다. 가지와라가 돌아가자 산타는 다시 불쑥 모습을 드러냈다.

이후 산타는 유키코의 아파트에서 떠나지 않았다고 한다.

"저도 어떻게 해야 좋을지……. 하지만 그 집에서 산타는 투명인간 취급을 받고 있어요. 자시키와라시라고 불리는 것 같던데. 하지만 자시키와라시는 요괴잖아요? 그런 식으로 부르면서 존재 자체를 무시하다니……. 어떤 사정이 있는지는 모르겠지만, 제 생각에 그 가족은 절대 산타를 행복하게 해줄 수 없을 거예요."

유키코는 그렇게 말하고, 눈을 부릅떴다.

"할 수만 있다면 제가 산타를 데리고 있고 싶어요. 법적인 절차라든가, 지금부터 알아볼 생각이에요."

결의에 찬 말투였다.

마치 엄마 같은 얼굴이었다.

아, 이건 어려울지도 모르겠다. 아사히는 그 얼굴을 보며 생각했다. 유키코는 진심이다. 자시키와라시를 가지와라 씨 집으로 데려간다고 하면 강력하게 반대하겠지.

"그래서 산타는 지금 어디에 있죠?"

나츠키가 묻자, 유키코는 고개를 저었다.

"아까까지 저기서 카레를 먹고 있었는데 숨어버린 것 같아요. 누가 오면 늘 이런 식이에요. 대체 어디에 숨는 건지 저로서는 모르겠지만."

그 말에 미사키 젠은 방의 한구석을 슥 쳐다봤다.

밝은 다갈색 눈동자가 아무것도 없는 곳을 지그시 응시했다.

"있네요, 저기."

미사키 젠이 말했다.

"기척을 지우는 걸 그만두고 모습을 드러내세요. 여기 있는 모두가 볼 수 있게. 우리는 지금 당신의 이야기를 하러 온 겁니다."

미사키 젠의 눈동자가 순간적으로 빨갛게 빛났다.

그때 여태껏 아무것도 없었던 벽 앞에 작은 남자아이의 모습이 나타났다. 마치 벽을 뚫고 나온 것 같았다.

아사히는 자기도 모르게 숨을 삼켰지만, 그 이상으로 놀란 사람은 유키코였다.

"응? 산타, 너 지금 어디서 나온 거야?"

"아까부터 줄곧 저기에 있었습니다."

미사키 젠이 말했다.

"사람 외의 존재는 말하자면 인간 인식의 틈에서 살고 있어요. 존재를 들키지 않기 위해 자신의 기척을 지우거나 인간들의 인식 능력을 속여서 마치 없는 것처럼 착각하게 만들 수 있습니다. 더구나 자시키와라시는 인간의 집에 몰래 눌어붙어 사는 존재입니다. 원래 평범한 인간은 인식할 수 없을 정도로 기척을 숨기고 살아가요. 하지만 그래도 가끔씩 그들을 볼 수 있는 인간이 있습니다. 모토무라 씨 당신처럼요. 파장이 맞거나, 인간치고는 감이 예리해서일지도 모르죠."

"자…… 잠깐만, 대체 무슨 말씀을 하시는 거예요?"

유키코가 미사키 젠의 말을 제지하며 한쪽 손을 들었다. 아무래도 유키코는 산타를 인간이라고 믿고 있던 모양이었다.

미사키 젠은 그런 유키코를 향해 조용히 말했다.

"가지와라 씨는 당신에게 이렇게 말했을 겁니다. 자시키와라시의 보모로 당신을 고용한다고. 산타는 인간이 아닙니다. 정말로 자시키와라시입니다."

"네? 하지만 그런 게…… 있을 리가 없잖아요?"

유키코가 미사키 젠과 산타를 번갈아 보고 고개를 저었지만 그 말투는 어딘가 자신이 없어 보였다.

셔츠에 반바지 차림의 산타는 표정이 어딘가 공허해 보였지만, 겉모습은 아키히토와 크게 다르지 않아 비슷한 나이의 평범한 아이처럼 보였다. 아사히도 눈앞에서 산타가 모습을 드러내는 장면을 보지 못했다면 인간이 아니라고는 생각하지 못했으리라.

"그럼 묻겠습니다만, 최근 묘하게 운이 좋지 않았습니까? 복권에 당첨된다든가 뽑기에 당첨된다든가, 무엇이든 상관없습니다."

미사키 젠이 그렇게 말하자 유키코는 뭔가 생각났다는 표정으로 방 한구석에 산처럼 쌓여 있는 종이 상자를 돌아봤다. 과연 이 방에 다 들여놓을 수 있을지 의문이 드는 전자제품들이었다.

"저기, 제가 잡지나 신문에 실리는 추첨에 응모하는 게 취미라서요…… 요 며칠 동안 왠지 계속 당첨됐는데…… 설마 그게 산타 때문인가요?"

"자시키와라시가 있는 집은 번영합니다. 자시키와라시란 그런 생물입니다."

그때 지금까지 벽 사이에 선 채로 움직이지 않았던 산타가 갑자기 움직였다. 유키코에게 달려가 그 등 뒤로 매달리듯 숨었다.

유키코는 순간 깜짝 놀랐지만, 바로 산타를 보호하는 자세를 취했다.

비록 산타가 인간이 아니라는 사실을 알았더라도, 그래도 여전히 유키코는 산타를 감싸는 것이다.

미사키 젠은 그 모습을 보고 어쩔 수 없다는 표정을 지었다.

"가끔씩 이런 경우가 있습니다. 아무 조건 없이 사람 외의 존재에게 사랑받는 인간이. 당신은 그런 타입인 것 같군요. 돌아갑시다, 나츠키 씨."

"뭐? 하지만……."

미사키 젠이 재빠르게 자리에서 일어나 현관 쪽으로 향하자 나츠키가 곤란하다는 표정으로 유키코와 산타를 돌아봤다. 아무것도 해결하지 않고 돌아가도 되겠느냐는 뜻일 것이다.

"이미 산타 군은 여기가 자기 집이라고 인식해버렸습니다. 이렇게 되면 가지와라 씨 댁으로 돌아가는 건 어려워요. 가지와라 씨에게는 제가 설명하죠. 그리고, 모토무라 씨."

미사키 젠은 그렇게 말하며 유키코를 봤다.

"산타를 데리고 있고 싶다면 입양 절차 등의 법적조치는 필요하지 않습니다. 다만 이수계에 신고서를 낼 필요가 있지요. 이에 대해서는 차후에 연락이 갈 겁니다. ……하지만 조심하세요. 산타는 당신보다 훨씬 오래 살았습니다. 그리고 산타는 당신의 자손에게도 붙게 될 거예요. 당신의 집은 번영할 겁니다. 하지만 행운과 불운은 종이 한 장 차이예요."

미사키 젠의 말에 유키코는 아주 조금 두렵다는 표정을 지었다.

행운과 불운은 종이 한 장 차이다. 산타가 불러오는 행운은 언젠가 산타가 유키코의 곁을 떠나면 갑자기 사라져버릴 것이다. 한번 얻은 행운을 놓칠지도 모른다는 불안은 앞으로 늘 유키코를 따라붙을 것이다. 그리고 그 불안은 유키코뿐 아니라 그 자손들에게까지 이어진다.

어떻게 보면 저주라고 볼 수도 있었다.

즉, 지금 가지와라의 모습은 미래의 유키코, 혹은 유키코의 자손의 모습일 수도 있는 것이다.

유키코는 자신의 등에 매달려 있는 산타를 천천히 돌아봤다.

산타는 유키코를 지그시 바라보고 있었다.

유키코를 바라보는 산타는 언뜻 보면 무표정한 것처럼 보였다. 인간 아이의 모습을 하고 있지만 산타는 인간보다 훨씬 오랜 세월 살아온 별종생물이다.

하지만 산타의 손은 유키코의 옷을 매달리듯 붙잡고 있었다. 그 모습은 정말로 인간 아이와 조금도 다르지 않았다.

산타의 손은 작고 어리고, 유키코 외에 의지할 사람이 없는 손이었다.

혼자 두지 말아줘. 날 두고 가지 말아줘. 그렇게 호소하는 손이었다.

유키코는 다시 한 번 미사키 젠을 쳐다보더니, 산타를 품 안에 꼭 안아 산타의 얼굴을 상냥하게 쓰다듬고 볼을 가져다댔다.

미사키 젠은 미소를 지으며 산타에게 말했다.

"좋은 사람을 만난 것 같구나."

산타는 유키코의 팔 안에서 미사키 젠을 올려다봤다.

그리고 안심한 표정으로 살짝 웃고 '바이바이' 하고 작은 손을 흔들었다.

가지와라에게 그날 밤 보고를 하러 갔다.

자시키와라시는 이제 더 이상 이 집에는 돌아오지 않는다. 미사키 젠이 그렇게 전하자 당연히 가지와라는 격노해서는 앉아 있던 소파에서 일어나 크게 소리쳤다.

"무슨 소리야! 자네들의 역할은 그 여자한테서 자시키와라시를 데리고 오는 거였잖은가! 이 쓸모없는, 멍청한 자식들! 다시 가서 자시키와라시를 데리고 와!"

"소용없습니다."

미사키 젠의 목소리는 냉정했다.

"자시키와라시는 유괴되지 않았습니다. 자기 의지로 모토무라 씨를 따라간 겁니다. 당신도 사실은 알고 있지 않습니까? 당신의 집은 버려졌습니다. 자시키와라시에게 말이죠."

사실을 냉정하게 고하는 미사키 젠에게 가지와라는 잠시 입을 뻐끔거리더니 소파에 털썩 주저앉아 그대로 몸을 구부리고 손으로 얼굴을 가렸다. "어떻게 이런 일이……." 중얼거림이 새어 나왔다.

자시키와라시가 나간 집은 기울어진다.

오늘 신문에 가지와라 모토키가 이당 신고서를 제출했다는 기사가 실려 있었다. 와이드쇼엔 조만간 의원직에서 물러나지 않겠느냐는 예측이 나왔다.

"어렸을 때…… 난 그애랑 같이 놀았어."

손으로 얼굴을 가린 채로 가지와라가 중얼거리듯 말했다.

"위로 형이 둘이 있었는데, 둘 다 나를 두고 놀러 나가버려서, 툇마루에서 혼자 울고 있었더니 어느새 바로 뒤에 그애가 있었어. 울고 있는 나한테 놀자고 해줬지. 놀자고……. 나는 친구가 생긴 게 기뻤던 게야, 그때."

정계의 중진. 도깨비가 날뛰는 국회에서 지금 자신의 위치를 구축한 남자.

하지만 지금 쉰 목소리로 옛날이야기를 하고 있는 가지와라의 모습에서는 도저히 그런 위엄이 보이지 않았다. 온몸으로 내뿜던 위압감이 뿌리부터 사라지자, 아사히는 이제 와서야 새삼스레 이 남자가 꽤 작은 몸집의 노인이었다는 사실을 깨달았다.

"도쿄에 나와서 그애가 따라온 걸 알았을 때는 기뻤네. 하지만 요즘에는 점점 모습이 보이질 않았어. ……그래, 이름이 뭐였더라."

"이름조차 떠올리지 못하게 된 당신에게 그 아이와 있을 자격은 없습니다."

미사키 젠이 말했다.

"자시키와라시는 집에 붙어서 집을 지켜주는 존재입니다. 그리고 집이란 쉴 수 있는 장소입니다. 돌아오면 안심할 수 있는 장소입니다. 이 집은, 이 집에 사는 사람에게 그런 장소입니까?"

"……말은 잘하는군."

가지와라는 건조한 목소리로 웃었다. 그 어깨가 떨린 것은 웃고 있기 때문일까, 아니면 울고 있기 때문일까.

"이 집에 더 이상 자시키와라시가 있을 곳은 없습니다. 그러니까 누구의 눈에도 보이지 않게 되어버린 거예요. 당신도 그걸 알기에 더욱 일부러 밖에서 자시키와라시를 돌봐줄 사람을 고용했겠죠. 이 집에 묶어두기 위해서."

가지와라는 말없이 얼굴을 들지 않고 그저 조용히 어깨를 떨고 있었다.

미사키 젠은 이제 용건은 다 끝났다는 듯이 자리에서 일어났다. 아사히와 나츠키도 뒤따라 일어났다.

방을 나서기 전 미사키 젠은 가지와라를 향해 이렇게 말했다.

"자시키와라시가 나가버린 집은 기운다. 당연한 이치입니다. 그때까지 자시키와라시가 있기 때문에 굴러든 행운이 없어지는 거니까요. 하지만 한 가지 좋은 사실을 알려드리죠. 자시키와라시가 나간다고 해서 불운이 찾아오지는 않습니다. 그러니까 만약 당신이 잃은 것을 돌려놓고 싶다면 누구에게도 의지하지 말고 자기 자신으로 존재하면 됩니다. 당신의 손으로 당신의 집안을 돌려놓으면 돼요."

노인의 어깨가 들썩이는 게 보였다.

되받아치는 목소리는 없었다. 얼굴도 들지 않았고, 더 이상 소리지르지도 않았다.

미사키 젠은 뒤돌아보지도 않고 방을 나갔다. 나츠키도 그 뒤를 따랐다.

아사히는 아직 가지와라를 바라보고 있었다.

뭔가 한마디해주고 싶다는 생각이 들었지만, 무슨 말을 해도 그저 그런 위로의 말밖에 떠올리지 못할 것 같은 자신이 한심했다.

결국 이렇게 말했다.

"괜찮아요. 분명 할 수 있을 거예요. 우선은 손자인 아키히토에게 상냥하게 대해주세요. 소리치지 말고, 이야기를 들어주고, 같이 놀아주세요."

흔하디흔한, 평범한 말이라고 스스로도 생각했다. 너무 진부해서 차라리 말하지 말았으면 좋았을걸 후회했다.

그런데 아사히가 방을 나가기 직전에 가지와라가 뭔가 중얼거리는 목소리가 들렸다.

목소리가 너무 작아서 잘 들리지는 않았지만─ 고맙다고 말한 것 같다.

가지와라 저택 밖으로 나오자 처음 보는 검은 차 한 대가 서 있었다.

차 옆에 서 있는 사람은 장례식에 다녀온 것 같은 검은 정장 차림의 비쩍 마른 남자였다. 머리에는 새치가 섞여 있었지만 얼굴에는 주름이 별로 없었고, 나이가 들어 보이기도 젊어 보이기도 했다.

남자는 아사히 일행이 나오는 걸 보고 오른손을 가볍게 흔들어 보였다.

"윽, 계장님……."

나츠키가 얼굴을 구겼다. 그럼 저 사람이 나츠키의 상사인가?

"아이고, 미사키 선생님, 늘 신세가 많습니다."

"이것 참, 야마지 씨, 건강해 보여서 아쉽네요."

시원스러운 말투로 미사키 젠이 말했다.

야마지라고 불린 남자는 원래도 가느다란 눈을 더욱 가늘게 뜨며 웃었다.

"응? 이럴 땐 보통 '건강해서 보기 좋습니다'라고 하지 않나요. 내가 잘못 들었나?"

"아니요. 제대로 들으셨습니다. 아직 귀는 멀쩡하신 모양이네요. 다행입니다."

미사키 젠도 미소로 되받아쳤다. 한결같이 차디찬 미소였다. 뭘까, 옆에서 듣기만 해도 엄청 무서워지는 대화다.

"나츠키 씨, 저 두 사람, 사이 안 좋아요?"

아사히는 자기도 모르게 목소리를 낮추고 나츠키에게 물었다.

"음, 사이가 나쁘다고 해야 하려나…… 미안, 여기에서 내 의견 묻지 말아줘."

나츠키는 또 얼굴을 구긴 채로 고개를 흔들었다.

그때 야마지가 아사히와 나츠키를 돌아보며 말했다.

"아, 하야시바라, 늦게까지 수고하네. 저쪽 분은 누구?"

"아, 이분은 미사키의 새 담당자입니다."

"……기오사 출판사의 세나입니다."

아사히는 명함을 꺼내 야마지에게 건넸다.

"아, 기오사. 그랬습니까. 오하시 씨에서 담당이 바뀌었군요. 경시청 수사1과 이질사건수사계 계장인 야마지 소스케입니다. 잘 부탁합니다."

야마지도 명함을 꺼내 아사히에게 내밀었다. 아사히는 잘 받겠습니다, 하고 인사하며 명함을 받았다.

"그나저나 일개 편집자인 당신이 왜 여기 있습니까? 설마 우리 하야시바라가 당신을 끌어들인 건 아니겠죠?"

어째서일까. 이렇게 온화하게 미소 짓고 있는데, 이렇게나 부드러운 말투로 말하고 있는데, 이 야마지라는 사람의 모든 것이 이상하게도 무서웠다.

"이러면 곤란해, 하야시바라 군. 경찰 수사에 일반인을 끌어들이면 안 되지."

"계장님, 그건 저기⋯⋯."

"그런 게 아니에요. 제가 부탁해서 왔어요."

나츠키와 아사히가 동시에 입을 열었다.

그때 미사키 젠이 끼어들었다.

"세나 씨는 제 보디가드랍니다. 경찰 수사에 협력하느라 제가 험한 일을 당하지 않도록 전력으로 지켜주는 거죠."

"오호? 그것 참, 이렇게 젊은 여성에게 보호를 받으신다니 부럽네요."

야마지는 아사히에게서 시선을 거두었다. 그것만으로도 안심이 돼서 아사히는 숨을 내쉬었다. 가지와라도 무서웠지만, 야마지는 또 다른 위압감이 느껴졌다. 정체를 알 수 없는, 밑바닥이 보이지 않는 공포였다.

"그래서 선생님, 사건은 어떻게 됐습니까? 무사히 정리됐나요?"

"정리될 것도 뭣도 없는걸요. 애초에 사건이 일어나지도 않았으니까요. 유괴가 아니라 본인의 자유의지에 의한 가출이에요. 가지와라 씨에게는 그렇게 설명해뒀습니다."

"저런, 저런, 그러면 안 되죠. 우리 윗분에게 가지와라 씨가 직접 부탁한 건인데 그런 바람직하지 못한 결말이라니."

"당신이 곤란해지는 만큼 저는 웃으며 지켜보겠지만, 어차피 곤란할 사람은 당신이 아닌 다른 사람일 테죠."

"그렇습니다. 우리 쪽 엘리트 관료인 아무개 씨가 어딘가의 경찰 서장으로 좌천된다든가. 그런 일이 생기면 너무 가엾지 않나요? 눈물이 다 나네요."

능청스러운 말투로 야마지가 말했다.

왜 계장급이 곤란해지는 게 아니라 그보다 더 윗사람이 좌천될 위기에 처하는 걸까. 아사히는 무심코 나츠키를 쳐다봤지만, 나츠키는 묻지 말라는 표정으로 고개를 크게 저었다.

그때 야마지의 속주머니에서 갑자기 반야심경이 흘러나왔다.

무슨 일인가 싶었는데 스마트폰 벨소리였다. 야마지는 침착한 태도로 스마트폰을 꺼내 몇 마디 하더니 전화를 끊었다.

"지금 가지와라 씨에게 유괴가 아니었다, 이제 됐다, 라는 연락이 왔던 모양이군요. 그러니 이 건은 여기서 끝입니다. 누구도 울지 않고 끝났으니 잘됐네요."

야마지는 전화를 건 사람이 누구인지는 일절 밝히지 않고 그렇게만 말했다.

미사키 젠은 기분 나쁘다는 표정을 숨기지 않았다.

"애초에 이번 같은 케이스는 제가 나설 무대가 아니란 걸 처음부터 알고 있었던 거 아닌가요? 왜 일일이 저를 부르시는 겁니까? 정말 민폐군요."

"그렇지 않습니다. 인간 외의 존재에 관련된 일은 인간 외의 존재가 설득하는 편이 좀 더 유리합니다. 덕분에 가지와라 씨도 깔끔하게 받아들이지 않았습니까. 하지만 좀 더 이유를 붙여본다면—"

야마지가 변함없이 생긋생긋 웃으며 말했다.

"우리 경찰에게 협력하는 게 당신의 일이라는 사실을 잊지 않게 하기 위해서이려나요."

그때 아사히는 야마지의 웃는 얼굴이 그토록 무서웠던 이유를 깨달았다.

실처럼 얇은 눈의 새까만 눈동자에 어린 그 빛은, 아무리 얼굴에 미소를 띠고 있어도 지독하게 차가웠기 때문이다.

"미사키 선생님, 당신은 우리 관리 하에 있다는 사실을 잊지 마시길 바랍니다."

야마지가 말했다. 친근한 미소를 가장했지만 사실 이 남자는 조금도 웃고 있지 않은 것이다.

미사키 젠의 얼굴에 자조하는 표정이 떠올랐다.

"그렇군요. 개가 개라는 걸 확인해본 겁니까?"

"개라니요, 말도 안 됩니다. 당신은 좀 더 훌륭한 존재가 아닙니까. 자, 그럼 저는 여기서 물러나겠습니다. 아, 하야시바라, 보고서 올려."

야마지는 그렇게 말하고 발걸음을 돌려 차에 올라타 시동을 걸었다. 야마지는 그대로 출발하기 전에 창문을 열고 얼굴을 내밀었다.

"참, 미사키 선생님, 신작 기다리고 있습니다. 저도 선생님 팬이니까요."

─달려가는 자동차에 돌 던지고 싶다고 진심으로 생각한 건 처음이었다.

미사키 젠이 말했다.

"세나 씨, 말해두는데 경찰차에 돌을 던지면, 무조건 체포돼요."

"그렇지만! 뭐예요, 저 인간? 너무하잖아요!"

"아, 미안해, 아사히 짱. 우리 상사가 좀 심했지. 불쾌하게 해서 미안."

나츠키가 달래듯이 어깨를 아사히의 두드렸다.

"나츠키 씨도 그래요! 왜 저런 식으로 말하는 걸 가만두는 거예요!"

"그야 나도 열은 받지. 하지만 저 사람, 뒤로는 계급에 비해 엄청난 권력을 가지고 있는 데다가…… 직접 상부에 연결돼 있다는 소문도 있어. 게다가 나를 이수계로 데리고 온 사람도 저분이고 무엇보다 상사잖아. 상사에게 반항하는 건 드라마에서나 가능하다니까?"

"그래도……."

아사히는 나츠키의 말에 경악했다. 상사니까 따른다니. 평소에는 마치 미사키 젠의 절친이라도 된다는 듯이 행동하는 주제에.

사납게 되받아치려던 찰나에 나츠키가 아사히의 얼굴을 지근거리에서 들여다봤다.

"하지만, 아사히 짱. 생각해봐."

그 얼굴이 너무 가까워서 아사히가 순간적으로 입을 다문 틈에 나츠키는 이야기를 계속했다.

"내가 그 상사에게 미움받아서 이수계에서 잘리면 어떻게 될 거라고 생각해? 내 대신 미사키의 담당이 될 다른 형사가 그 상사와 같은 타입이라면? 그러면 미사키가 엄청 불쌍하잖아? 그렇지? 위험하지?"

엄청 진지한 얼굴로 말하는 나츠키를 보고 아사히는 하려던 말을 전부 잊어버렸다. 아사히의 옆에서 미사키 젠이 조용하게 말했다.

"봐봐, 바보잖아, 나츠키 씨는."

"뭐야! 바보라고 하지 마! 그리고 이수계에서 잘리면 나 분명 파출소로 떨어질 거라니까! 야마지 씨가 뒤에서 손써서 저기 외딴섬에 날려버릴지도 몰라."

"섬이라면 물고기가 맛있지 않나요. 나츠키 씨 물고기 좋아하잖아요."

"그게 문제가 아니잖아!"

"자, 이제 슬슬 돌아갑시다. 오늘은 WOWOW(일본의 위성방송 채널)에서 전부터 보고 싶었던 영화가 방송된다고요."

미사키 젠은 그렇게 말하며 나츠키를 차가 있는 쪽으로 떠밀었다.

아사히는 그 자리에 선 채 멍하니 그런 두 사람을 바라봤다.

저 두 사람은, 뭐랄까……. 미사키 젠 곁에 있는 사람이 나츠키라서 다행이라고, 솔직하게 인정했다.

야마지 자체는 절대 좋아할 수 없지만, 미사키 젠의 담당을 나츠키로 정한 사람이 야마지라면 그 선택은 매우 옳았다.

아사히는 자신도 미사키 젠에게 그런 사람이면 좋겠다고 생각했다. 다른 사람이 봐도 이 사람이 미사키 젠의 담당이라서 다행이라고 생각할 수 있는, 그런 담당 편집자가 되고 싶다고.

"아사히 짱도 얼른 타. 근처 역까지 태워다줄게."

"아, 네! 감사합니다."

나츠키의 부름에 서둘러 아사히도 차에 탔다. 나츠키가 운전석, 아사히와 미사키 젠이 뒷좌석이다. 나츠키가 차를 출발시키자 가지와라 저택에서 멀어져갔다.

마지막에 본 가지와라의 모습이 자꾸 신경 쓰여서 아사히는 입을 열었다.

"가지와라 씨의 집은 앞으로 어떻게 될까요?"

"가지와라 씨 집은 망하고 모토무라 씨의 집은 번영할 겁니다. 자시키와라시는 그런 존재이니까요."

미사키 젠이 대답했다. 역시 어쩔 수 없는가 보다.

다만 미사키 젠은 아까 가지와라에게 자시키와라시가 나간다고 해서 불운이 찾아오는 건 아니라고 했다. 그때까지 혜택받아오던 것들이 없어질 뿐이라고.

그렇다면 역시 앞으로 어떻게 되느냐는 가지와라와 그 가족들에게 달려 있다.

아사히가 할 수 있는 일은 앞으로 그들이 옳은 방향으로 가기를 기도하는 것뿐이었다. 가족 관계는 거의 붕괴됐던 그들이 이 사건을 계기로 되살아날 수 있으면 좋겠다. 〈홈 : 사랑스러운 자시키와라시〉도 가족의 회복 이야기였다. 집에 들러붙은 자시키와라시는 결국 그 집이나 가족의 상징이라는 것이겠지.

"선생님, 그러고 보니 전에 어떤 책에서 낙태로 죽은 아이가 자시키와라시가 된다는 설을 읽은 적이 있어요."

"그럴지도 모르겠군요. 그 좌부동의 이름은 '산타(三田)'였으니까."

다른 형제가 있다는 사실을 암시하는 이름을 듣는 순간부터 뭔가 조금 마음에 걸렸다. 혹시 그 아이는 예전에 인간이었을 때—어떤 불운한 결말을 맞이한 아이였는지도 모른다.

"우리 인간이 아닌 존재들은 인간이 태어나는 방식과 다른 식으로 태어나는 경우가 많아요. 과거 인간으로 살았던 존재가 이유가 있어서 인간 외의 존재로 변하는 일도 종종 있습니다."

자시키와라시는 집에 들러붙는다.

하지만 산타는 가지와라가 상경했을 때, 집을 떠나 따라왔다.

어쩌면 산타는 자신이 가지와라의 가족이라고 생각했을지도 모른다.

하지만 어느새 가지와라에게 산타의 모습은 보이지 않았다. 가지와라의 가족들에게도 산타의 모습은 보이지 않았다. —아무도 산타의 가족이라고는 말할 수 없게 되어버렸다.

"……외로웠겠죠, 산타."

아사히는 무심결에 중얼거렸다.

최신 장난감만 가득하던 그 방에서 누구도 알아봐주지 않는 그 아이는 그저 놀이 상대를, 가족을 찾고 있었다.

"사람을 그리워하는 건 꼭 사람만의 감정은 아닙니다. 사람 외의 존재도 누군가를 친근하게 여기고, 좋아하기도 합니다."

인간이 아닌 뱀파이어는 그렇게 말하고 창 너머로 시선을 던졌다.

"……선생님."

"네."

"그거, 좋은 말씀이네요. 다음 단편에 그런 얘기 해보시지 않겠어요? 내일 회의해도 괜찮을까요?"

"……세나 씨, 당신 의외로 일에 열심인 사람이었군요."

창문 너머로 시선을 고정한 채 미사키 젠이 중얼거렸다. 나츠키가 운전석에서 웃음을 터뜨리는 게 들렸다.

이날도 결국 미사키 젠에게 어떤 고백도 못 하고 끝나버리고 말았다는 걸 아사히는 집에 돌아와서야 눈치챘다.

"으아아앙, 2호야, 오늘도 또 얘기하는 거 잊어버렸어……."

머리를 감싸고 소리 지르는 아사히를 2호는 말없이 상냥하게 지켜봐 주었다.

제2장 검은 개 사건

—— 그는 줄곧
기다리고 있었습니다

미사키 젠에게 의뢰했던 단편이 오늘 중으로 완성된다는 말을 전해들은 건 자시키와라시 사건으로부터 보름 정도 지난 7월 중순이었다.

세나 아사히는 무심코 수화기에 대고 큰 소리로 말했다.

"아, 그럼 내일 받으러 가도 될까요?"

[네, 괜찮습니다.]

"감사해요. 그럼 내일 저녁 8시쯤 찾아뵐게요!"

방문 시간을 전하고 기분 좋게 전화를 끊은 아사히에게 다카야마가 말을 걸었다.

"아사히 짱, 미사키 선생님이랑 잘돼가나 보네……."

"아, 네, 덕분에요. 다카야마 씨는 좀 지치신 것 같네요……."

"오호호, 아사히 짱한테 넘겨받은 후지이 선생님은 정말이지, 회의 때문에 전화했는데 수다만 떠서서 곤란해……. 그런데 수다를 적당히 끊고 일 얘기로 돌리면 분명 나더러 지루한 인간이라고 하겠지……. 솔직히 좀 괴로워."

"아아, 왠지 죄송하네요."

"딱히 아사히 짱 탓이 아니야."

다카야마가 두통을 참는 것 같은 모습으로 말했다.

"그나저나 작가랑 서로 성격이 잘 맞아야 분명 업무도 잘 풀릴 텐데. 잘됐네."

"뭐, 네."

아사히는 미묘한 미소를 지었다. 분명 상성이 서로 충돌하지는 않는다고 생각하지만, 다른 문제가 들러붙는 것도 사실이다. 지난번에는 그 탓에 정계 거물의 집까지 찾아가게 됐다는 사실을 털어놓을 수 있는 사람도 오하시뿐이고, 그 외의 사람들에게는 말할 수 없는 비밀이다.

하지만 어쨌든 미사키 젠의 단편을 드디어 받을 수 있게 됐다.

그리고 누구보다 먼저 읽을 수 있다.

꺅. 무심코 마음속으로 비명 비슷한 환성을 질렀다. 기쁘다. 엄청 기쁘다.

맞아, 단편을 읽은 감상을 전해주는 김에 전부터 미사키 젠의 팬이라는 사실도 스리슬쩍 전하는 건 어떨까. 다른 사람의 생각을 척척 읽어내는 미사키 젠이니까 그런 건 진즉에 전달됐을지도 모르지만, 그래도 입 밖으로 꺼내서 말하고 싶은 게 팬의 심리고 소녀의 마음이다.

그래선지 다음 날 미사키 젠의 집으로 향하는 아사히의 발걸음은 그야말로 가벼웠다. 계절은 이미 완연한 여름이라 밤에도 조금만 움직이면 땀이 배어 나오는 온도였지만 전혀 신경 쓰이지 않았다. 늘 그렇듯 문을 열어준 루나가 마치 진귀한 짐승이라는 보듯 쳐다보는 걸 보니 얼굴이 탔는지도 모르겠다.

즐거운 기분으로 미사키 젠의 집으로 들어간 아사히는 그때 현관에 놓여 있는 신발을 미처 보지 못했다.

"안녕하세요. 미사키 선생님! 원고 받으러 왔습니다……."

기운차게 거실로 들어선 순간 아사히는 온몸이 굳었다.

미사키 젠은 냉방 중인 거실에 늘 그랬듯 긴 다리를 우아하게 꼰 채 소파에 앉아 있었다. 그리고 그 맞은편에는 오늘도 역시 하야시바라 나츠키 형사의 모습이 보였다.

문제는 나츠키의 상태였다. 눈이 빨갛고 코도 빨간 것이, 더 대놓고 말하자면 훌쩍훌쩍 울고 있었다.

"무, 무슨 일이에요?"

"아무것도 아니야, 아사히 짱……. 영화를 보고 눈물이 났을 뿐이야."

나츠키가 코 막힌 소리를 내면서 DVD 케이스를 내밀었다. 리처드 기어가 개를 안고 있는 재킷 사진이었다. 제목은 〈하치 이야기(Hachiko: A Dog's story)〉로, 영화 〈하치 이야기(ハチ公物語)〉의 미국 리메이크 버전이다. 세상을 떠난 주인을 역에서 줄곧 기다린 개의 이야기였다.

하지만 왜 이제 와서 새삼스럽게 〈하치 이야기〉람. 꽤 옛날 영화인데.

미사키 젠의 설명을 들어보니 조금 전에 미사키 젠과 나츠키 사이에서 '강아지 파냐 고양이 파냐'에 대해서 가벼운 논쟁이 있었던 모양이다. 두 사람 다 어느 쪽이든 좋아하지만, 굳이 따지자면 미사키 젠은 고양이 파였고 나츠키는 강아지 파였다. 그런데 문제는 그게 아니었다.

"그러다가 이야기가 동물에 관한 영화로 흘러갔는데 나츠키 씨가 〈하치 이야기〉를 안 봤다고 말하는 바람에."

"그야, 리메이크 영화들은 최악인 경우가 많으니까! 게다가 그 영화는 광고가 나올 때부터 '하취이' 하는 리처드 기어의 발음이 놀림거리가 됐잖아. 그래서 뭐 안 봐도 되겠다고 생각했었지, 분명!"

"그래서 어제 비번이었던 나츠키 씨에게 DVD를 빌려줬죠. 오늘 반납하러 왔길래 감상을 물었는데 이 꼴이 된 거예요."

"아니, 진짜 넌, 그 영화 보면 눈물 날 수밖에 없잖아, 정말⋯⋯!"

나츠키의 눈에서 또다시 눈물이 터졌다. 아하, 그랬구나. 아사히는 납득하곤 미사키 젠이 권하는 대로 소파에 앉으면서 고개를 깊이 끄덕였다.

"알아요. 분명 오열할 만한 영화죠. 영상은 말도 안 되게 아름답고, 무엇보다 하치 역을 맡은 개의 표정이 너무 좋아요. 교수를 기다릴 때 배를 깔고 누워서 앞다리에 턱을 괴고 있는 모습이 어찌나 귀여운지! 하치 뒤의 배경에서 버드나무 가지에 몇 번이나 새싹이 났다가 시들었다가, 점점 시간이 흘러서 털이 복슬복슬했던 하치가 더러워지고 말라가는 모습이 슬펐죠. 그리고 마지막에 눈 내리는 길을 비틀비틀 걸어서 역으로 향하는 모습은 정말⋯⋯!"

"그만, 떠올리면 괜히 눈물 나잖아!"

"아, 그 장면은 정말 가슴이 너무 아팠습니다. 교수를 기다리던 바로 그곳에 배를 깔고 누워서 마지막 손님이 나오는 걸 보고 낙담한 듯 눈을 감고⋯⋯ 하지만 그 뒤에 기적이 일어나잖습니까."

"미사키도 그만, 그 장면은, 그 장면만은 떠올리게 하지 마!"

"맞아요, 그 역사의 문이 열린 순간, 거기에 반응하는 하치의 모습이, 정말 어찌나 눈물이 나고 또 나던지⋯⋯. 역시 라세 할스트룀 감독이에요. 〈길버트 그레이프〉의 감독다워요. 당연히 눈물 나죠!"

"무슨 말인지 모르겠지만 그만해, 아무튼 그만해!"

"어, 설마 나츠키 씨 안 봤어요? 선생님, 〈길버트 그레이프〉 DVD는 갖고 계세요?"

"물론이죠. 나츠키 씨, 집에 갈 때 가지고 가세요."

"싫어, 어차피 그것도 눈물 나는 영화겠지! 더 이상 나 울리지 마!"

"나츠키 씨, 원작 〈하치 이야기〉는 보셨어요? 원작은 마지막도 눈물 나요. 리메이크판이랑 거의 같지만, 눈 내리는 가운데 조용히 숨을 거둔 하치의 모습을 카메라가 멀어지면서 계속 찍는데 아침 준비를 하는 사람들은 아무도 그 죽음을 알지 못해요."

"그만둬! 시부야 역에 못 갈 것 같아!"

나츠키가 양손으로 귀를 막았다. 여기서 더 하면 너무 가여울 것 같은 생각이 들어서 아사히는 입을 다물었다. 뭐, 그 영화를 보고 이렇게나 우는 사람이라면, 나츠키는 틀림없이 개를 더 좋아하는 걸 테지.

이야기가 일단락된 것을 보고 루나가 와서 아사히의 앞에 아이스티를 가져다 놓았다. 아사히가 고맙다고 하자, 대놓고 퉁명스럽게 다른 쪽을 봤다. 역시 아사히는 미움받고 있다. 아니면 그보다는 질투일까. 루나를 보고 있으면 미사키 젠을 너무 좋아한다는 걸 확연하게 알 수 있다. 미사키 젠에게 다가가는 여자에게는 적대감을 가지는지도 모른다.

그렇게 생각하면 루나의 뾰로통한 태도가 묘하게 귀여워서 웃음이 났다. 작은 어린아이의 모습인 탓일까. 루나도 인간 외의 존재인 모양이라서 겉보기대로의 나이는 아니겠지만 말이다.

게다가 루나를 보고 있으면 어딘가 본가의 고양이가 떠오른다.

냐타는 수컷 고양이로 아사히를 굉장히 잘 따랐다. 그래서 집에 놀러 온 사촌동생이 아사히와 사이좋게 이야기하는 걸 보고 질투해서 사촌동생을 따르지 않았다.

아사히는 혹시 모른다는 생각에 미사키 젠에게 물었다.

"저기, 미사키 선생님, 루나 짱 정체가 설마 고양이인가요……?"

"오호, 정답입니다. 어떻게 잘 알아내셨네요."

"그야, 선생님이 고양이 파라고 하셨으니까요."

이전에 루나에게 위협당했을 때 고양이 같다고 생각했다. 고양이를 좋아하는 아사히로서는 루나가 고양이라고 생각하니 더욱 더 귀엽게 보였다.

"루나 짱, 이리 와! 괜찮아, 나는 선생님 안 빼앗아!"

그렇게 말하며 손짓으로 불러봤지만 루나는 하악 하고 아사히를 위협한 뒤 부엌 조리대 뒤에 숨어버렸다. 아사히는 아쉬운 기분으로 아이스티를 마셨다.

"그런데 아사히 짱은 오늘 뭐 하러 왔어? 회의라면 내가 방해될 테니까 돌아갈게."

"아, 아뇨. 오늘은 원고를 받으러 왔을 뿐이에요. 저기 선생님, 원고는……."

"아, 여기 있습니다. 가져가세요."

미사키 젠이 사이드 테이블에 놓인 봉투를 집어서 아사히에게 내밀었다.

아사히는 감동적인 기분으로 받았다. 혹시 몰라서 봉투에서 원고를 꺼내 확인할 때는 자기도 모르게 손이 떨렸다. 미사키 젠의 따끈따끈한 원고, 게다가 아직 누구도 읽은 적 없는 신작 단편소설이다.

읽고 싶다. 지금 당장 읽고 싶다. 탐독하고 싶다.

하지만 나츠키가 있는데 그 앞에서 읽는 건 왠지 조심스러워서 아사히는 아쉬운 마음으로 다시 원고를 봉투에 집어넣고 가방에 넣었다.

"그럼, 회사로 돌아가서 읽겠습니다. 다 읽으면 연락을……."

아사히가 자리에서 일어나 말하는 도중이었다. 거실 구석에 놓인 전화가 울렸다. 갑자기 루나가 부엌 조리대의 그림자 속에서 나와 무선전화기를 미사키 젠에게 가져다줬다.

"네…… 아, 다카라 씨? ……네? 지금 바로 오라고요? 왜죠?"

아는 사람한테서 온 전화인 모양이다. 나츠키가 다카라라는 이름에 반응하며 미사키 젠 쪽을 돌아봤다. 나츠키도 알고 있는 사람이겠지.

어떡하지. 아사히는 인사도 제대로 못 하고 가는 건 실례고, 그렇다고 해서 통화가 길어지는데 계속 옆에서 듣고 있는 것도 예의가 아닌 것 같은 기분이 들었다.

아사히가 고민하고 있는데 수화기 저편에서 상대방의 목소리가 크게 들렸다.

[그러니까, 도와달라고 하는 거잖아! 괴물 개가 나타났다니까, 도와줘, 젠!]

괴물 개라는 말에 아사히는 깜짝 놀랐다.

이전에 들었던 오하시의 이야기가 뇌리에 되살아났다. 도내에서 일어난 살인사건. 범인은 늑대인간으로, 미사키 젠이 체포에 협력하다 부상을 입었다. 왼손으로 원고를 쓰는 작가가 하필이면 왼팔을 다쳤다.

"큰 목소리 내지 말아주세요, 다카라 씨. 알겠습니다. 지금 갈 테니까. ……네, 바로. 이야기는 거기서 듣죠. 그럼."

미사키 젠이 전화를 끊고 자리에서 일어났다.

"나츠키 씨, 죄송합니다만 같이 가주실 수 있나요? 다카라 씨가 지금 당장 오라고 하네요. 괴물 개가 나타났다고……. 세나 씨?"

미사키 젠이 왼팔에 꼭 들러붙은 아사히를 내려다봤다.

"……전에도 비슷한 행동을 했던 것 같은데, 왜 이러시는 건가요."

"선생님의 왼팔은 제가 지킬 거예요!"

아사히는 꽉 들러붙은 채 그렇게 선언했다.

"선생님은 앞으로 신작 장편소설을 써주셔야 해요! 부상이라도 당하면 어떡해요! 꼭 가셔야 한다면 저도 같이 갈게요!"

"그 말은 그러니까, 왼팔만 지킨다는 말?"

"아니, 물론 머리끝부터 발끝까지 하나도 빠짐없이 지킬게요!"

"오호, 대체 어떻게 지킨다는 거죠?"

"열심히 지킬게요!"

아사히가 단숨에 그렇게 대답한 순간 희한한 모습을 볼 수 있었다. 미사키 젠이 웃음을 빵 터뜨리고 말았던 것이다.

"서, 선생님?"

"……죄송해요. 좀 재미있어서……."

웃음을 참듯 얼굴을 옆으로 돌린 미사키 젠이 떨리는 목소리로 말했다. 하지만 뭐가 그렇게 웃긴 것인지 아사히는 알 수 없었다. 생각을 너무 솔직하게 말한 게 잘못이었나.

"아사히 짱, 이야, 재미있네……. 그래, 그래, 열심히 할 거구나……."

보니까 나츠키까지 뭐가 웃긴지 자지러지게 웃고 있었다. 아사히는 점점 부끄러워졌다.

"선생님, 그만 웃고 가요! 얼른 용건 마치고 다음 신작 장편 준비합시다!"

"……아주 훌륭하게도 원고밖에 생각하지 않으시네요. 뭐, 편집자로서는 올바른 자세입니다만."

미사키 젠이 기가 막힌다는 말투로 중얼거린다. 그게 아니라 미사키 젠이라는 존재 그 자체가 소중하다고 반론하고 싶었지만 그건 그것대로 부끄러워서 말할 수 없었다.

나츠키가 운전하는 차 안에서 아사히는 전화를 건 상대방이 누구인지 들었다.

"다카라는 여우예요. 기치조지에서 가게를 하고 있어요."

"여우? 여우라면 코옹, 하고 우는 그 여우요……? 가게를 해요?"

"코옹, 하고 울지는 않습니다만. 여우는 여우예요. 꽤 장수한 요괴 여우고 이수계에도 등록됐어요. 지금은 구조 다카라라는 이름을 쓰고 있습니다. 다카라와 나는 오래된 인연이 있어서 부탁을 딱잘라 거절할 수가 없어요. 제가 그쪽에 부탁하는 경우도 있고요."

즉 인간 외의 존재라는 말이다. 의외로 많이 있다는 게 사실이구

나. 아사히는 그렇게 생각했다. 그나저나 여우가 가게를 운영하다니 굉장하다. 평범하게 인간 사회에 녹아들어 살고 있다는 것일까, 아니면 비밀스러운 가게인 것일까.

결국 도착한 곳은 이노카시라에 꽤 가까운 전통 카페였다.

"어, 여기예요? 여기가 여우가 운영하는 가게예요?"

간판에는 멋진 붓글씨로 '다카라'라고 적혀 있었다. 아사히도 알고 있을 정도로 유명한 가게다. 한때 전통 카페가 유행이었던 시절에는 종종 잡지나 텔레비전에서 다뤄졌던 기억이 있다. 사실 아사히도 전에 친구와 와본 적이 있었다.

"다카라는 장사를 아주 잘합니다. 지금까지 몇 번이나 직업을 바꿨는데, 전부 성공했어요. 다이쇼 시대에는 백화점에 서양 잡화를 납품했답니다."

"아, 그때부터 알고 지내던 사이구나……."

시간은 이미 9시를 지나고 있었지만 아직 손님이 많이 있었다. 창 너머로 봤을 때는 역시 여자 손님이 많았다. 태연하게 가게 안으로 들어가려는 미사키 젠을 보고 아사히는 문득 불안해졌다. 이렇게 여자들만 가득한 공간에 미사키 젠 같은 초절정 미남이 들어간다면 순식간에 주목받을 텐데.

"선생님, 잠깐만요. 적어도 안경을 낀다든지 모자라도 쓰는 게 좋지 않을까요?"

"안타깝게도 안경도 모자도 가지고 있지 않습니다만, 왜 그런 걸 써야 하죠?"

갑자기 입구에서 자신을 저지한 아사히를 돌아보며 미사키 젠이 의아한 표정을 지었다. 안 되겠다. 이 사람은 자신이 얼마나 아름다운지 모른다. 아사히는 마음속으로 머리를 감싸 쥐었다. 뭐, 미사키 젠의 얼굴을 아는 사람은 없을 테니까, 이름을 말하지 않는 한 다소 주목받는다고 해서 정체가 드러날 일은 없을 것이다

그때였다.

"젠! 꺄아! 와줬네! 나 정말 기뻐!"

가게 안쪽에서 미사키 젠의 이름을 부르며 경쾌하게 이쪽으로 달려오는 사람이 있었다. 아사히는 꺅 하고 비명을 지르고 싶은 마음으로 미사키 젠 앞에 나섰으나, 아사히의 작은 키로는 미사키 젠을 감출 수 있을 리 없었고 가게 안쪽에서 나오는 인물의 기세도 멈출 수 없었다.

"젠은 정말, 요즘 가게에 아예 오지도 않고! 나 너무 외로웠어!"

시원스러운 긴 눈매에 깔끔하게 정돈된 이목구비. 가느다란 몸에 빨간 사무에(일본 승려들이 입는 옷)를 두르고 윤기 나는 흑발을 목덜미에서 하나로 묶어 길게 늘어뜨린 모습이었다. 겉으로 보기에는 이십대 후반쯤 됐을까. 입을 다물고 있으면 전통적인 미인상인데, 말하는 모습을 보면 완전히 주책바가지다.

그러고 보니 이 남자가 이 가게의 명물 점장이었다. 방송에서도 가게와 함께 자주 소개되었다. 덧붙이자면 사무에는 이 가게의 유니폼이고, 다른 직원들은 감색 사무에 차림이다. 그건 그렇고 이 점장의 정체가 여우였을 줄이야.

"어머, 나츠키 짱도 같이 왔네. 뭐야, 젠 혼자 오는 줄 알았는데!"

"미안, 다카라 짱. 미사키가 같이 오자고 해서."

나츠키가 그렇게 말하자 다카라는 '뿌우' 하고 자기 입으로 효과음을 내더니 등을 돌렸다.

"나츠키 짱 경찰이라서 싫어. 얼굴은 괜찮지만."

"다카라 씨, 그런 말씀 마요. 나츠키가 있는 편이 좋을 겁니다. 사건이 터진 거라면 나츠키에게 조사를 부탁할 수도 있어요."

"젠이 그렇게 말한다면야 뭐, 어쩔 수 없지. 그래서 여기 이 아가씨는 누구?"

다카라는 그제야 겨우 아사히에게도 흥미를 보였다. 아사히는 서둘러 가방에서 명함을 꺼냈다.

"기오사의 세나라고 합니다. 선생님의 담당 편집자예요! 저, 저기 가능하면 선생님의 이름을 연발해 부르지만 말아주셨으면 좋겠는데요."

아사히가 인사도 대충 넘기고 목소리를 낮추며 그렇게 부탁해봤지만, 아마도 이미 늦었을 것이다. 이렇게나 떠들었는데 이미 가게 안에서 이쪽을 주목하고 있을 게 분명하다.

하지만 조심스럽게 가게 안을 살펴본 아사히는 고개를 갸웃하게 됐다.

분명 무슨 일인가 싶어서 이쪽을 보고 있는 손님은 많았다. 하지만 주목받는 쪽은 아무래도 다카라뿐인 듯, 다들 금세 흥미를 잃고 시선을 원래 자리로 돌리고 있었다.

"아사히 짱, 혹시 아무도 미사키 젠을 보지 않아서 신기한 거야?"

그렇게 묻는 나츠키에게 아사히는 의문 가득한 눈으로 고개를 끄덕였다.

"네, 그야, 선생님의 이 얼굴을 보세요! 저라면 분명 연예인이라고 생각하고 훔쳐볼 텐데……. 아니, 물론 선생님의 정체를 들키면 곤란하니까 보지 않는 편이 좋기는 하죠. 사진이라도 찍히면 안 되니까요."

"아, 괜찮아, 괜찮아. 아마 아무도 미사키의 존재를 알아채지 못했을 테니까."

"무슨 소리예요?"

"미사키의 특기야. 지금 이 주변 사람들은 모두 미사키가 보이면서도 보이지 않을 거야."

"어, 선생님, 그런 게 가능해요?"

미사키 젠을 돌아봤지만 딱히 평소와 달라진 모습은 없었다. 미사키 젠이 말했다.

"연예인이 밖에 걸어 다닐 때 '오라를 지운다'라고 흔히들 말하는 것과 비슷한 겁니다. 존재감을 희미하게 만든다고 할까요……. 보이기는 하지만 의식 안에 들어가지 않도록 조금 조정하는 거예요. 사람 외의 존재는 다들 이런 특기가 있습니다. 전에 만났던 자시키와라시 산타도 갑자기 모습을 드러낸 것처럼 보였잖아요."

"아, 그러고 보니 그렇네요."

인간 외의 존재는 말하자면 인간들 인식의 틈새에 살고 있다.

그때 미사키 젠이 했던 말이다. 인간들에게 존재를 들키지 않기 위해 자신의 존재감을 지우거나 상대방의 인식 능력을 속여서 마치 그곳에 없는 것처럼 착각하게 만드는 일이 가능하다. 그때는 별로 실감나지 않았지만, 잘 생각해보니 꽤 편리한 능력이지 않은가.

"인간 외의 존재가 인간 사회에 섞여서 살아가기 위해서는 그런 위장술이 필요합니다. 그저 평화롭게 살아가기 위해서라든가, 포식을 위해서라든가."

미사키 젠이 은근슬쩍 무서운 말을 했다. 그러고 보면 뱀파이어는 본래 인간을 덮치는 종족이다.

"하지만 선생님, 저는 선생님이 보이는데요?"

"세나 씨는 저에 대해서 잘 알고 있으니까요. 존재감을 조금 희미하게 만들었지만, 이미 제 존재를 인식하고 있으니 무의미해요."

"다행이다. 그럼 저는 언제든 선생님을 알아볼 수 있겠네요!"

아사히가 안심하는 표정으로 그렇게 말하자 미사키 젠은 놀란 듯이 아사히를 봤다.

"뭐죠? 갑자기."

"그게 작가들은 아주 가끔씩 마감 전에 잠수를 타는 일이 있어서요. 아, 선생님이 그렇다는 건 아니고요. 그냥 그런 케이스를 들은 적이 있어서 담당 편집자로서는 늘 작가의 상태를 확인하고 싶어요."

"……세나 씨, 세나 씨는 역시 일을 열심히 하는 분이군요."

미사키 젠이 진지하게 말하자 나츠키가 옆에서 빵 터진 듯이 웃었다. 혹시라도 시끄러운 편집자라고 생각할까 봐 아사히는 초조했다.

"저기, 걸리적거리니까, 가게 입구에 서 있지 말아줄래? 얘기는 안에서 하자고."

다카라가 그렇게 말하면서 가게 안쪽으로 걸어갔다. 아사히 일행도 그 뒤를 따랐다.

대나무와 창호지로 만든 장식과 조명을 사용한 실내는 차분한 분위기였고, 자세히 보면 여기저기에 슬며시 여우 모양 장식품이나 여우 그림이 놓여 있었다. 말차와 호지차의 향이 풍기는 가게 안의 손님들은 미사키 젠이 바로 옆을 지나가는데도 정말로 돌아보지도 않았다.

문득 의문이 들었다. 그들이 미사키 젠을 인식하지 못하고 있다면 방금 다카라가 수선을 떤 모습은 어떤 식으로 보였을까.

그때 직원이 다카라에게 하는 말이 들렸다. "점장님, 마음에 들어 하는 그분이 오셔서 좋으시겠어요." 직원의 시선이 나츠키에게 향한 것을 보고 이해가 됐다. 그들에게는 미사키 젠과 나츠키가 뒤바뀐 모양이다. 참으로 편리한 능력이다.

혹시, 하고 생각했다.

혹시 아사히가 눈치채지 못했을 뿐 평소 아사히 주변에도 인간 외의 존재가 있을지도 모른다. 예를 들어 통근 전차 안이라든가, 자주 가는 커피숍이라든가, 그곳에서 옆에 있는 게 인간이라고 단정할 수는 없다.

하지만 희한할 정도로 무섭다는 생각은 들지 않았다. 아마도 아사히 앞을 걸어가는 미사키 젠이 아사히에게 무서운 존재가 아니기 때문일지도 모른다.

"자, 저기야. 앉아요, 앉아."

다카라에게 안내받은 곳은 가게에서 가장 안쪽에 있는 4인 박스석이었다. 다른 자리와는 떨어져 있고 주변이 발로 둘러싸여 있어서 반은 개인실 같았다. 다카라가 테이블에 놓인 '예약석' 표지판을 슬쩍 옆으로 치웠다. '예약석' 옆에 '젠 전용♥'이라고 적혀 있었던 것 같지만 잘못 봤다고 생각하고 싶다.

"그건 그렇고 노부 군에서 담당자가 바뀌었나 보네. 젠, 노부 군이 마음에 들어서 바뀔 때 마음 상했지?"

재빨리 미사키 젠의 옆자리를 차지한 다카라가 아사히의 명함을 손가락에 끼우며 말했다. 노부 군이라는 건 아무래도 미사키 젠의 전 담당자인 오하시 노부히로 편집장을 말하는 것 같았다.

아사히는 미사키 젠을 처음 만난 당일의 모습을 떠올렸다. 만나자마자 꽤 심한 말을 들었었는데 그 이유가 본인의 마음이 상했기 때문이었던 걸까. 미사키 젠에게 무심코 시선을 돌리자 그는 슬쩍 시선을 피했다. 아무래도 적중했나 보다.

그나저나 다카라에게 걸리면 오하시 편집장님도 '노부 군'이 되어버리는구나.

"다카라 씨는 오하시 편집장이랑 아는 사이세요?"

아사히가 묻자, 다카라는 어깨를 가볍게 으쓱거렸다.

"아사히 짱처럼 노부 군도 젠 옆에 늘 붙어 있었으니까. 우리 가게에 자주 왔어. 나츠키 짱도 자주 오지만."

"으음, 다카라 씨는 선생님처럼 경찰에 협력하지 않는 건가요?"

방금 다카라가 나츠키에게 경찰은 싫다는 식의 말을 했던 것 같은데.

그러자 다카라는 노골적으로 얼굴을 찡그렸다.

"경찰은 젠을 너무 부려먹어서 싫어. 그리고 젠을 함부로 대한단 말이야!"

"아, 미안, 다카라 짱, 하지만 이쪽도 일이니까 어쩔 수 없다고."

나츠키가 쓴웃음을 지으며 말했다.

"나츠키 짱은 괜찮아. 착하고, 잘생겼고. 하지만 나, 우리 같은 존재를 인간이 관리하려고 하는 그 사고방식 자체가 마음에 안 들어. 인간들의 마이넘버(일본의 제도적 주민 식별 코드)가 존재하기 훨씬 전부터 인간 외의 존재를 등록하는 제도가 있었다고."

"……저기, 그 얘기 들었을 때부터 정말 희한하다고 생각했는데요. 애초에 인간 외의 분들이 어떻게 그런 등록제에 납득하신 거죠?"

왠지 '관리'라든지 '등록'이라든지, 인간 외의 존재에 대한 취급에 대해서는 조금 고개를 갸웃거리게 되는 지점이 있었다. 인간 외의 존재들은 인간보다 뛰어난 힘을 가지고 있는 것 같은데 왜 인간의 의도에 얌전히 따르는지 의문이었다.

그러자 미사키 젠이 대답했다.

"인간 외의 존재에 대한 관리 제도는 딱히 인간 쪽에서 일방적으로 밀어붙인 건 아닙니다. 인간 외의 존재들 중에도 나름 윗선이라고 불리는 자들이 있어서요. 그들과 당시 정부 사람들끼리 이야기해서 결정된 겁니다."

"하지만 이수계 같은 조직이 있다는 건 어느 정도 인간 외의 분들에 대한 처우가 인간에게 맡겨져 있다는 거잖아요?"

"어느 정도는 그렇죠. 하지만 동시에 우리 인간 외의 존재가 인간의 권력에 보호받고 있는 측면도 있습니다. 우리의 존재는 인간들에게 알려지지 않았으니까요. 덕분에 인간 사회에서 평범하게 살아갈 수 있는 거예요."

다카라가 미사키 젠의 말에 한숨을 쉬며 말했다.

"뭐, 한마디로 말하자면 우리들이 인간 사회에 너무 익숙해졌다는 거야. 인간의 생활에 익숙해지니까 이제 와서 인적 없는 깊은 산속에서는 살 수 없어. 화장품도 텔레비전도 비디오도 인터넷도 맛있는 레스토랑도 없는 생활은 생각만으로도 싫은걸. 그러니까 인간들이 만든 규칙에 그런대로 따라야 하고 그러려면 등록제도 정도는 받아들일 수밖에 없잖아. 하지만 야마지 같은 녀석이랑 이야기하면 정말 이래저래 열받는다니까! 뭐야, 그 자식? 우리들을 뭐라고 생각하는 거야!"

"그건 야마지 씨 개인의 문제예요, 다카라 씨. 단순히 그의 근성이 비틀리고 썩어서 징글징글한 것뿐이니까 다른 문제와 섞으면 안 됩니다."

미사키 젠이 슬쩍 독설을 퍼부었다. 야마지는 기본적으로 누구에게나 미움을 받는 듯하다.

그때 직원이 쟁반을 들고 나타났다. 아직 아무것도 시키지 않았는데 미사키 젠 앞에는 말차 시폰케이크를, 나츠키 앞에는 크림 안미츠(팥과 흑설탕으로 만든 일본식 디저트)를, 아사히 앞에는 말차 와라비모찌(일본의 전통 화과자) 파르페를 놓았다. 방금 전 지나쳐갈 때 다카라가 부탁한 모양이다.

"내가 쏘는 거야. 우리 가게에 와서 아무것도 안 먹는 건 안 돼. 아사히 짱은 이제 와서 칼로리가 이러쿵저러쿵하면 죽는다."

이 시간에 파르페 같은 걸 먹어도 괜찮을까, 라고 생각했던 아사히의 머릿속을 순간 간파한 다카라가 말했다. 인간 외의 분들은 멋대로 남의 머릿속을 읽지 말아줬으면 좋겠다.

말차 시폰케이크를 한 입 먹고 미사키 젠이 물었다.

"다카라 씨, 슬슬 본론으로 들어가죠. 괴물 개가 나타났다고 했죠?"

"아, 그렇다니까. 젠, 나 너무 무서워!"

다카라가 이때다 싶었는지 미사키 젠의 팔에 매달려 귀여운 척 몸을 떨었다.

"요즘 이 주변에서 괴물 개를 봤다는 제보가 있었어……. 알잖아, 나 옛날부터 개라면 정말 치를 떨었던 거. 정말 어찌나 무섭던지."

다카라가 말했다.

그토록 오랫동안 살아온 여우가 왜 괴물 개를 무서워하는 걸까. 아사히는 의아하게 생각했지만 미사키 젠이 개와 여우는 서로 궁합이 좋지 않다고 알려줬다. 그러고 보니 옛날에 읽었던 민화집에서 개가 인간으로 변한 여우를 보고 짖는 바람에 여우의 정체가 탄로 났다는 이야기를 읽었던 것 같다. 누구든 싫은 상대나 천적은 있기 마련인 걸까.

다카라의 이야기는 이랬다.

요즘 이 주변에서 거대한 검은 개의 모습이 목격된다고 한다. 목격 장소는 주로 이노카시라 공원 안이나 주변 길가였는데, 개라고는 생각할 수 없을 만큼 크다고 했다. 목격자가 비명을 지르면 개의 모습은 순식간에 사라지는데 그 사라지는 방식이 증언마다 제각각이다. 갑자기 사라졌다는 사람이 있는 반면, 단숨에 날아서 민가의 지붕을 뛰어넘었다고 말하는 사람도 있었다.

"그치, 무섭지? 보통 개가 아니라, 괴물 개야!"

"하지만 들은 바로는 아직까지는 목격담만 있고 누굴 덮쳤다는 얘기는 없지 않나요. 그렇다면 그 정도로 무서워할 필요는 없을 것 같은데요."

"그게, 실제로 습격당한 사람도 있나 봐. 엄청 짖기도 하고, 물려서 부상당하기도 했대. 아, 정말 무서워, 소름 끼쳐. 우리 가게 손님이나 직원한테 무슨 일이라도 생기면 큰일이고, 저기 젠, 어떻게 좀 해봐."

"그러게요. 전에 있던 늑대인간 소동과는 좀 다른 듯하지만, 정말로 인간 외의 존재라면 이수계 관할이고……. 나츠키 씨, 이 주변에 개 계열이 이수계에 등록된 경우가 있나요?"

"아, 으음, 잠시만 기다려줘. 알아볼게."

그렇게 말하면서 나츠키가 자신의 스마트폰을 꺼냈다.

설마 인터넷에서 검색하는 건 아니겠지.

"아냐, 아냐, 이거 이수계 데이터베이스." 놀란 아사히에게 나츠키는 스마트폰 화면을 보여줬다.

"이수계에 등록된 인간 외의 존재는 데이터베이스를 통해 어디에 살고 있는지 알 수 있어. 등록제에 응하지 않았거나, 신고 없이 다른 곳으로 이사하는 놈들도 있지만, 일단 나름대로 정확도가 높으니까 사건이 일어났을 때 꽤 도움이 돼."

"개 계열이라니, 그런 게 여러 가지가 있나 봐요?"

"아, 옛날 사람들이 말하는 이누가미(견신(犬神). 인간에게 붙어 해

코지를 한다고 전해진다) 같은 거 말이지. 일반적으로 오래 산 개라도 고양이나 여우나 너구리로 변신할 수 있다나 본데. 그리고 유럽에서 넘어온 '검은 개'도 있고."

"마, 많네요."

"아, 하지만 이 데이터베이스는 경찰 내 극비 사항이니까. 아사히 짱은 너무 들여다보면 안 돼. 또 계장한테 혼날 거야."

나츠키는 잠시 스마트폰을 만지더니, 이윽고 고개를 들었다.

"이 주변에는 이렇다 할 등록 건은 없네……. 뭐, 주소가 부정확한 경우도 있으니까 단언할 수는 없지만."

"그럼 나츠키 씨, 내일이라도 상관없으니까 이 주변의 파출소나 경찰서에 개한테 습격당해 다쳤다는 신고 내용이 없었는지 확인해주세요. 다카라 씨는 실제로 개가 목격된 장소에 대해서 구체적으로 알아볼 수 있어요?"

"이 주변 사모님한테 물어보면 아마 알 수 있을 거야. 주부들 정보망이 장난 아니거든."

그때였다.

꺄악. 가게 입구 쪽에서 비명이 들렸다.

"잠깐, 무슨 일이야?"

다카라 씨가 낯빛을 바꾸고 자리에서 일어났다. 나츠키와 미사키 젠이 그 뒤를 따랐다. 아사히도 서둘러 쫓아갔다.

가게 입구에 젊은 남자 둘이 있었다. 대학생 정도 됐을까. 한 명은 머리를 갈색으로 물들였고 다른 한 명은 머리는 까맸지만 잘 차려입은 요즘 젊은이였다. 하지만 두 사람 다 피투성이에 티셔츠는

찢기고 구멍 뚫려 있고, 갈색 머리 남자는 배꼽 근처까지 옷이 찢어져 있었다.

"사, 살려줘……. 당했어, 살려줘!"

갈색 머리 남자의 상처가 심한 것 같았다. 울면서 비틀거리는 갈색 머리를 검은 머리가 필사적으로 안아서 가게 쪽으로 끌고 오며 도움을 요청하고 있었다.

다카라가 달려 나가서 검은 머리에게 물었다.

"당했다니? 뭐에?"

"개…… 새까만, 엄청 큰 괴물 개!"

비명을 지르며 검은 머리는 그렇게 말했다.

우선 두 젊은이를 가게 안쪽으로 데리고 가서 응급처치를 해주며 이야기를 들었다.

가게 안의 손님들도 당연히 충격에 빠졌으나 나츠키의 경찰수첩이 도움이 됐다.

"네, 경찰입니다. 다들 진정하세요."

나츠키는 경찰수첩을 들어 올리며 가게 안의 사람들을 향해 차분하게 말했다.

"이 주변에서 들개 목격 제보가 나왔습니다. 두 사람은 들개에 습격당했을 가능성이 있어요. 어쨌든 여러분은 침착하게 자리로 돌아가 주세요. 입구를 닫을 거니까 가게 안에 있으면 안전합니다. 그러니 조금 더 차를 계속 즐겨주세요!"

소란스러웠던 가게 안이 나츠키의 말에 서서히 안정됐다. 다음은 직원들에게 맡겨도 괜찮을 듯했다.

다카라가 두 젊은이를 데려간 곳은 평소에 직원들의 휴게소로 쓰이는 허름한 방이었다. 한쪽 벽에는 사물함이 늘어서 있고, 한쪽에는 소파와 테이블이, 방구석에는 텔레비전이 있었다. 미사키 젠은 방구석에 선 채로 소파에 앉아 다카라에게 응급처치를 받고 있는 두 사람의 모습을 지그시 바라보고 있었다. 역시 이번에도 존재감을 지우고 있는지, 두 사람은 미사키 젠을 알아보지 못했다.

입구에 서 있던 아사히 뒤에서 가게 매니저인 듯한 직원이 얼굴을 내밀었다.

"점장님, 손님들은 어떻게 할까요? 지금은 일단 다들 진정했어요."

"일단 무료로 차를 내드려. 그리고 테이블을 돌면서 순서대로 계산하고, 그룹을 몇 개로 나눠서 역까지 손님들을 배웅해줘. 되도록 체격 좋은 애들로 경호 붙여주고. 원하는 사람은 택시도 불러줘."

"알겠습니다. 그런데 구급차를 부르는 게 좋을까요, 그분……."

"구급차를 부를 정도는 아니지만, 개한테 물렸다면 감염이 우려되니까 나중에 택시로 병원에 가는 게 좋을 거야. 뭐, 붓지는 않은 걸 보니 괜찮겠지. 어쨌든 내가 응급처치할 거고, 형사님이 이야기를 듣고 싶다고 하니까 이쪽은 우리가 맡을게."

"알겠습니다."

직원이 물러나고 나츠키가 입을 열었다.

"그래서, 너희 이름은 뭐지? 어디서 뭐에 습격당한 거야?"

"저는 다키구치 하루토예요…… 그쪽은 이야마 유키."

나츠키의 질문에 검은 머리가 대답했다. 갈색 머리는 어지간히 무서웠는지 웅크린 채로 끙끙거리며 계속 울었다. 다카라 말로는 상처는 그리 깊지 않다고 했는데.

다키구치가 말했다.

"저, 저희는 대학에서 영상 동아리에 가입해서…… 인터넷에 동영상 같은 걸 올려요. 촬영 소재라고 생각해서 이노카시라 공원을 스마트폰으로 촬영했는데…… 그, 왜, 한밤중의 공원이라고 하면 왠지 무서운 느낌이 들잖아요."

"아, 그렇지, 뭐, 굳이 따지자면 도깨비보다야 이상한 사람이 나타날 것 같은 무서움이지만. 그건 그렇고 스마트폰으로 그런 촬영이 가능해? 어두우면 좀 어렵지 않아?"

"네, 별로 잘 찍지 못했어요. 그래서 이제 그만 찍을까, 하고 공원을 나와서 그 주변을 걷는데……. 우리는 정말로 걷기만 했다니까요? 그런데 갑자기 어둠 속에서 엄청 크고 시커먼 게 울부짖으면서 달려들었어요! 개라고 생각했는데 개치고는 너무 크고, 그게 이야마를 땅에 패대기치고 사정없이 물어서…… 얼른 구하려다가 저도 물렸어요."

다키구치는 다카라가 응급처치한 왼팔을 조심스럽게 쓰다듬었다.

"그래서 위협이 될까 싶어 스마트폰의 플래시를 그 개 눈에 쐈어요. 그랬더니 그 개가…… 갑자기 뛰어오르더니 지붕을 뛰어넘고 사라졌어요. 괴물 아닌가요? 형사님, 빨리 체포해주세요!"

"그래, 알겠다. 제대로 체포할 테니까. 그래서 너희가 찍은 스마트폰 보여줄 수 있어? 뭔가 증거가 될 만한 영상이 있을지도 모르니까."

"그게…… 찍은 건 제 스마트폰인데요. 개가 뛰어오른 순간에 놀라서 떨어뜨려버렸는데 또 습격당할까 봐 무서워서 그대로 도망치는 바람에……."

"아, 그래, 그럼 분실물로 처리해서 찾아볼 테니까 어떤 스마트폰이었는지 가르쳐줄래?"

다키구치가 한 얘기는 이 정도였다. 이야마 쪽은 아무래도 이야기할 수 있는 상태가 아니었고 빨리 병원으로 데려가는 게 좋을 듯했다.

다카라가 택시를 부르고 다키구치와 이야마가 가게에서 나간 뒤 줄곧 벽 쪽에서 아무 말 없이 서 있던 미사키 젠이 나츠키에게 다가갔다.

"이 이상 소란이 커지기 전에 빨리 해결하는 게 좋을 듯하네요. 이대로라면 다카라 씨의 가게 영업에도 방해가 될 것 같고요. 나츠키 씨, 두 사람의 이야기 어떻게 생각해요?"

"아…… 역시 이수계 관할이라는 느낌이 들어. 와, 계장한테 보고해야겠네. 미등록 안건이라고 해야 하나."

나츠키가 다키구치의 이야기를 받아 적은 메모를 팔랑팔랑 넘기면서 대답했다.

미사키 젠이 말했다.

"그럴 가능성이 높을 것 같습니다. 하지만…… 왜 그들이 습격당했는지 궁금하네요."

"응? 무슨 소리야?"

"왜 개한테 습격당한 사람과 그저 개를 목격하기만 한 사람으로 나뉠까요? 만나는 사람을 전부 습격한다면 모를까, 아무래도 그렇지는 않은 것 같군요. 과연 방금 왔던 학생들은 무슨 짓을 했기에 습격당한 걸까, 어떤 점이 그 개의 기분을 거슬렸던 걸까요."

"하지만 그 학생들만 습격당한 건 아니잖아……. 게다가 그 애들 얘기만 들으면 딱히 무슨 짓을 한 것 같지도 않았는데?"

다카라가 중간에 끼어들었다.

"그렇죠. 습격당한 다른 피해자에게는 당시 상황을 확실하게 확인할 필요가 있다고 생각합니다. 하지만 지금 두 사람은 그럴 필요가 없어요."

미사키 젠은 방금까지 두 학생이 앉았던 소파에 앉아서 입술 끝을 올리며 웃었다.

"사람은 자신에게 불리한 사실은 자진해서 이야기하지 않는 법입니다. 오히려 무의식중에 감추려고 하죠. 다키구치 군의 이야기를 들을 때 한 가지 걸리는 말이 있었어요. 그는 자신들이 습격당하기 직전의 상황에 대해서 묻지도 않았는데 이렇게 말했어요. '그저 걷고 있었을 뿐'이라고."

"아, 분명 그렇게 말했어요! 그냥 걷고 있었을 뿐인데 습격당했다고."

미사키 젠의 말에 아사히는 고개를 끄덕였다. 아사히도 그때 왠지 급하게 변명을 하는 말투라고 느꼈었다.

미사키 젠은 아사히를 보며 같이 고개를 끄덕여 보였다.

"즉, 그들은 무심결에 자기변호를 하고 싶어질 만한, 뒤가 켕기는 짓을 했을 가능성이 있어요. 그들에게서 뭔지 알아내는 건 어렵겠지만, 묻지 않고도 알아낼 방법은 있습니다."

"묻지 않고도라니…… 어떻게 하려고요, 선생님?"

말이 끝나자마자 미사키 젠은 소파 앞에 놓인 낮은 탁자에 손을 뻗었다. 거기에는 소독약, 붕대, 그리고 사용한 거즈가 있었다.

미사키 젠이 손에 든 것은 피에 물든 거즈였다.

"세나 씨, 약간 불쾌할 수도 있겠지만 부디 양해해주세요."

미사키 젠은 그렇게 말하고 거즈를 자신의 입으로 가져갔다.

아사히가 당황하고 있는데, 이미 미사키 젠은 피가 묻은 거즈를 입술에 대고 그대로 두 눈을 감은 채였다. 수 초 후, 미사키 젠이 슬며시 눈을 떴다.

아사히는 숨을 삼켰다. 미사키 젠의 눈동자가 진홍색으로 물들어 있었다.

미사키 젠이 천천히 고개를 돌려 시선을 방구석에 놓인 텔레비전 쪽으로 향했다.

진홍빛의 두 눈동자가 텔레비전 화면을 바라보자, 전원이 들어와 있지도 않은 텔레비전이 켜지는 소리를 내며 갑자기 영상을 흘려보내기 시작했다. 어둠 속에 깜빡거리는 가로등이 서 있는 어느 길 위였다.

[네, 여기는 한밤중의 이노카시라 공원입니다. 어둠 속에 숨어서 꽁냥거리는 커플이 나올 것인가, 아니면 유령이 나올 것인가. 자, 어느 쪽일까요?]

목소리가 들렸다. 다키구치의 목소리다. 화면이 흔들리더니 뒤를 돌아본다. 그때 조금 떨어진 위치에서 스마트폰을 들고 촬영하고 있는 다키구치가 보였다. 그렇게 촬영하고 있는 다키구치를 다른 누군가가 마찬가지로 카메라를 들고 촬영한 영상이었다.

그것보다 애초에 이 영상은 대체 뭘까.

"이것도 미사키의 특기. 일종의 염사(마음속으로 생각한 것만으로 필름에 감광 효과를 나타나게 해 풍경이나 인물의 상을 찍어 낸다는 심령 현상)랄까?"

설명해준 사람은 나츠키였다.

"저 녀석 말이야. 혈액에서 그 피의 주인이 직전에 본 기억을 읽어낼 수 있을 뿐 아니라, 그 기억을 영상으로 텔레비전에 비추는 것도 가능해."

"굉장하네요! 그런 능력이라면 수사에 엄청 도움되지 않나요?"

"뭐, 그렇지. 덕분에 도움도 많이 받았어. 하지만 공식 증거로는 쓸 수 없으니까, 거기서부터는 우리 경찰이 제대로 노력하지 않으면 말짱 꽝이지."

대화를 나누는 사이에도 영상은 흘러갔다.

[이거 좀 무리 아냐? 너무 어두워, 여기. 다키구치, 그러게 적외선 모드 카메라 사자니까. 스마트폰으로는 한계가 있어. 으악, 모기도 있어. 완전 최악이야.]

[아냐, 그래도 어두우면 어두운 대로 뭔가 그럴듯한 그림이 될 것 같아.]

영상은 마치 POV 형식(Point of View. 1인칭 시점의 촬영기법)의 영화처럼 끊임없이 이리저리 흔들렸다. 핸드헬드 카메라를 사용해서 촬영자가 본 그대로를 찍기 때문에 더 생생함이 느껴지는 영화처럼. 영상에 이야마의 모습은 없고 목소리만 들리는 걸 보니 이야마의 기억이라는 사실을 알 수 있었다.

영상 안에서 두 사람의 태도는 그다지 좋지 않았다. 연못에 담뱃재를 턴다든가, 나무 사이나 수풀에 작은 돌을 몇 개나 던지고 있었다. 개를 데리고 산책하는 노인에게 주의를 받자 이야마가 시끄럽다며 소리 지르는 장면도 있었다.

영상을 보면서 다카라가 눈썹을 찡그렸다.

"싫다. 요즘 젊은 애들은 정말 예의를 모르네! 벌받은 거 아냐?"

그러는 사이에 두 사람은 공원을 뒤로하는 듯 보였다. 어슬렁어슬렁 걸으면서 이야마는 큰 소리로 노래를 부르고 있었다. 주변 사람들에게는 분명 폐를 끼쳤을 테지.

[이야마, 시끄러워. 노래방 갈래? 너 노래 부르고 싶은 거지, 이야마?]

[부르고 싶습니다, 누구든 나한테 부르게 해주십쇼!]

[뭐야, 이미 부르고 있잖아. 지금도 길거리 라이브잖아, 멍청아. 이야마 너, 불붙은 담배꽁초 버렸지? 그러지 말라니까, 남의 집 정원이잖아.]

[괜찮다니까. 풀이 무성하니까 화재 같은 건…… 으아아!]

갑자기 화면이 크게 흔들렸다.

무언가가 짖는 목소리와 함께 이야마의 비명이 울려 퍼지고 화면이 뒤집혔다. 엉망진창으로 흔들리는 화면, 무언가를 뿌리치려는 듯 몇 번이나 화면을 가로지르는 이야마의 손. 화면 끝에 다키구치의 신발이 비친 게 보여서 이야마가 넘어졌다는 걸 알 수 있었다. 이야마의 비명, 다키구치의 외침, 거기에 겹치듯이 울리는 천둥 같은 울음소리. 그야말로 완벽한 호러영화였다.

순간적으로 화면 가득히 짐승의 입처럼 보이는 무언가가 들어왔다.

그 입이 화면에서 사라진 직후 이야마의 비명은 고통스러운 소리로 변했다.

화면이 더욱 격렬하게 흔들리고 몇 번이나 블랙아웃되고, 다시 화면이 뒤집혔나 싶더니 전력으로 달리는 영상으로 바뀌었다. 아무래도 쓰러진 이야마를 다키구치가 일으켜 세우고 그대로 달려서 도망가는 것 같았다. 등 뒤에서 계속 울음소리가 들리고, 길모퉁이에 몰릴 때마다 다키구치와 이야마는 방향을 바꿔서 도망쳤다. 이윽고 울음소리는 멀어지고 두 사람의 시야에 따뜻한 색의 조명이 비추는 건물이 들어왔다. 다카라의 가게였다.

[살려줘!]

영상은 거기서 끊겼다.

나츠키가 입을 열었다.

"……음, 어쨌든 두 사람한테는 나중에 이래저래 엄중한 주의를 줘야겠네. 뭐, 벌로 엄청 험한 일을 당한 것 같지만."

"뭔지 알 것 같아. 그러니까 이 녀석들의 나쁜 소행이 개를 화나게 한 거잖아? 그게 그냥 개를 목격하기만 한 사람과 습격당한 사람의 차이일지도."

다카라가 아직도 눈썹을 찡그린 채로 말했다.

"이 두 사람은 그런 것 같군요. 습격당한 다른 피해자가 무슨 짓을 했는지도 알고 싶습니다만."

그렇게 말하고 미사키 젠이 입에 대고 있던 거즈를 테이블에 돌려놨다. 눈동자의 색깔은 평소대로 밝은 다갈색으로 돌아왔지만 입술에는 아직 피가 묻은 채였다. 형태가 잘 잡힌 입술을 물들인 빨간색은 마치 소녀 만화에 나오는 캐릭터처럼 잘 정돈된 이목구비와 어우러져 색다르게 우아하고 아름다워 보였다. 아사히는 가방에서 티슈를 꺼내 미사키 젠에게 내밀었다.

미사키 젠은 티슈를 받아들어 입술을 닦으며 말했다.

"죄송해요, 세나 씨, 괜찮으세요? 기분 나쁘지 않으셨나요?"

"글쎄요, 영상이 조금 호러영화 같아서 무섭긴 했는데 괜찮아요."

"아뇨, 그게 아니라."

"네? 그럼 뭐요?"

"바로 눈앞에서 피를 핥는 예의 없는 짓을 해서 죄송하다는 말이에요."

미사키 젠의 말에 아사히는 무심코 눈을 끔뻑거리고 말았지만 아무래도 미사키 젠은 아사히의 앞에서 뱀파이어다운 행동을 한 것에 대해 진심으로 미안해하는 듯했다.

"……선생님은 신사이시네요."

"왜 그런 말씀을 하세요?"

"아니, 그야 이제 와서 그러시니까……. 처음 만난 날 이미 뱀파이어라고 가르쳐주셨잖아요."

"듣는 거랑 보는 건 다르니까요. 게다가 호러영화는 보지 않는다고 하셨으니, 피를 싫어할 거라고 생각해서요."

"딱히 그렇지 않아요. 전혀 기분 나쁘지도 않았고요. 굳이 말하자면 립스틱을 바른 것처럼 섹시하다고 생각했을 뿐인데."

"서, 설마 아직도 묻어 있나요?"

미사키 젠이 허둥지둥 자신의 입술을 박박 문질렀다. 이 사람도 당황하긴 하는구나. 신선한 반응에 아사히는 무심코 웃고 말았다. 늘 냉정한 사람이라고 생각했는데.

미사키 젠이 헛기침을 하며 티슈를 탁자에 놓고 다카라를 봤다.

"그럼 다카라 씨, 방금 영상에서 그들이 걷던 곳이 어딘지 알 수 있을까요? 내일 밤까지 알려줘도 돼요."

"좋아, 그렇게나 소란을 피웠으니까 주변에 물어보면 금방 알 수 있을 거야."

"부탁합니다. 나츠키 씨는 아까 부탁한 대로 이 주변에서 개한테 습격당했다는 피해 신고가 접수된 게 없는지 확인해주세요."

"알았어, 내일까지 해둘게."

나츠키는 고개를 끄덕였다. 오늘 할 수 있는 일은 여기까지였다.

가게 쪽으로 돌아가자 손님의 모습은 보이지 않았다. 방금 전 다카라가 지시한 대로 직원이 역까지 손님들을 데려다준 모양이었다. 직원의 이야기로는 그 뒤에는 딱히 소란스러워질 것도 없이 손님들은 조용히 돌아갔다고 했다.

나츠키가 차로 기치조지역까지 아사히를 데려다줬고, 아사히는 역에서 미사키 젠 일행과 헤어졌다.

나츠키는 집 근처까지 태워주겠다고 했지만 그렇게까지 신세 질 수는 없는 노릇이고, 게다가 애초에 회사로 돌아갈 생각이었다. 다른 일이 아직 남아 있고 무엇보다 미사키 젠의 원고를 아직 가지고 있었기에 빨리 읽고 싶었다.

편집부에는 아직 다카야마와 후루야가 있었다. 오하시 편집장도 회사에 있는 모양이었지만 자리에는 보이지 않았다. 회의 때문에 자리를 비웠는지도 모른다.

이미 돌아갈 준비를 마친 다카야마와 후루야는 아사히의 얼굴을 보고 놀란 모양이었다.

"아사히 짱, 늦었네. 오늘은 원고만 받으러 간 거 아니었어?"

"세나 씨, 무슨 문제 있어? 미사키 젠 선생님 원고는 받았고?"

"원고는 받았어요. 여기."

아사히가 원고가 들어 있는 봉투를 보여주자, 다카야마와 후루야가 감탄하며 박수를 쳐줬다.

"아, 맞다. 아사히 짱. 아까 가도와키 선생님한테 전화 왔어. 연락 달라던데."

"자, 그럼 먼저 갈게."

다카야마와 후루야가 편집부를 나섰다.

아사히는 자신의 담당 작가 중 한 명인 가도와키 히사시에게 전화를 걸어 간단하게 논의를 끝내고 미사키 젠의 신작 단편이 든 봉투를 손에 들었다. 봉투에서 원고를 꺼내려고 할 때였다.

"세나 씨, 수고했어."

부르는 소리를 듣고 오하시가 뒤에 서 있다는 사실을 알았다. 여전히 이 편집장은 기척을 감추는 데 선수다.

"헉, 편집장님! 고생하시네요. 놀랐잖아요!"

"미사키 선생님의 단편, 제대로 완성했구나."

"네. 그런데……."

아사히는 목소리를 낮추고 오늘 있었던 일을 오하시에게 전달했다. 건물 안에는 아직 사람들이 남아 있어서 주변에 들리지 않게 작은 목소리로 얘기한다.

오하시는 이야기를 듣더니 얼굴을 찡그렸다.

"그래, 그런 일이 있었군……. 뭐, 원고가 완성됐다고 해도 곤란하네. 그분이 좀 더 글을 쓸 시간이 있었으면 좋겠는데."

오하시가 중얼거리듯이 말했다.

"알고 있어요, 편집장님. 우리 회사를 위해서, 무엇보다 독자를 위해서 미사키 선생님이 되도록 빨리 신작 장편소설을 써주셔야 할 텐데."

"그것도 물론 그렇지만," 아사히의 말에 오하시는 조금 복잡한 표정을 지었다.

"그뿐만 아니라…… 선생님이 글을 쓰는 데는 이유가 있거든."

"네?"

"어쨌든 그분은, 쓰지 않으면 안 돼."

오하시는 말끝을 흐리며 아사히의 곁에서 떨어졌다. 손에 담배를 들고 있는 걸 보니 흡연실에 가는 모양이다.

무슨 일일까. 아사히는 고개를 갸웃거리며 오하시를 배웅하고 새삼 손에 든 미사키 젠의 원고에 시선을 떨구었다.

원고지에 손으로 쓴 원고. 요즘 작가는 대부분 컴퓨터를 쓰기 때문에 손으로 쓴 원고를 받는 일 자체가 아사히로서는 처음이었다. 미사키 젠의 필적은 그대로 글쓰기 교본으로 쓸 수 있을 만큼 깔끔했다. 언젠가 미사키 젠 기념관이 생긴다면 꼭 전시하고 싶다.

페이지를 넘기기 전에 아사히는 한 번 심호흡을 했다. 심장이 두근거리고 손가락이 떨렸다. 감개무량이라는 말은 이럴 때 쓰라고 있는 게 틀림없다고 생각했다.

아사히는 자신의 책상 끝에 어느새 캐러멜 한 알이 놓여 있는 걸 발견했다. 다카야마가 준 것일까. 포장지를 벗기고 입안에 넣자, 마음을 진정시키는 달콤함이 가득 퍼졌다. 뭔가 굉장히 그리운 맛이었다. 기분이 조금 차분해진 것 같아서 아사히는 마음속으로 다카야마에게 감사하며 원고용지 끝에 손을 가져다 댔다.

다음 날, 아사히는 다시 미사키 젠과 나츠키와 함께 다카라의 가게로 향했다.

다카라의 가게에 도착할 때까지 차 안에서 미사키에게 받은 단편소설을 읽은 감상을 전하고 잡지 연재 시기 등에 대해서 간단하게 의논했다.

단편소설 이야기를 끝낸 후에는 다음 이야기를 진행하고 싶었다.

"그래서 저기, 다음엔 꼭 장편을 부탁드리고 싶은데…… 도, 독자들도 선생님의 신작 장편을 기다리고 있어요!"

무심코 힘주어 말하고 말았다. 독자들 중에는 물론 아사히도 포함돼 있다.

어제 읽은 단편은 역시 기대했던 그대로였다. 자신의 과거를 잊은 남자의 이야기. 대신 남자의 머릿속에는 모르는 여자의 기억이 들어가 있다. 어쩔 수 없이 남자는 그 여자의 기억 속에 있는 장소를 돌아다닌다. 돌아다니며 그 여자가 어떤 사람인지 추리한다. 자신의 기억은 왜 그녀의 기억과 바뀌고 만 것일까. 과연 그녀는 지금 어디에 있을까. 그녀만을 생각하며 떠난 여행은 마치 잃어버린 연인을 찾는 것 같다……. 이런 식으로 진행된 이야기는 결말까지 아주 훌륭했다. 오하시도 읽고서 역시 감탄했다.

사실은 문장 하나하나를 들면서 '여기가 좋았어요'라든가 '그 한마디 때문에 울었어요'라며 그대로 이어서 지난 작품에 대한 감상을 쏟아낸 뒤, 이번에야말로 '줄곧 선생님의 팬이었어요!'라고 하고 싶었지만 꾹 참았다. 단편소설을 읽고 난 뒤의 흥분이 아직 가시지 않아서 잘못하면 감정이 복받쳐 눈물이 나올 것 같았다. 그렇게 되면 일 이야기를 할 수 없다. 운전석에는 나츠키도 있고, 여기서는 어떻게든 비즈니스 모드로 임해야 한다.

하지만 미사키 젠은 아사히의 말에 눈을 살짝 내리깔며 말했다.

"그렇군요. 하지만 장편을 쓰는 건 조금 시간을 주시겠습니까?"

"어…… 아, 네."

미사키 젠의 반응이 별로 좋지 않아서 아사히는 조금 충격을 받았다.

최근 2년 동안 분명 미사키 젠은 신작을 거의 쓰지 않았다.

미사키 젠이 쓸 수 없게 됐을지도 모른다는 무서운 상상도 했지만 이번 단편을 읽어보면 그럴 일은 없을 듯하다.

이전에 미사키 젠은 꽤 괜찮은 페이스로 책을 냈었다. 요즘 들어 쓰지 않은 데에는 뭔가 이유가 있는 걸까.

어느 날 갑자기 절필해버리는 작가가 적지 않다. 심리적인 이유 또는 생활상의 문제나 건강상의 문제 때문이다. 일개 편집자가 어떻게 할 수 없는 문제가 대부분이다.

그래도― 미사키 젠은 아직 써야 하는 작가다.

"……시간은 좀 걸려도 상관없어요. 생각해주시는 것만으로도 고맙습니다. 제가 도와드릴 수 있는 건 뭐든 시켜주세요."

결국 아사히는 그렇게 말할 수밖에 없었다. 그 바람에 자신이 미사키 젠 작품의 열렬한 팬이라는 사실은 이번에도 전하지 못했다.

다카라의 가게에 도착하자, 이번에도 제일 안쪽 자리로 안내 받았다.

손님은 역시 지난밤에 비해서 줄어든 것 같았다. 피투성이 학생이 둘이나 뛰어든 소동이 있었던 뒤라서 어쩔 수 없을 것이다. 뉴스에서는 다뤄지지 않았지만 트위터 같은 데서는 '기치조지에서 학생 두 사람이 피투성이'라든가, '들개 소동?'이라며 약간 시끄러웠다.

아사히 일행이 자리에 앉자마자 다카라가 말을 꺼냈다.

"알아봤어, 어제 학생들이 어딜 걸어 다녔는지. 근처 부인들 얘기를 들고 어딘지 거의 알아낸 것 같아. 아무튼 엄청 시끄러웠나 봐."

"역시 그렇군요. 고마워요, 다카라 씨. 나츠키 씨는 어떤가요? 피해 신고가 있었습니까?"

"주변 파출소에 개한테 물렸다는 남자가 신고를 했었어. 오늘 낮에 직접 찾아가서 이야기를 들었는데 말이야. ……부동산 중개소를 하는 사람이었어."

"부동산?"

"이 주변 빈집을 보러 갔는데 습격당했다고. 성실해 보이는 사람이었고 나쁜 짓을 했다고는 생각하기 힘든데 말이지……. 그 빈집엔 스즈무라 씨라는 할아버지가 줄곧 혼자서 살고 있었는데, 2년쯤 전에 갑자기 발작으로 병원에 실려 가서 그대로 사망했나 봐. 떨어져 살고 있는 아들이 하나 있는데 그 아들이 최근에 집을 부수고 팔고 싶다는 이야기를 그 부동산 사람에게 했던 모양이야. 참고로 주소는 여기야."

나츠키가 수첩에서 주소가 적힌 페이지를 펼쳐서 테이블에 올려뒀다.

다카라가 그 주소를 슥 보더니 고개를 끄덕였다.

"이 집, 어젯밤 그 학생들이 걸었던 곳 주변에 있었어. 얘기가 이어지기 시작하네."

"그래서 일단…… 이쪽 주소도 조사해봤어."

나츠키는 수첩을 더 넘겨서 또 다른 주소가 적힌 페이지를 손가락으로 가리켰다. 그 주소가 가리키는 것을 모두 말없이 잠시 동안 바라봤다.

이쯤 되면 이 자리에 있는 모두가 결국 무슨 일이 있었는지 깨달았을 것이다.

개를 목격하기만 한 사람은 개에게 아무 짓도 하지 않은 사람이었다.

개에게 습격당한 사람은 개가 싫어할 만한 무언가를 한 사람이다.

다키구치와 이야마는 이야마가 어떤 집에 불붙은 담배꽁초를 던진 직후에 습격당했다. 그리고 부동산 사람은 어떤 집을 부수려고 했다.

미사키 젠이 입을 열었다.

"……나츠키 씨, 그러고 보니 꽤 시의적절한 영화를 보셨네요. 〈하치 이야기〉 말이에요."

"그만, 그거 지금 떠오르게 하지 마."

나츠키가 머리를 감싸 쥐고 신음하듯이 말했다.

"나츠키 씨는 강아지 파라고 했잖아요. 강아지 파라면 이번 사건에 대해서 어떻게 생각하세요?"

"아…… 평화적인 해결을 원한다고나 할까."

"동감입니다."

미사키 젠이 고개를 끄덕이는 옆에서 다카라도 같이 고개를 끄덕였다. 아사히도 같은 마음이었다.

"하지만 실제로 사람이 습격당한 이상 방치할 수도 없습니다. 슬슬 가볼까요, 그 개를 만나러."

미사키 젠이 그렇게 말했다.

다카라의 안내로 다 같이 어젯밤 다키구치와 이야마가 걷던 장소로 향했다.

한밤의 주택가는 조용했다. 낮의 열기가 남아 있는 밤공기는 습기를 머금은 피부에 들러붙었다. 어딘가 멀리서 개의 울음소리가 들려서 순간 놀랐지만 근처 집에서 키우는 개의 소리였던 모양이다. 달래는 주인의 목소리가 들리고 금세 울음소리가 멈췄다.

"여기가 그 집 길목이야."

모퉁이를 돌면서 다카라가 그렇게 말하고 골목 끝을 손가락으로 가리켰다.

"그리고 저게 스즈무라 씨의 집, 아니, 집이었지."

가리킨 곳에는 누가 봐도 주변 주택들과는 분위기가 다른 집이 있었다.

주변의 집들은 창문에 불을 밝히고 외등까지 켜놓은 것에 비해 그 집은 빛이라곤 하나 없이 새카맸다. 그 집이 어둠에 잠겨 있는 듯 보이는 것은 정원 나무의 길게 늘어진 나뭇가지에 완전히 덮여 있는 탓이기도 했다. 외벽은 하얀 것 같았지만 가지에 가려져 거의 보이지 않았다. 전혀 손질되지 않은 모습만 봐도 이 집에 살던 사람이 오래전에 숨을 거뒀다는 사실을 쉽게 알 수 있었다.

"세나 씨는 나츠키 씨랑 같이 여기에 있어주세요. 부지 안으로는 들어오지 마시고."

미사키 젠은 그렇게 말하고 아사히와 나츠키를 스즈무라 집의 문 앞에 남겨두고는, 자신은 다카라를 데리고 문을 열어 부지 안으로 몇 발자국 들어간 곳에서 걸음을 멈췄다.

두 사람의 시선은 정원 쪽으로 향했다. 예상한 것이 있었는지 다카라가 한 번 괴로운 듯 몸을 웅크렸다.

아직까지는 무슨 일이 일어날 기미가 보이지 않았다. 어둠은 그저 어둠으로 존재하고 있다. 하지만 그 어둠 안에는 분명 무언가가 잠겨 있다.

미사키 젠이 정원 쪽을 향한 채로 나츠키에게 물었다.

"나츠키 씨, 부동산 사람이 부수겠다고 말한 집이 여기인가요?"

"응, 빈터로 만들어서 팔겠다고 했어."

나츠키가 대답했다.

"그럼 이런 집은 부수기 쉽게 태워버리는 게 좋겠죠? 다카라 씨, 부탁합니다."

"아, 정말이지, 어쩔 수 없지."

미사키 젠의 말에 다카라가 한 발 앞으로 나서서 양손을 슥 벌렸다.

그 순간 스즈무라 집의 처마와 지붕, 베란다와 기둥에 작은 불이 무수히 켜졌다. 다카라가 짝 하고 양손을 부딪치자 그 불은 일제히 지붕과 벽, 기둥을 타고 올라가 서로 뭉쳐 활활 커져갔다.

"나, 나츠키 씨, 저래도 돼요?"

"아, 괜찮아, 괜찮아. 저건 소방관 부르지 않아도 되는 화재니까. 아니, 애초에 타고 있는 것도 아니야."

아사히의 질문에 나츠키가 대답했다.

"다카라 짱의 정체는 여우라고 했지? 여우의 특기는 여우불이야."

확실히 이렇게나 가까이에서 불타고 있는데 열기가 느껴지지 않는다. 뭔가 탈 때 나는 소리도 들리지 않고 정원 나무에 불이 옮겨 갈 기미도 없었다. 하지만 보기에는 진짜 불타고 있다고밖에는 보이지 않았다. 스즈무라 씨의 집은 정말로 타고 있는 것처럼 보였다.

"제대로 속아줄까. 연기며 냄새며 하나도 나지 않으니까 어려울 수도 있지."

나츠키가 중얼거렸다. 하지만 그때, 구르르르르르······. 울음소리가 어딘가에서 울렸다.

다카라가 그 순간 움찔하며 몸을 굳혔다. 울음소리는 순식간에 포효가 되었고 거대하고 검은 그림자가 정원 쪽에서 다카라를 향해 뛰어드는 모습이 보였다.

"다카라 씨!"

아사히는 비명을 지를 뻔했다.

하지만 방금 전까지 다카라가 서 있던 곳에는 이미 아무도 없었다. 미사키 젠의 모습도 없다. 아사히는 황급히 고개를 돌려서 두 사람을 찾았다.

어느새 여우불은 모두 꺼져 있었다. 눈은 방금까지 밝은 불에 익숙해져 있어 모든 게 더욱 어둡게 보였기에 아사히는 필사적으로 눈을 부라렸다. 있다. 언제 어떻게 올라간 것일까. 베란다 위에 미사키 젠의 모습이 보였다. 그의 어깨 위에 짐짝처럼 아무렇게나 매달린 것은 다카라였다.

"······젠, 구해줘서 고마운데, 다음엔 공주님 안듯이 안아줘."

"미안합니다, 순간적으로 편한 방법을 선택해버리고 말았습니다."

미사키 젠은 그렇게 말하고 다카라를 베란다에 내려준 뒤 자신은 그대로 베란다 손잡이를 뛰어넘어 정원에 착지했다. 아사히는 마치 영화에서 본 듯한 동작에 그럴 때가 아니라는 걸 알면서도 무심코 넋을 잃고 보고 있었다. 혹시 베란다에 올라갔을 때도 다카라를 짊어진 상태로 단숨에 뛰어올랐을까. 그 순간을 놓친 게 너무 분했다.

개는 엄청 당황한 모습으로 집을 향해 작게 짖었다. 아까까지 분명 타고 있는 것처럼 보였는데 지금은 아무렇지도 않으니 이상할 만도 했다. 확실히 덩치가 큰 개였다. 개라기보다는 이리에 가깝다. 그러나 그 털은 마치 검은 아지랑이나 연기처럼 끊임없이 흔들렸다.

"나왔구나. 괜찮아. 집은 처음부터 타지 않았단다."

미사키 젠이 개에게 말을 걸었다.

개는 미사키 젠을 휙 돌아보더니 더 크게 으르렁거렸다. 지금이라도 달려들 것처럼 몸을 웅크렸지만 웬일인지 물러선 것처럼도 보였다.

어느새 미사키 젠의 두 눈에 불붙은 듯 붉은빛이 감돌았다. 처음 만났을 때 아주 잠깐 봤던 그 붉은빛이었다.

미사키 젠이 개 쪽으로 한 발자국 내딛었다.

개는 아직 으르렁거렸지만, 움찔하며 두려움에 몸을 떠는 것 같았다.

"오호, 현명한 아이군요. 상대가 누구인지 제대로 알고 있는 것 같네요."

미사키 젠이 거기서 한 발자국 더 내딛었다. 아사히는 어느새 자신도 개처럼 몸이 굳어 있다는 사실을 깨달았다. 공기 중에 찌르르 전기가 통하는 것처럼 기묘한 기운을 느끼고 있었다. 여름인데 닭살이 돋고 무섭다. 왠지 엄청 무섭다.

미사키 젠이 엄청, 무섭게 느껴졌다.

그 사실에 아사히는 경악했다.

저건 미사키 젠인데. 평소에는 무섭다는 생각을 전혀 하지 않았는데.

"아사히 짱, 괜찮아?"

옆에 서 있던 나츠키가 그렇게 묻자, 아사히는 자기도 모르게 나츠키를 올려다봤다.

"나츠키 씨, 저기…… 선생님이."

"뭔가 압박감 같은 게 느껴져? 저 녀석 지금 본격 뱀파이어 모드에 들어가서 그래. 만화에서 자주 '요기(妖氣)를 느낀다!'라고 하잖아? 그건 분명 이런 느낌일 거야. 익숙하지 않으면 좀 괴로울지도."

나츠키는 익숙한지 태연하게 아사히의 양어깨에 손을 올리고 진정시키려고 가볍게 툭툭 두드렸다.

"괜찮아. 아사히 짱한테 그러는 게 아니니까. 개는 원래 상하관계에 민감한 동물이거든. 어느 쪽이 우위인지 알려주려면 저렇게 하는 수밖에 없어."

결국 미사키 젠이 개 앞까지 다가갔을 때는, 개는 이미 엎드려 있었다. 미사키 젠은 개 앞에 무릎을 꿇고 그 콧등에 손을 뻗었다.

"착하네."

그 말에 반응이라도 하듯이 개는 움찔 고개를 들었다. 뭔가를 기대하는 듯이 미사키 젠을 올려다보고 있지만, 역시 무서운지 귀를 접었다.

"……'착하네'라는 말이 좋니? 스즈무라 씨에게 늘 이 말을 들었어?"

정답. 개가 한 번 꼬리를 흔들었다. 긍정의 표시처럼.

"혹시 스즈무라 씨가 착하게 기다리고 있으라고 했니?"

정답. 개가 또 꼬리를 흔들었다. 마치 미사키 젠의 말을 알아듣기라도 한 것 같았다.

아사히는 정원 쪽으로 눈을 돌렸다. 방금 다카라가 바라보다가 괴롭다는 듯이 고개를 숙인 게 무엇 때문인지 아사히의 눈에도 들어왔다.

그건 개집이었다.

낡고 해지고 이미 페인트도 거의 다 벗겨져버렸지만, 아마도 주인이 직접 만든 개집일 것이다.

자세히 보자 개집 안쪽에 하얀 무언가가 보이는 듯했다.

아, 아사히는 가슴이 찢어지는 기분으로 바라봤다.

그건— 유골이었다.

스즈무라 씨는 급성 발작으로 쓰러져 병원으로 옮겨진 뒤 그대로 사망했다고 한다. 그때 스즈무라 씨가 어떤 상황에서 실려 갔는지는 모른다. 하지만 실려 갈 때까지 스즈무라 씨는 어쩌면 의식이 있었을지도 모른다. 그리고 남겨진 개에게 이렇게 말했는지도 모른다.

[착하게 기다리고 있어야 한다.]

혹은 [얼른 돌아올 테니까 착하게 있어야 한다.]

아사히에게도 그런 기억이 있었다. 어렸을 적 맹장으로 입원했을 때 배가 아파서 낑낑 신음을 내고 있었는데 당시 집에서 기르던 고양이에게 '착하게 있어야 해'라고 말했다. 물론 고양이이니 사람 말을 들을 리 없었고 아사히가 집에 없었을 때도 평소와 다를 바 없었다고 가족에게 들었다.

하지만 스즈무라 씨의 개는 스즈무라 씨의 말을 제대로 들었다.

기다리라고 했다. 얼른 돌아온다고 했다. 그러니까, 개는 스즈무라 씨를 줄곧 기다리고 말았던 것이다.

그리고 지금도 기다리고 있다.

스즈무라 씨가 언제든 돌아올 수 있도록 집을 지키면서.

가끔 스즈무라 씨와 함께 걸었던 길을 산책하러 외출했을지도 모른다. 그래도 결국에는 꼬박꼬박 집으로 돌아왔을 것이다. 언젠가 스즈무라 씨가 돌아올 테니까.

착하게 있으면 좋아하는 주인이 돌아온다고, 그렇게 믿으니까.

"넌 똑똑한 아이야."

미사키 젠의 손이 개의 머리를 쓰다듬었다. 개는 얌전하게 있었다. 아직 귀는 접힌 채였지만 이젠 으르렁거리지도 않았다.

"안타깝게도 스즈무라 씨는 이제 돌아오지 않을 거야. 하지만 스즈무라 씨가 지금 있는 곳으로 널 데려가줄 수는 있어. ……같이 갈래?"

개는 크흥 하고 콧소리를 냈다.

스즈무라 씨의 무덤이 있는 곳은 나츠키가 낮 동안 조사해뒀다. 차로 한 시간 정도면 갈 수 있는 거리였다.

미사키 젠의 눈동자는 붉은색에서 다갈색으로 돌아왔지만 개는 아주 얌전했다. 덩치가 이렇게 큰데 나츠키의 차에 태울 수 있을지 걱정했지만 희한하게도 미사키 젠이 문을 열고 뒷좌석으로 부르자 아무런 문제도 없이 뒷좌석을 반 정도 차지하고 들어갔다. 그 상태를 보니 평범한 대형견 정도의 크기로 보였다.

미사키 젠이 뒷좌석의 개 옆에, 아사히는 조수석에 타고 묘지로 향했다. 다카라는 자신의 차로 뒤따라왔다. 개는 싫지만, 마무리는 보고 싶었던 모양이다.

손전등을 켜고 밤의 묘지를 네 사람과 개 한 마리가 걸었다. 밤의 묘지 같은 건 평소 같았으면 엄청 무서웠을 테지만 오늘 밤은 조금도 무섭지 않았다. 무엇보다 네 명 중 반은 뱀파이어와 여우고, 한 마리도 개가 아니다. 어떤 요괴도 이런 조합이라면 다가오고 싶지 않을 것이다.

드디어 다 같이 스즈무라 씨의 무덤 앞에 도착했다.

누군가가 말을 꺼내기도 전에 개는 이미 비석 앞에 앉아서 턱을 들고 정면으로 스즈무라 씨의 무덤을 바라보고 있었다. 냄새를 킁킁 맡고 빅터(1901년에 설립된 축음기 회사. 축음기 앞에 앉아 있는 강아지 그림을 상표로 삼았다)의 개처럼 고개를 조금 기울이더니 코로 킁하고 소리를 내고 꼬리를 조용히 팔락팔락 움직였다. 그리고는 묘지 앞에 웅크리고 앞발 위에 턱을 괴고 눈을 감았다. 꼬리가 파닥, 하고 다시 한 번 움직였다.

그 모습이 서서히 작아지는 걸 깨닫고 아사히는 눈을 크게 떴다. 이리라고 착각할 정도로 큰 몸을 덮고 있던 검은 안개 같은 것이 바람에 실려가듯 사라져갔다. 그 안에서 원래의 것으로 보이는 하얀색이 섞인 검은 털이 나타났다. 잡종인 걸까. 시바견과 닮은 검은 개였다. 사실은 시바견 정도의 크기였다.

원래의 크기로 돌아간 모습이 이번에는 서서히 투명해졌다.

손전등의 불빛 기둥 안에서 환영처럼 옅어져 사라지는 개를 다 같이 바라보고 있었다. 모두 어떤 말도 하지 않았다. 그저 모두 입을 다물고 개가 스즈무라 씨가 있는 곳으로 여행을 떠나는 모습을 지켜보고 있었다.

개의 모습이 완전히 사라질 때쯤 다카라가 불쑥 말했다.

"그래서 내가 개를 싫어하는 거야. 짖어대지, 물지……. 바보라니까."

"결국 그 개는 유령이었던 거예요?"

다음날 아사히는 미사키 젠의 맨션을 찾아가 그렇게 물었다.

거실에는 늘 그렇듯 나츠키도 있었다. 낮 동안 절에 가서 개의 유골을 스즈무라 씨 무덤에 넣어달라고 부탁했다는 걸 미사키 젠에게 보고하러 왔다고 했다.

"유골이 있었다는 건 그 개는 이미 예전에 죽었다는 뜻이잖아요.

그렇다면 역시 유령이었던 거죠. 유령도 이수계 관할이에요?"

"아, 그 부분은 사실 엄청 까다로운데……."

나츠키가 곤란한 표정을 지으며 그렇게 말했다.

"이수계의 관할은 기본적으로는 '살아 있는' 것 계열에 해당되고, 유령은 사실 다른 과 담당이지만 분류 기준이 의외로 모호해서 말이지. 요는, 죽어서 혼으로 남은 게 '변해서' 이른바 '요괴'로 다시 태어나는 일이 있다면 새롭게 실제 육체를 가지게 된 거니까 유령과는 달리 이수계 관할이 되는 거지."

"육체가 있는지 없는지가 판단 기준이에요?"

"기본적으로는. 인간 외의 존재인 경우 인간과는 달라서 '살아 있다'는 판단 기준 자체가 꽤 까다로울 때가 있거든. 아니, 그보다 얘기를 꺼내면 복잡해져. 예로부터 민속학자들 사이에서는 요괴의 정의에 대한 의견도 분분하니까. 다만 경찰 안에서는 일단 '통상 물리적인 육체가 있지 않은 경우는 유령, 만질 수 있다면 인간 외의 존재'라고 분류하고 있어. 이번 경우는 일단 실제 육체는 있으니까 이수계 관할로 치면 돼. 계장한테 보고했더니 '말하기도 전에 일을 하다니 의욕 있어 좋네'라며 칭찬받았어. 하지만 그 사람은 늘 웃고 있으면서도 눈은 웃지 않으니까 사실은 '멋대로 일을 늘리다니 한가한 놈이로군' 하고 생각했을지도 모르지."

"그런 상사 밑에서 일하는 거 괜찮아요, 나츠키 씨……?"

역시 그 야마지라는 사람은 싫다. 아사히는 그를 두 번 다시 만나고 싶지 않다고 새삼 생각했다.

미사키 젠이 입을 열었다.

"인간 외 존재의 발생 요건은 다양합니다. 긴 세월 살아온 인간이나 동물이 결국은 자연스럽게 마력을 얻어 변하는 경우도 있고, 그 과정에서 한 차례 '죽음'이라는 단계를 거치는 경우도 있어요. 육체는 사라지고 혼만 남아도 강한 원념으로 다시 육체를 얻는 경우도 있습니다. 하나의 존재가 완전히 다른 별종이 될 때, 거기에 끼어들어 있는 것은 '힘'뿐만 아니라 '강한 원념'과 관련된 경우가 종종 있죠."

"강한 원념……이라고요."

"네, 강한 원념은 때때로는 긴 세월을 거치면 자연스레 손에 넣을 수 있는 마력보다 더 강해요. 그 개의 경우는 아마도 다시 한 번 쓰다듬어주기를 기다렸으니 실체가 없으면 안 됐을 테죠. 언젠가 주인이 돌아올 거라고 줄곧 믿고 있었으니까."

그 개는 오로지 다시 한 번 스즈무라 씨가 '착하다' 하고 쓰다듬어주었으면 싶었을 뿐인지도 모른다. 그렇게 생각하니 엄청 슬퍼졌다.

개를 스즈무라 씨의 무덤 앞에 데리고 갔던 그때, 적어도 개 곁에 스즈무라 씨가 마중 나왔을 거라고 생각하고 싶었다. 어떤 버전의 〈하치 이야기〉든 마지막에는 주인이 개를 마중하러 나타난다. 죽기 직전 개가 꾼 꿈이거나 환상이었는지도 모르지만, 그래도 적어도 제일 좋아하는 주인과 함께 갈 수 있었다고, 그렇게 믿고 싶었다.

그러고 보니 얼마 전 자시키와라시인 산타도 아이가 죽어 자시키와라시가 된 것일지도 모른다는 얘기를 했었다. 산타도 다시 육체를 얻은 것처럼 보였다. 산타의 경우는 다시 누군가와 놀고 싶어서, 누군가와 닿고 싶어서 육체를 얻었을지도 모른다.

─인간 외의 존재의 발생 요건은 다양하다.

그렇다면 뱀파이어의 경우는 어떨까?

아사히는 문득 궁금해져서 미사키 젠을 봤다.

영화나 책에서 뱀파이어는 원래 인간이었다는 설이 많다. 뱀파이어에게 습격당한 피해자가 뱀파이어로 변해버리거나, 어떤 저주로 인해 뱀파이어가 됐지만 원래는 평범한 인간이었다는 경우가 대부분이었다.

그렇다면 미사키 젠도 역시, 전에는 평범한 인간이었던 것일까.

분명 처음 만났을 때 미사키 젠은 뱀파이어에게 물린다고 뱀파이어가 되는 건 아니라고 말했었다.

그렇다면 미사키 젠은 대체 어떤 식으로 뱀파이어가 된 것일까.

역시 어떤 '강한 원념'이 영향을 미친 것일까.

"저기……."

아사히가 말을 꺼내려고 했을 때였다.

띵동 하는 소리가 울렸다. 초인종이었다. 벽에 붙은 작은 모니터에 시선을 돌리니 현관에 있는 남자의 모습이 비쳤다. 양복을 입은 것 같았다.

"응? 히로노 씨군."

나츠키가 목소리를 높이고는 모니터 옆에 있는 버튼을 누르고 말을 걸었다.

"수고하십니다, 히로노 씨. 무슨 일인가요?"

[하야시바라였군. 안에 있는 거지? 마침 잘됐네. 얼른 문 열어.]

현관에 선 남자의 말에 나츠키가 문을 열자 남자의 모습이 모니터에서 사라졌다. 엘리베이터 쪽으로 갔을 것이다.

"나츠키 씨, 왜 히로노 씨가 여기에 왔습니까?"

"아냐, 나도 모르는 일이야."

미사키 젠도 나츠키도 눈썹을 찡그렸다. 아사히는 불안해져서 물었다.

"죄송한데 히로노 씨가 누구예요?"

"수사1과 형사예요. 담당은 살인사건이었죠?"

미사키 젠의 말에 조금 놀랐다. 이수계 관할이 될 만한 사건 중에 살인사건이 있다는 것일까. 지금까지의 자시키와라시가 유괴됐다든가, 개에게 사람이 습격당했다는 사건과는 차원이 달랐다. 그리고 미사키 젠이 수사에 협력하게 된다면 가만히 보고 있을 수 없었다. 미사키 젠은 얼른 신작 장편소설을 써야 하는데.

또다시 띠링 하고 다른 벨소리가 울렸다. 아무래도 이 집 초인종 소리인 모양이다. 나츠키가 현관으로 향하려는 루나를 제지하고 대신 자신이 현관문을 열러 갔다.

현관 입구에서 뭔가 실랑이하는 목소리가 들린다. 불안한 예감 밖에 들지 않는 가운데 드디어 남자 하나가 거실로 모습을 드러냈다.

참으로 성실해 보이는 남자였다. 깔끔하게 정리된 머리, 더운 여름인데도 조금도 틀어지지 않은 넥타이, 하지만 미간에는 깊은 주름이 새겨져 있었다. "잠깐만요, 히로노 씨!" 그를 따라 현관에서 돌아온 나츠키가 뒤에서 불렀지만, 미동도 않고 눈만 움직이며 거실을 천천히 훑겨봤다. 나츠키보다 훨씬 나이가 많은 듯했지만, 안타깝게도 키는 꽤 작았다. 아사히와 거의 비슷할지도 모른다.

미사키 젠이 입을 열었다.

"반갑네요, 히로노 씨. 이수계를 거치지 않고 직접 여기까지 찾아오시다니 대체 어떤 용건이죠? 나츠키가 본청에 붙어 있지 않아서 연락이 안 돼 어쩔 수 없이 찾아온 건 아닌 것 같습니다만."

그 남자, 히로노는 질문에 대답하지 않고 미사키 젠을 향해 성큼성큼 다가가 말했다.

"미사키 젠. 중요 참고인으로서 긴급 동행 바란다."

제3장 여대생 감금 흡혈 사건

그가 사람이 아니게 된 이유

미사키 젠의 집 거실은 아사히에게는 마음 놓을 수 있는 공간이다.

온도 조절이 완벽하기 때문인지도 모른다. 한여름에도 서늘한 냉기로 가득 찬 방 안에서 습기 차고 더운 바깥 공기에 열 받은 피부를 기분 좋게 식힐 수 있다. 게다가 영화 DVD와 블루레이가 잔뜩 있다. 영화 잡지도 꽤 오래된 것까지 갖춰져 있다. 아사히의 비밀스러운 소망은 언젠가 이 거실에 설치된 홈시어터로 미사키 젠과 함께 영화를 보는 것이다.

미사키 젠의 집을 방문할 때면 거의 늘 있는 하야시바라 나츠키도 좋다. 붙임성 있고 말 붙이기도 쉽다. 겉으로만 상냥한 게 아니라 정말로 사람 좋은 남자라고 생각한다. 미사키 젠을 수사에 끌어들이는 것만은 좀 난감하지만, 나츠키가 기본적으로 미사키 젠의 편이라는 건 분명하다.

무엇보다, 당연한 얘기지만 여기엔 언제 와도 미사키 젠이 있다.

처음 만났을 때는 엄청난 독설과 함께 돌아가라는 말을 들었지만, 요즘 들어 꽤 서로 마음을 열고 있다고 아사히는 멋대로 생각하고 있다. 게다가 미사키 젠도 아사히를 신경 써주는 경우가 많아서 아사히는 그를 기본적으로 신사적이라고 생각한다. 언뜻 보면 차가워 보이지만 상냥한 사람이다. 애초에 〈에브리 리틀 스텝-코러스 라인〉이나 〈하치 이야기〉를 보고 감동받는 사람 중에 나쁜 사람은 없다.

그러니까 무례한 침입자에게 이 장소를, 미사키 젠이라는 사람을 절대로 짓밟히게 하고 싶지 않았다.

"하, 당신 대체 무슨 생각이에요?"

아사히는 갑자기 나타나서 미사키 젠을 데리고 가려는 히로노라는 남자에게 자기도 모르게 달려들었다.

"미사키 선생님이 뭘 어쨌다는 거죠? 말도 안 되는 소리 하지 마요!"

"누구신가요, 그쪽은?"

히로노가 아사히를 노려봤다.

"기오사의 세나입니다. 미사키 젠 선생님의 담당 편집자예요."

"편집자는 조용히 계세요. 사건 얘기에 끼어들지 말라고요."

"미사키 선생님은 제가 지키기로 했다고요!"

"자자, 둘 다 좀 진정해요."

아사히와 히로노 사이에 나츠키가 끼어들었다.

키가 크고 어깨도 넓은 나츠키가 중간에 끼어들자, 히로노의 모습이 보이지 않았다. 상대방도 마찬가지인지 짜증스러운 공기만 전해져왔다.

미사키 젠이 새삼 아사히에게 히로노를 소개했다.

"세나 씨, 이쪽은 경시청 수사1과 히로노 토모히코입니다. 이수계 사람은 아니라서, 사람이 범인인 사건을 담당하고 있어야 하겠지만 말이죠."

"이수계가 아니라면 얼른 사람 범인이나 잡으러 가세요!"

"인간 외의 존재가 범인일 가능성이 있는 사건이 일어났으니까 여기로 온 거야!"

나츠키를 사이에 두고 아사히와 히로노가 서로 소리쳤다. 나츠키는 얼굴을 찡그렸고 미사키 젠이 나츠키에게 물었다.

"무슨 일인가요, 나츠키 씨?"

"아…… 좀 위험한 시체가 나왔대."

"그 말은?"

"……뱀파이어에게 당한 피해자일 가능성이 있다는 거야."

"어이, 하야시바라! 일반인 앞에서 사건 얘기를 하는 놈이 어디
있어!"

히로노가 소리치자 나츠키가 돌아봤다.

"히로노 씨도 지금 사건에 대해서 가볍게 말해버리지 않았습
니까. 게다가 아사히 짱…… 세나 씨는 협력자라고 할까, 미사키 젠
의 관계자니까 문제없어요. 이런저런 사정도 알고 전에도 협력한
적 있고요. 아, 혹시 무슨 일 있으면 이수계에서 책임질 거예요. 음,
아마도 야마지 계장님이."

야마지라는 이름이 나온 순간, 히로노가 입을 다물었다. 그 이름
을 듣고 입을 다물었다는 게 어떤 의미에서는 무서웠다. 경찰 조직
안에서 야마지라는 사람이 어떤 위치에 있는지 보여주는 듯했다.

"자세한 얘기를 들어볼 수 있을까요, 히로노 씨? 들어와서 앉으
시죠."

미사키 젠의 말에 히로노는 뚱한 얼굴로 소파에 앉았다. 나츠키
와 아사히도 앉았다. 소파 세트의 배치상 아사히 맞은편에 앉게 된
히로노가 아사히를 힐끗 노려봤다. 자리를 비키라고 말하고 싶은
듯했다. 아사히는 지지 않고 같이 노려봤다. 이 남자가 미사키 젠의
적이라면 절대 질 수 없다. 아사히는 오기로라도 일어나지 않겠다

는 눈빛으로 되받아쳤다.

몇 초간 시선이 오간 끝에 히로노가 포기한 듯 이야기를 시작했다.

"세타가야의 길목에서 3일 전에 젊은 여자가 차에 치여 죽었어. 운전자의 말에 따르면 여자가 스스로 터덜터덜 도로로 걸어 나왔다더군. 그것뿐이라면 그냥 단순한 교통사고로 끝내겠지만, 검시 결과 몸에서 살아 있을 때 다량의 혈액이 빠져나갔고, 극도의 빈혈 상태였다는 게 밝혀졌어. 팔이나 목덜미에는 물린 흔적처럼 보이는 상처를 발견했고. 그렇지만 주사침 흔적도 있어서 실제로 피를 빼낸 건 그쪽인 것 같다는 얘기가 나왔어."

"그렇군요. 피해자는 어떤 사람입니까?"

"소지품이 없었기 때문에 신원 확인은 어려웠지만, 수사원 중 하나가 최근 신고가 들어온 행방불명자 사진에서 본 적 있다더군. 아무래도 닮은 것 같다고 하기에 조사해보니 대학생이었어. 사인은 교통사고였지만, 사건성이 있는 것 같아서 수사를 시작했어. 겉으로는 별다를 것 없는 수사지만 시체의 상황을 보면 이질범에 의한 가능성도 있다고 보고 있어."

"잠시만요."

그때 아사히가 끼어들었다.

"분명 뱀파이어 짓인 걸로 보이지만, 그렇다고 갑자기 미사키 선생님을 의심하면 안 되죠. 아깐 협력을 부탁한다기보다는 누가 봐도 체포하기 위한 임의동행이었잖아요! 선생님이랑 연결되는 증거라도 있나요?"

히로노가 시끄럽다는 듯이 아사히를 돌아보고 한숨을 쉬었다. 아사히는 그 태도에 화나면서도 마음속으로 불안한 예감을 느꼈다. 히로노의 눈에는 당황한 기색이 전혀 없었다. 그 말인즉, 미사키 젠과 연결된 무언가가 나왔다는 뜻일까.

히로노가 입을 열었다.

"이수계 데이터베이스를 확인했어. 현재 도내에서 존재가 확인되는 뱀파이어는 미사키 젠뿐이야."

"아…… 나츠키 씨, 사실이에요?"

아사히가 무심코 나츠키를 돌아보자 나츠키는 난감하다는 표정으로 고개를 끄덕였다. 하지만 그 정도로 미사키 젠이 범인이라고 단정하는 건 용납할 수 없다.

"데이터베이스라고 해도 백 퍼센트 신뢰할 수 있는 건 아니잖아요! 모르는 사이에 다른 곳에서 뱀파이어가 들어왔을지도 모르고요! 게다가 피가 빠져나갔다고 해서 뱀파이어 짓이라고 단정할 수 없어요."

"미사키 젠을 의심하는 이유는 하나 더 있지."

아사히가 이야기하는 도중에 목소리를 덮어버리듯이 히로노가 강한 어조로 미사키 젠에게 시선을 돌리며 말했다.

"오늘 미즈하라 아야노의 대학 친구를 탐문하러 갔다가 알게 된 건데, 행방이 묘연해지기 전에 아야노에게는 새로 애인이 생겼다는 거야. 직접 소개받지는 않았지만 아야노와 그 애인이 같이 걷는 모습을 친구가 목격했어. 그 친구 말로는 '서양인 같은 이목구비에 장신의 미남'이라고 하더군."

"그런 건……."

"─그리고 한 가지 더."

그런 외모라면 요즘엔 드물지 않다고 반론하려고 하는 아사히를 제지하듯이 히로노는 목소리 조금 더 높였다.

"이것도 아야노의 친구의 증언인데. 아야노가 '사정이 있어서 밤에만 만날 수 있어'라고 했다더군."

너무 딱 들어맞아서 아사히는 입술을 삐죽거렸다. 이렇게까지 들어맞으면 오히려 음모라는 생각밖에 들지 않는다.

하지만 미사키 젠은 침착했다.

"그렇군요. 그런 일이 있었군요."

미사키 젠은 왼손으로 턱을 괴고 무언가 생각하고 있다. 나츠키가 말했다.

"우선 내일이라도 그 친구에게 네 사진을 보여주고 확인하는 게 어떨까. 아니라고 하면 그걸로 의심이 풀리는 거잖아. 그러니까 미사키, 사진 좀 찍어도 될까?"

"그럴 필요는 없습니다."

미사키 젠이 말했다.

"피해자 친구와 만나시는 거죠? 저도 그 자리에 동석하겠습니다. 얼굴을 보여줄 수도 있고요. 괜찮죠?"

"응? 괜찮아, 미사키?"

"괜찮습니다. 저도 직접 그분에게 좀 자세한 이야기를 듣고 싶기도 하고요. 세나 씨 말씀대로 다른 지역에서 뱀파이어가 새로 나타났을 가능성도 있어요. 그 경우에는 얼른 확인해두는 편이 좋습니다. 무엇보다 뱀파이어 중에는 인간을 단순히 포식 대상으로 생각하는 자들도 있으니까요."

섬뜩한 말투였다. 자신도 같은 뱀파이어이면서.

나츠키가 히로노를 보자, 히로노는 그걸로 됐다는 듯 고개를 끄덕여 보이고 미사키 젠에게 물었다.

"참고로 묻겠는데, 뱀파이어의 '식사' 빈도는 어떻게 되나?"

"개인차는 있지만, 일반적으로는 인간의 식사와 같은 빈도는 아니에요. 달에 한두 번 정도면 충분합니다."

"스스로 얼굴을 보여주겠다는 건 자신은 범인이 아니라고 주장하고 싶은 것이군?"

"사실이니까요."

"……이상한 술수를 써서 목격자 증언을 바꾸려는 건 아니겠지?"

"얼굴을 보여주는 자리에 그쪽도 같이 계실 테고. 제가 이상한 짓을 하려는지 어떤지 본인이 직접 감시하면 되지 않습니까? 애초에 제가 마음만 먹으면 이상한 술수라는 걸 그쪽에게 충분히 쓸 수는 있습니다만."

미사키 젠이 피식 웃으며 말했다.

'선생님, 제발 의심 사는 발언은 삼가주세요.' 히로노의 화난 표정을 보고 아사히는 필사적으로 미사키 젠에게 텔레파시를 보냈다. 사람의 마음을 읽는 걸 그렇게나 잘하니까 분명 전해질 것이다.

미사키 젠은 슬쩍 아사히를 보더니 텔레파시를 감지하고, 히로노를 향해 웃었다.

"알고 계시겠지만, 최면술은 뱀파이어가 가진 능력 중 하나입니다. 먹이를 유혹해서 조용히 피를 빨아먹기 위해 필요한 능력이에요. 하지만 만일 제가 범인이었다면 애초에 실수 같은 건 안 합니다. 나라면 먹이를 결코 놓치지 않을 것이고, 사체를 완벽하게 처리하는 방법은 얼마든지 알고 있어요."

─감지한 텔레파시를 바닥에 내동댕이쳤다.

히로노의 표정이 노골적으로 굳었다. 아사히는 내심 머리를 감싸 쥐었다. 아까까지 아사히 자신이 히로노에게 이빨을 드러내느라 눈치채지 못했는데 아무래도 미사키 젠 본인도 의심받아 굉장히 열받은 모양이었다.

당연하다. 그렇게 자주 경찰에 협력하고 있는데, 무슨 일이 일어나자 제일 먼저 의심당하다니 아무리 생각해도 심했다. 하지만 제발 웃는 얼굴로 그런 무시무시한 얘기를 하지 않았으면 좋겠다. 얼굴이 쓸데없이 잘생긴 탓에 보통 사람이 내뿜는 무시무시함과는 차원이 다르다. 게다가 부엌 조리대 뒤에서는 루나가 맹렬하게 히로노를 향해 하악, 하고 위협하고 있었다. 미소녀가 등을 구부리고 으르렁거리는 모습도 꽤 무섭다.

히로노는 완전히 굳은 얼굴로 말했다.

"……나는 뱀파이어가 수사에 협력하는 건 이상하다고 전부터 생각하고 있었어. 네가 말한 대로 뱀파이어의 포식 대상은 인간이잖아."

"대부분의 뱀파이어에게는 그렇습니다만."

"그 '대부분'에서 네가 벗어나 있다는 보증이라도 있나?"

"그건 믿어주시는 것밖에 달리 방법이 없습니다. 그럼 히로노 씨, 죄송하지만 오늘은 여기서 물러나주시겠습니까? 지금부터 세나 씨와 회의를 할 예정이라. 저는 도망가지도 숨지도 않을 것이고 내일 얼굴을 보여주러 가겠다고 한 이상, 오늘 밤 임의동행은 거부하겠습니다."

"회의……? 혹시 신작이 나오는 건가?"

히로노가 지금까지와는 조금 다른 목소리를 냈다.

"단편은 이미 썼습니다. 게재는…… 언제였죠, 세나 씨?"

"아, 다음 호에 실릴 예정이에요. 발간일은."

미사키 젠의 물음에 아사히는 반사적으로 그렇게 대답했다.

그걸 들은 히로노의 얼굴을 보고 아사히는 의아했다.

순간, 정말로 놓칠 뻔할 정도로 찰나였지만, 히로노의 얼굴에 떠오른 표정은 아사히에게도 익숙한 것이었다.

하지만 히로노는 금세 언짢은 표정으로 돌아왔다.

"……뭐, 됐어. 그렇다면 내일 다시 오겠네."

히로노는 그렇게 말하고 자리에서 일어나 재빨리 거실을 나간다. 나츠키도 자리에서 일어나 아사히를 봤다.

"그럼 나도 오늘은 돌아갈게. 미안, 아사히 쨩, 우리 상사도 그렇고 히로노 씨도 그렇고 아사히 쨩한테 불쾌하게 구는 사람들뿐이라서. 하지만 히로노 씨는 우리 상사보다는 정말 좋은 사람이야."

"아…… 네, 그건 왠지 지금 알 것 같네요."

아사히는 모호하게 고개를 끄덕였다. 나츠키는 미사키 젠에게 말했다.

"미안해, 미사키."

"나츠키 씨는 정말 바보군요. 나츠키 씨가 사과할 일이 아니에요."

미사키 젠은 그렇게 말하고 아사히에게 시선을 보냈다.

"죄송합니다, 세나 씨. 히로노 씨에게 그렇게 말해버렸지만, 세나 씨도 오늘은 이만 돌아가 주셨으면 하는데. ……오늘 밤은 좀 지쳤어요."

미사키 젠은 정말로 피곤해 보였다. 내리깐 눈동자에는 평소와 달리 힘이 없었다. 아사히는 옆에 놓인 가방을 들고 자리에서 일어났다.

"알겠습니다. 돌아갈게요. 푹 쉬세요. 저기, 선생님."

"네, 뭐죠?"

"저, 내일도 와도 될까요?"

"……그럼요. 제가 안 된다고 해도 올 거잖아요."

"네."

아사히는 고개를 끄덕였다. 왠지 눈물이 날 것 같았다.

아사히는 나츠키와 함께 거실을 나와 문을 닫으며 한 번 더 뒤돌아봤다. 미사키 젠은 소파에 누워 있는 듯했다. 정말로 지친 모양이다. 쉬려면 침대에서 쉬는 게 좋을 텐데. 미사키 젠이 평소에 쉬는 장소가 침대인지 관인지는 모르겠지만.

현관에서 밖으로 나가자 다행히도 히로노는 이미 엘리베이터를 타고 내려간 뒤였다. 지금부터 회의를 한다고 해놓고 여기서 마주쳐버리면 거북하다.

나츠키와 함께 엘리베이터가 다시 올라오기를 기다리면서 아사히는 입을 열었다.

"나츠키 씨…… 선생님 괜찮을까요?"

"용의자로 의심받아서? 아님 저 녀석 상태가?"

"둘 다요."

아사히가 말하자 나츠키는 잠시 입을 다물고 아사히를 내려다봤다가 슬쩍 미사키 젠의 집 쪽을 돌아보고 엘리베이터의 층수 표시에 시선을 돌렸다.

"그럼, 순서대로 말하지. 용의자로 의심받는 건 내일 얼굴을 보여주면 풀릴 테니까 걱정할 필요 없다고 생각해. 그 녀석 자신이 괜찮을까에 대해서는…… 모르겠다는 말밖에 할 말이 없어. 나는 그 녀석이 아니니까."

무정하게 느껴지는 말투였지만 사실은 그렇지 않다는 걸 알고 있다.

미사키 젠은 나츠키에게 바보라고 하지만, 사실은 아니었다. 어쨌든 첫인상이 밝고 시원스러워서 순간 속게 되지만, 나츠키는 아마도 모든 걸 보고 있을 거고, 나름의 생각이 있을 것이다.

"그렇지만 인간이 아니니 무슨 소리를 들어도 괜찮은 건 아마도 아닐 거야. 안 그래? 그 녀석이 우리랑 뭐가 달라? 똑같잖아. 기쁘면 웃고 열받는 일이 있으면 화낸다고. 녀석이 몇 년 동안이나 살았는지 모르겠지만, 이런 감정은 녀석도 평범하게 느껴."

기쁘면 웃고 열받는 일이 있으면 화낸다. 괴로운 일이 있으면─ 상처받는다.

나츠키는 다 보고 있었다. 일반 사람과 다르지 않은 미사키 젠을 알고 있다.

"하지만 그걸 다른 사람들이 전부 아는 건 아니야. 미사키도 미사키대로 태도가 나쁠 때도 많고. 게다가 그 녀석 개인을 알기 전에 '인간이 아니다', '뱀파이어다' 같은 정보를 먼저 알게 되면 역시 제일 처음엔 무섭다는 생각이 들어버려. 무서우면 본능적으로 상대방을 경계하니까, 히로노 씨의 그런 태도도 이해가 돼."

나츠키가 말했다.

아마도 나츠키 같은 사람이 예외에 속할 것이다. 상대방이 뱀파이어라는 사실을 알면서도 거리낌 없이 대하는 게 가능한 인간은.

"그러니까, 적어도 나 한 사람 정도는 미사키의 편이 되어주고 싶다고 생각한 거야. ……아, 이젠 나 혼자가 아닌가."

"네?"

"아사히 짱도 있잖아. 미사키의 편. 그렇지?"

그렇게 말하고 나츠키가 웃는 동시에 찡 하는 소리가 들리고 엘리베이터 문이 열렸다.

"나츠키 씨는……."

"응?"

"좋은 사람이네요. 정말로."

"어? 뭐야, 왜 그래, 갑자기? 무슨 꿍꿍이야?"

미사키 젠이 나츠키에게 바보라고 하는 이유를 알 것 같았다. 나츠키는 정말 이래도 괜찮을까 싶을 정도로 솔직한 사람이었다. 무심코 부끄러워질 만큼.

"아무것도 아니에요. 같은 미사키 선생님의 편으로서 힘내요."

"응, 우선은 진범을 잡아야지!"

브이 포즈를 취하는 나츠키와 함께 엘리베이터에 탔다. 새삼 아사히는 나츠키가 미사키 젠의 옆에 있어줘서 다행이라고 생각했다.

"그래서 왜 오늘도 편집자가 같이 있는 거야? 오늘은 토요일이 잖아."

다음날 저녁 나츠키와 함께 미사키 젠의 집으로 찾아온 히로노는 험악한 표정으로 물었다.

"어제는 미사키 선생님이 피곤하다고 하셔서 신작에 대한 회의를 오늘로 연기한 거예요. 이제 끝났으니까 걱정 마시길."

히로노가 오기 전에 끝내려고 일찌감치 미사키 젠의 집에 찾아온 아사히는 젠체하는 표정으로 그렇게 대답했다.

히로노는 미간에 깊은 주름을 새긴 채 아사히를 노려봤다. 아사히는 그 미간 주름에 이쑤시개를 세우고 싶다고 생각했다. 분명 손을 떼도 그대로 서 있겠지.

"뭐…… 됐어. 미사키 젠, 미즈하라 아야노의 친구들은 아야노가 다니던 여대 근처 카페에서 만나기로 했어. 슬슬 가지. 근데 그쪽은 왜 같이 일어서지?"

미사키 젠이 소파에서 일어남과 동시에 아사히도 자리에서 일어나자 히로노는 흠칫 놀란 표정을 지었다.

"……아, 돌아가는 건가? 편집자는 돌아가는 거지?"

"아뇨. 저도 같이 갈 거예요."

"외부자가 어딜! 누가 경찰이 수사하는 데에 고개를 들이밀어!"

"외부자 아니에요. 전 미사키 선생님의 관계자예요! 게다가 선생님 허락도 받았거든요!"

아사히가 끝까지 우기자 나츠키가 다시 중간에 끼어들었다.

"자자, 진정합시다. 세나 씨는 미사키의 담당 편집자이자, 보디가드라고 하니까. 전에도 수사에 도움을 받았고요."

"그건 아니지, 하야시바라! 이런 사실을 위에서 알게 되기라도 하면……"

"어제 세나 씨한테 사건의 상세한 내용에 대해서 말해버린 건 히로노 씨 당신이잖아요. 이제 와서 외부자 취급을 한다고 그게 먹힐까요."

미사키 젠이 짓궂은 말투로 그렇게 말하자 히로노는 입을 꾹 다물었다. 아마도 이 사람은 엄청 성실한 타입일 것 같다는 게 하룻밤이 지나고 다소 진정된 아사히의 감상이었다.

게다가 히로노는 방금 아사히가 '신작에 대한 회의'라고 했더니 순간 미간의 주름이 옅어졌다.

어제도 생각했지만, 아마도 히로노는 미사키 젠의 독자일 것이다. 그렇다면 편집자인 아사히에게 아주 소중한 고객이며, 미사키 젠의 팬인 아사히에게는 동지라고 해도 좋다. 그렇다고 해서 손에 손 잡고 사이좋게 대화할 일은 없겠지만.

나츠키가 운전하는 차에 넷이 탄 채로 향한 곳은 아오야마였다. 근처 주차장에 차를 세우고 걸어서 약속 장소인 카페로 향했다.

토요일 밤의 아오야마에는 사람이 엄청 많았고, 게다가 전부 젊은 사람들뿐이었다. 그런 곳을 미사키 젠 같은 외모의 남성이 걷는다면 주위의 시선을 끌 것이라고 생각했지만, 미사키 젠은 또 존재감을 희미하게 만든 모양인지 돌아보는 사람이 아무도 없었다. 아사히의 눈에 특별한 변화는 보이지 않았지만 주변 사람들에게는 미사키 젠의 존재가 인식되지 않는 듯했다. 대체 뭐가 다른 걸까. 그림자도 제대로 있고, 거울에도 비치고 있는데.

　　"……정말로 편리한 특기죠?"

　　아사히가 주위 사람들과 자신을 번갈아 보는 걸 보고 눈치챘는지 미사키 젠이 그렇게 말했다.

　　"그러게요. 지금 상황에서 주위 사람들에게 선생님이 보인다면, 사진 엄청 찍힐 거예요. 그리고 트위터 같은 데 '아오야마에서 잘생긴 사람 발견!'이라고 적힌 사진이 돌아다닐 거라고요."

　　"아무 상관 없는 타인의 사진을 퍼트리는 문화는 별로 좋지 않은 듯합니다만, 어쨌든 그들은 지금 옆에서 뱀파이어가 걷고 있다는 사실을 전혀 모르고 있어요. 자신을 포식 대상으로 보고 있는 괴물이 바로 옆에 있는데 분명 꿈에도 모르겠죠."

　　쿡, 미사키 젠이 작게 웃었다.

　　그 옆을 젊은 여자가 스마트폰을 만지며 혼자서 걷고 있었다. 그녀가 미사키 젠의 존재를 눈치채지 못하는 건 스마트폰을 보고 있기 때문이 아니다.

　　"만약 내가 살짝 손을 뻗어서 그녀의 입을 막고 그대로 뒷골목으로 끌고 간다면 어떻게 될 것 같습니까? 아무도 모르겠죠. 미즈하라 아야노의 애인도 그런 식으로 포식 활동을 했다면 아직 들키지 않을 수 있었는데, 멍청한 놈이에요."

"선생님."

"네, 뭔가요?"

"자학은 안 좋아요."

"……그렇게 들렸습니까?"

"네, 조금."

"……죄송합니다. 어제부터 좀 꼬여 있어서."

미사키 젠이 그렇게 말하고 살짝 쓴웃음을 지었다. 의외로 솔직하게 인정하는 걸 보니 어제 받은 상처가 깊었는지도 모르겠다. 아사히는 앞에서 걸어가는 히로노의 등을 자기도 모르게 노려봤다. 히로노는 히로노대로 일이니까 어쩔 수 없었겠지만, 역시 화난다. 언젠가 설탕과 소금을 잘못 바꿔 넣은 요리를 먹고 깜짝 놀라면 좋겠다는 가벼운 저주를 걸고 싶어졌다. 죽을 정도로 신맛 케이크라든가, 무서울 정도로 달달한 파스타라든가, 너무 뻔하지만 짜디짠 커피라든가.

"……세나 씨, 지금 엄청 이상한 생각 했죠?"

"아뇨. 착각하신 거 아니에요?"

아사히는 시치미를 뚝 떼고 대답했다. 위험하다. 미사키 젠 옆에서 이상한 생각을 하는 건 관두자. 다른 사람의 생각을 어느 정도 읽는지 모르겠지만, 이상한 사람이라고 생각할 것 같다.

그러는 동안 약속 장소인 카페에 도착했다.

미즈하라 아야노의 친구들은 안쪽 박스석에서 기다리고 있었다.

여대생 두 명이었다. 저녁을 먹으며 기다렸는지 파스타와 샐러드가 담긴 접시를 각각 앞에 두고 있었다. 둘 다 갈색으로 염색한 파마머리였고 화려한 느낌이었다.

"기다리게 해서 죄송합니다."

히로노가 그렇게 말하자 두 사람은 포크를 든 채 웃으며 말했다. "어서 앉으세요." "아, 죄송해요. 저희 식사 중이었어요." 형사를 상대로 전혀 긴장한 모습도 없다. 요즘 세대 아이들은 다 이런 것일까.

4인용 테이블이라서 미즈하라 아야노의 친구들이 앉은 테이블에는 히로노와 미사키 젠이 앉았다. 아사히는 나츠키와 함께 그 옆 테이블에 자리를 잡았다. 젊은이들이 많은 카페 안은 시끄러웠지만, 어찌어찌 대화가 들리는 거리였다.

주문을 받으러 온 점원에게 음료를 부탁하고 히로노가 말했다.

"오늘은 다시 한 번 이야기를 들려주셨으면 합니다."

"엥? 바로 어제 얘기했잖아요. 저희 더 이상 할 얘기 없어요."

"드라마에서 보면 '경찰은 같은 내용을 몇 번이나 묻는다'고 자주 그러던데 진짜네요!"

깔깔 웃는 두 사람에게 히로노는 '죄송합니다'라고 진지하게 사과하고는 옆에 앉은 미사키 젠을 손으로 가리키며 말했다.

"사실 이 사람을 본 적 있는지 확인하고 싶어서요."

그때였다.

쨍그랑 하는 소리가 이중으로 울려 퍼졌다. 두 사람이 동시에 손에 들고 있던 포크를 접시 위로 떨어트린 것이다.

미사키 젠이 그때까지 희미하게 만들었던 존재감을 평소 모드로 돌린 모양이었다. 두 사람은 앞에 앉아 있는 남자가 엄청난 미남이라는 사실을 비로소 인식한 것이다.

"어, 아…… 잠깐, 이 사람 누구야? 언제부터 있었어?"

"뭐야, 연예인? 모델? 엄청 잘생겼어! 멋있어!"

흥분하는 두 사람에게 히로노는 얼굴을 찡그리며 재촉했다.

"어떠세요? 이 남자를 본 적이 있습니까?"

"없어요! 있을 리가 없지. 봤으면 분명 기억했겠지, 이런 미남이라면!"

"아야노 남친도 잘생겼었지만, 이렇게까지는 아니었어요! 와, 혼혈이에요? 이름 가르쳐줄 수 있어요? 뒤에서 같이 사진 찍어주세요!"

두 사람의 증언에 아사히는 안심하며 가슴을 쓸어내렸다. 이걸로 미사키 젠의 용의는 풀렸다. 만약 두 사람이 이 자리에서 기억이 잘 안 난다는 말을 꺼내면 어떻게 해야 할지 걱정하고 있었는데, 이 정도 미남이라면 그럴 걱정도 없었나 보다.

연락처를 알려달라고 시끄럽게 구는 두 사람에게 미사키 젠이 말했다.

"죄송하지만 그 전에 미즈하라 아야노 씨의 남자친구에 대해서 이야기를 들려주실 수 있나요? 다른 얘기는 조금 이따가 하죠."

이런 달콤한 미성으로 부탁한다면 거절하는 여자가 있을 리 없다.

두 사람은 당연하다며 뭐든 물어봐달라고 고개를 끄덕이면서 순순히 이야기를 시작했다.

"아야노가 없어지기 한 달쯤 전인데요, 뭔가 새 남자친구가 생긴 것 같았어요. 아야노는 남친이 생기면 화장이라든가 옷이 바뀌는 애라서 알기 쉽거든요."

"좀 청순한 스타일로 바뀌었기에 이런 걸 좋아하는 남자친구냐고 제가 물었거든요. 그랬더니, 맞다고 했어요."

"하지만 소개해달라고 하니까 안 된다는 거예요. 왠지 남자친구는 사람 만나는 걸 별로 안 좋아한다나. 게다가 사정이 있어서 밤에만 만난다고 했어요."

"맞아. 어떤 사람인지 물어보니까 '미스터리한 느낌'이라고 했어요! 우리 쪽에서는 뭐야, 그게, 웃겨, 싫은 느낌인데. 하지만 아야노는 좀 그런 면이 있었어요. 뭐라고 해야 하지? 몽상가? 소녀답다고 해야 하나."

"하지만 그건 좀 어이없었잖아. 왜, 아야노가 집게손가락에 반창고 붙이고 와서는……."

"아, 그거, 피가 좀 번졌기에 왜 그러냐고 했더니 '이건 남자친구랑 한 약속의 징표야'라면서 뭐가 좋은지 좋다고 웃었잖아! 옆에서 들었던 애들 다 질겁하고."

맞아, 맞아. 두 사람이 서로 맞장구를 쳤다.

미사키 젠이 눈을 가늘게 떴다.

"피가 번졌다, 손가락 끝이었나요?"

"맞아요. 하지만 아야노는 엄청 소중하다는 듯이 그 반창고를 쓰다듬었어요. 하지만 그 이후부터였나? 얼굴색이 안 좋아졌어요."

"맞아, 맞아. 왠지 빈혈 온 사람처럼. 팔에 붕대를 감았던 적도 있었잖아."

"설마 데이트폭력을 당하는 건가? 하고 엄청 걱정했었지."

"아야노 씨의 애인은 어떤 사람입니까? 기억하는 선에서 외모의 특징을 가르쳐주세요."

미사키 젠이 묻자, 두 사람은 서로 마주봤다.

"왠지 혼혈 같았지? 머리도 연한 갈색이고. 염색이라기보다는 자기 머리 같았잖아. 그리고 코도 높고, 보조개가 있어서 예쁜 얼굴이었어."

"키는 꽤 크고 호리호리했어. 피부도 엄청 하얬고."

"우리랑 동갑처럼 보였잖아. 상냥한 느낌이었어."

"아야노 행복했지."

"……아야노 죽어버렸잖아."

"……걔 남자친구는 알고 있나?"

거기서 두 사람은 숙연한 표정으로 고개를 숙였다. 요즘 세대의 떠들기 좋아하는 아이들처럼 보여도 친구가 죽은 건 역시 충격이 큰 모양이다.

이번에는 히로노가 입을 열었다.

"그 남자친구는 어디에 사는지, 평소에 어디서 만나는지, 그런 이야기를 아야노 씨가 말한 적 있습니까? 남자친구의 이름은 들었습니까?"

"이름이나 주소는 들은 적 없어요. 저희가 본 건 대학교 근처였고, 아야노를 마중 온 것 같은 느낌이었는데……. 한 번밖에 못 봤고요. 그래서 평소에는 다른 데서 만나는 거 아닌가 생각했어요. 아, 분명 아야노는 그 남자 집에서 자주 데이트를 했다고 했어요."

두 사람이 해줄 수 있는 얘기는 이 정도까지였다.

이야기를 마친 두 사람은 다시 미사키 젠에게 눈독을 들이기 시작했다.

"저기, 이름 정도는 가르쳐줘요. 그 정도는 괜찮잖아요."

"사진 찍어주세요, 사진! 친구한테 자랑하고 싶어!"

잠시만, 아무리 그래도 그건 안 된다. 아사히는 자리에서 일어나려고 했다. 미사키 젠의 사진은 아사히도 갖고 있지 않은데, 치사하다. 아니, 그런 개인적인 감정은 제쳐두고, 미사키 젠의 개인정보 유출은 절대 피해야 한다.

그런데 나츠키가 아사히를 제지했다.

"괜찮아, 아사히 짱."

"네?"

"감사했습니다." 그때 미사키 젠이 두 사람에게 말했다.

"협력해주셔서 감사합니다. 이제 저에 대해서는 부디 잊어주세요."

뭐지? 두 사람이 중얼거리는 것과 동시에 미사키 젠의 눈동자에 붉은빛이 감돌았다.

"어이, 너, 두 사람한테 무슨 짓을 한 거야!"

"제 얼굴을 잊어버리도록 했습니다. 기억하면 귀찮으니까요."

"……최면술인가. 설마 미리 두 사람에게 최면술을 걸어서 증언을 조작한 건 아니겠지."

"안타깝게도 전 그렇게 한가하지 않습니다. 그럼 저에 대한 혐의는 풀렸으니 이제 실례하겠습니다. 이제부터 당신들은 인간이 범인인 선에서 수사를 진행해주세요. 이수계는 이수계대로 수사를 진행하겠습니다. 무슨 일 있으면 나츠키를 통해서 정보를 전달하죠."

미사키 젠은 그렇게 말하고 자리에서 일어났다. 아사히와 나츠키도 일어섰다.

히로노도 일어서려다가 앞에서 아직 눈을 끔뻑거리는 두 사람이 신경 쓰이는지 다시 고쳐 앉았다. 두 사람은 어떻게 된 일인지 모르겠다는 표정으로 미사키 젠을 번갈아 보고 있었다.

"그 두 사람은 금방 원래대로 돌아올 거예요. 그리고 원래대로 돌아왔을 때는 제 얼굴은 잊을 겁니다. 그래도 당신에게 증언한 기억은 그대로니까, 협력해줘서 감사하다는 말 꼭 전해주세요. 그럼."

미사키 젠은 그렇게 말하고 서둘러 걷기 시작했다. 다시 존재감을 희미하게 만들었는지 가게 안의 사람들은 미사키 젠의 존재를 눈치채지 못한 모습이었다. 아사히와 나츠키도 그 뒤를 쫓았다.

밖으로 나와 창문 너머로 히로노 쪽을 돌아보자, 여대생 둘은 이미 정신을 차렸는지 히로노에게 뭔가 이야기하고 있었다. 히로노 혼자서 그 시끄러운 두 사람을 상대하는 건 좀 안됐다는 생각을 하면서 아사히는 미사키 젠 그리고 나츠키와 함께 걸었다.

"나츠키 씨, 다카라 씨 가게로 가줄 수 있을까요?"

차에 타자 미사키 젠은 나츠키에게 그렇게 부탁했다.

"선생님, 왜 다카라 씨 가게에 가시려고요?"

"다카라 씨에게는 돌려받을 빚이 있거든요."

아사히가 묻자 미사키 젠이 그렇게 말했다.

"다카라 씨의 인맥은 근처 부녀회만이 아닙니다. 다카라 씨는 오랜 세월 살아온 만큼 인간에게도 인간 외의 존재들 사이에서도 발이 넓어요. 뒤에서는 정보원 같은 일도 하고 있고요. 특히 도내에 인간 외의 존재가 들락날락하는 걸 잘 알아요. 다른 곳에서 새로 뱀파이어가 들어왔다면 분명 다카라의 귀에 들어갔을 겁니다."

기치조지의 전통 카페 '다카라'에 도착하자, 점장 다카라가 멀리서 미사키 젠의 모습을 보고 기뻐하며 달려왔다.

"꺄, 젠이잖아? 또 와서 나 너무 기뻐!"

가게 손님은 예쁘장하게 생긴 점장이 수선을 떠는 모습에 놀라고, 직원은 또 저런다는 표정을 지었다.

"지난번에는 고마웠어. 덕분에 살았어! 오늘은 웬일이야? 벌써 내가 그리워진 거야? 아니면 데이트하자고? 아, 뭐야, 나 화장 고쳐야 돼."

"아뇨, 그게 아니에요. 다카라 씨에게 묻고 싶은 게 있어서 왔어요."

다카라의 열렬한 포옹을 가볍게 밀어내고 미사키 젠이 말했다.

"뭐야, 정말, 단칼에 아니라고 하면 나 조금 상처받아⋯⋯. 뭐, 나츠키랑 아사히 짱을 데려온 시점에서 이미 데이트는 아니겠지만. 뭐야, 또 뭔 사건 났어? 어쨌든 안으로 들어가자."

지난번과 마찬가지로 안쪽에 있는 반은 개인실인 곳으로 안내

받았다. 사전에 연락한 것도 아닌데 테이블에는 역시 '예약석(젠 전용♥)'이라는 표지판이 놓여 있었다. 혹시 정말로 이 자리는 미사키 젠 전용석인 걸까? 미사키 젠이 언제 와도 괜찮도록 비워두는 것일까? 이렇게 손님이 많은 가게인데.

"그래서 나한테 뭘 물어보고 싶다는 거야?"

"요즘 도내에서 처음 보는 뱀파이어가 나타났다는 얘기 들은 적 있나요?"

"뱀파이어? 설마 젠 의심받고 있어? 어떻게 된 거야, 나츠키 짱!"

"미안, 하지만 방금 혐의는 풀렸으니까 괜찮아, 다카라 짱."

나츠키가 탕 하고 탁자를 내리치는 다카라를 달랬다.

"아, 정말 뭐야. 그럼 역시 의심받았던 거지? 왜 경찰은 그런 바보짓을 하나 몰라. 최악이라고, 최악! 젠이 인간을 덮칠 리 없잖아!"

"다카라 씨, 저를 위해서 화내주셔서 기쁩니다만, 제 질문에 답해주시겠어요?"

미사키 젠이 온화한 말투로 재촉하자, 다카라는 어머 그랬지, 라는 표정으로 말했다.

"들은 적 없어. 내 귀에 들어오지 않은 걸 보면 새로 온 뱀파이어가 없는 거 아닐까? 뭔데, 뭔데? 무슨 사건이야?"

다카라가 묻자 나츠키가 사건의 개요를 줄줄 말했다. 다카라는 눈썹을 찡그리며 이야기를 듣고는 고개를 갸웃했다.

"음, 근데 주사기를 썼다는 거잖아? 그럼 인간이 한 짓 아니야?"

분명 뱀파이어는 목덜미에 이빨을 세우고 피를 빨아 먹는다는 게 정설이지 않던가. 호러영화를 좋아하는 친구에게 한국 뱀파이어 영화에서 뱀파이어가 입원한 환자의 피를 링거와 연결된 호스에서 빨아 먹는 장면이 있다고 들은 적은 있었다.

미사키 젠이 말했다.

"범인이 인간일 가능성은 충분히 있으리라 생각됩니다. 다만 뱀파이어가 전부 목덜미에서 피를 빨아 먹는다고는 할 수 없어요. 목을 물어버리면 어떻게 해도 상처가 눈에 띄고, 치명상이 되기 쉽기 때문이죠. 긴 시간을 들여서 조금씩 피를 즐기고 싶어 하는 자들은 팔이나 다리 같은 눈에 띄지 않는 곳에서 피를 뽑는다는 이야기를 들은 적이 있습니다. 게다가 피해자는 피를 빨리기 시작한 후로도 잠시 동안 학교에 다녔던 것 같으니 흡혈의 증거를 숨기기 위해서 주삿바늘을 사용했을 수도 있습니다."

"아, 그렇겠네. 그럼 나도 새로 들어온 뱀파이어가 있는지 없는지 다시 조사해볼게. 뜨내기일 가능성도 있고. 혹시 '그게' 어디선가 유통돼서 들어온 걸지도 모르니까. 그 주변을 포함해서 여기저기 조사해볼 테니까 맡겨줘."

다카라는 그렇게 말하고 윙크했다. 아사히는 정말로 하트가 날아들 것 같은 윙크는 처음 봤다.

다카라의 가게를 나온 뒤 아사히는 먼저 가겠다고 말하고 두 사람과 헤어질 생각이었다. 아직 일이 남아 있어서 회사로 돌아가야 했다.

하지만 가방에서 스마트폰을 꺼내려고 하다가 없어졌다는 걸 깨달았다. 기억을 더듬어보니 마지막에 스마트폰을 꺼낸 건 미사키 젠의 집이었다. 분명 거실 테이블 위에 꺼내놨던 기억이 났다.

"……저기, 죄송해요. 미사키 선생님 댁에 스마트폰을 까먹고 놓고 온 것 같아요."

아사히가 면목 없어 그렇게 말하자 나츠키는 아하하 하고 웃었다.

"그럼 아사히 짱도 같이 차 타면 되겠네. 미사키, 오늘 밤은 그만 집으로 돌아가도 되지? 아니면 어디 들를 데 있어?"

"아뇨, 오늘은 여기서 돌아가요. ……조금 생각할 게 있어요."

미사키 젠은 그렇게 말하고 의자 등받이에 몸을 맡겼다. 아사히는 미사키 젠이 신경 쓰여서 힐끔 훔쳐봤다.

미사키 젠은 창밖으로 시선을 향했지만 그 모습은 어젯밤 정도는 아니어도 왠지 피곤해 보였다. 본인에 대한 혐의가 풀렸다고는 하나, 역시 범인이 뱀파이어일지도 모른다는 사실을 신경 쓰고 있는지도 모른다.

미사키 젠이 바라보고 있는 창밖 풍경은 차의 속도에 맞춰 흘러갔다. 외등의 빛, 집집마다 창문에 비치는 빛, 자동차의 미등, 도시의 밤은 빛으로 가득하다. 미사키 젠은 멍하니 그 빛들을 눈동자로 쫓으며 바라보고 있었다. 거리에는 아직 사람이 넘쳐나지만 그 중에는 혹시라도 사람이 아닌 존재가 섞여 있는지도 모른다. 다카라가 그렇듯이, 미사키 젠이 그렇듯이, 이 나라에는 인간이 아닌 존재도 많이 살고 있다고 했다.

방금 전 미사키 젠이 했던 것처럼 존재감을 지우고 사람들 안에 섞여서 혼잡한 거리를 걷고 있는 인간 외의 존재는 과연 얼마나 많을까.

그리고 그중에는— 미사키 젠이나 다카라와는 달리 인간을 해하려는 의사를 가진 자가 있을지도 모른다.

"방금 전에 미즈하라 아야노 씨의 친구들 이야기를 들었을 때,"

갑자기 미사키 젠이 입을 열었다.

"이상하다고 생각하지 않으셨나요?"

"네? 뭐가요?"

"미즈하라 아야노 씨의 애인을 목격했다는 부분에 대해서요."

"음…….."

아사히는 그 얘기의 어떤 부분이 이상한지 알 수 없어서 고개를 갸웃했다. 나츠키도 모르겠는지 운전석에서 물었다.

"미사키, 대체 뭐가 이상하다는 거야?"

"만약 미즈하라 아야노 씨의 애인이 뱀파이어였다면 저와 같은 특기를 쓸 수 있었을 텐데요."

미사키 젠이 말했다. 아사히는 문득 깨달았다.

그렇다. 만약 미즈하라 아야노의 애인이 인간이 아니라면 그는 미사키 젠과 마찬가지로 인간의 눈에는 띄지 않을 수 있다.

그런데 미즈하라 아야노의 친구들은 그의 모습을 봤다고 했다.

"물론 일부러 목격하게 했을 가능성도 있습니다. 예를 들어 미즈하라 아야노 씨가 자신의 친구들에게 남자친구를 자랑하고 싶었는지도 모르죠. 어쩌면 미즈하라 아야노 씨가 죽은 후에 다음 먹잇감을 얻기 위해 함정을 파려고 했을지도 모릅니다. 꽤 잘생겼다고 했으니까 나름대로 그 외모로 먹잇감을 손에 넣었을 테죠. 하지만…… 저라면 어떤 이유에서든 되도록 사람들 눈에 띄는 걸 피했을 거예요. 먹잇감과 함께 있을 때라면 더더욱."

"미사키, 그 말은 설마……."

나츠키가 백미러 너머로 미사키 젠을 봤다. 미사키 젠은 피곤한 표정으로 조용히 눈을 내리깔았다. 아사히도 미사키 젠이 무슨 말을 하고 싶은 건지 깨닫고 등줄기가 오싹해지는 느낌을 받았다. 그건 매우 기분 나쁜 생각이었다.

미사키 젠의 맨션 바로 근처까지 왔을 때였다. 나츠키가 헉 하고 작게 소리를 질렀다.

"나츠키 씨, 왜 그러세요?"

"아니, 저…… 저거."

그렇게 말하며 나츠키가 차를 세웠다.

나츠키가 차 앞 유리 너머로 가리키는 손가락을 따라가 보니 미사키 젠의 맨션 바로 앞에 검은 차 한 대가 서 있었다. 그 옆에는 장례식에 참석하고 돌아온 듯한 검은 양복 차림의 남자가 보였다.

야마지다. 야마지도 이쪽을 봤는지 손을 흔들었다.

아사히 일행이 차에서 내리자 야마지는 변함없이 미소의 가면을 쓴 채 이쪽으로 걸어왔다.

"이거 참, 늦게까지 수고하십니다, 미사키 선생님. 기다리고 있었어요. 뭣보다 미사키 선생님이 집을 비우시면 루나 쨩이 절 집 안으로 들이지 않아서요."

"제가 있어도 루나는 당신을 집으로 들이지 않겠지만요."

"그런 말씀 마시죠. 길 위에서 할 만한 이야기가 아니니까."

야마지가 말했다.

미사키 젠은 야마지를 노려보고 말없이 맨션 현관으로 들어 갔다.

다 같이 엘리베이터를 탔고, 숨 막히는 침묵이 흘렀다. 무섭다. 아무도 말하지 않는다.

이러한 상황이 미사키 젠의 집에 들어갈 때까지 계속됐다. 아사 히는 슬쩍슬쩍 야마지를 쳐다보고 눈이 마주치려 하면 서둘러 피 하기를 몇 번이나 반복했다.

야마지가 여기까지 온 이유가 무엇일지 너무 신경이 쓰였다. 원 래는 스마트폰을 찾으면 바로 집에 돌아갈 생각이었지만, 이 사람 의 용건을 끝까지 확인하지 않으면 돌아갈 수 없다.

거실 소파에 모든 사람들이 앉자, 루나는 부엌 조리대 구석에서 야마지에게 위협적인 시선을 보냈다. 평소와 달리 차를 내올 기미 는 없었다.

야마지는 일절 신경 쓰지 않고 입을 열었다.

"대면은 무사히 끝난 것 같군요. 혐의가 풀려서 다행입니다. 그 래서 선생님, 오늘은 뭔가 다른 유용한 정보를 알아냈나요?"

"지금으로서는 아직."

미사키 젠이 대답하자 야마지는 '그렇습니까'라며 고개를 끄덕 였다.

"하지만 말이죠. 피해자 유족을 생각하면 한시라도 빨리 사건을 해결했으면 합니다. 그러니까 해결을 위해서 미사키 선생님의 힘 을 꼭 빌리고 싶어요."

"뭡니까?"

"전에도 했던 거 있잖아요. 그거요, 그거."

야마지는 그렇게 말하며 가지고 있던 가방을 열었다. 네모난 케이스를 꺼내 열고, 그 안에서 뚜껑을 덮은 시험관 같은 걸 꺼냈다.

그걸 본 순간 미사키 젠의 표정이 어두워졌다. 나츠키가 소파를 치며 소리 질렀다.

"계장님, 설마!"

"뭐지? 하야시바라 군."

야마지는 미동도 하지 않고 시험관 안에서 검붉은 액체가 흔들리는 걸 바라보고 있었다. 나츠키가 경직된 목소리로 말했다.

"그거 — 피해자의 혈액 아닙니까?"

그 말에 아사히는 깜짝 놀랐다. 피해자라면 미즈하라 아야노의 혈액인가.

야마지는 역시 미동도 않고 싱글싱글 웃었다.

"그렇습니다. 미사키 선생이 마셔주면 좋겠다고 생각해서요. 그럼 피해자가 죽기 직전에 무엇을 봤는지, 이 피에서 여러 가지를 읽어낼 수 있잖아요. 그러면 수사가 급격하게 진전되겠지요."

즉, 얼마 전에 이야마의 혈액으로 했던 것처럼 혈액에서 기억을 읽어내라는 얘기였다. 분명 그렇게 하면 범인의 얼굴이나 집을 알아낼 수 있을지도 모른다.

"신선도가 생명인 것 같은데, 과연 이 혈액으로 어디까지 읽어낼 수 있을지 모르겠지만요. 신선함이 부족한 부분은 어떻게 양으로라도 보충하면 되지 않을까 하고 시험관 하나 분량을 확보해 왔습니다. 자― 그럼 부탁드립니다, 미사키 선생님."

야마지가 시험관을 미사키 젠에게 내밀었다.

하지만 미사키 젠은 무서운 걸 보기라도 한 듯 움직이지 않았다. 전에는 스스로 나서서 이야마의 피에서 정보를 읽었는데.

"미사키 선생님, 범인을 체포하기 위해서입니다."

야마지가 그렇게 말하며 시험관을 쑥 내밀었다.

미사키 젠의 손이 움직여 시험관을 받으려고 하다가, 한 번 손이 멈추었다. 나츠키가 말했다.

"미사키…… 싫으면 안 해도 돼."

"하야시바라 군. 자네는 입 다물고 있어."

야마지가 부하의 말을 잘라버렸다.

미사키 젠이 작게 한숨을 쉬고 야마지의 손에서 시험관을 받아 들었다. 걱정하는 나츠키의 시선을 뿌리치듯이 시험관의 뚜껑을 열었다.

"……사후 며칠 됐죠?"

"검시할 때 채취한 거니까 그 시점에서는 사후 1일째였던 게 되겠네요. 이후에는 확실한 방법으로 보존했을 겁니다. 제가 가지고 올 때도 보냉제로 차갑게 해놨고요."

"그렇습니까."

미사키 젠은 손안의 시험관에 시선을 떨구었다.

아사히는 엄청 기분 나쁜 예감이 들어서 무심결에 일어났다.

"미사키 선생님, 저기."

미사키 젠은 말을 꺼내려는 아사히를 가로막듯이 한 손을 들고 시험관의 내용물을 단숨에 들이켰다. 마치 독약이라도 마시는 것 같은 모습에 아사히는 숨을 삼켰다.

꿀꺽, 하고 탁한 피를 삼키는 소리가 들렸다.

미사키 젠의 손에서 시험관이 떨어졌다. 입가를 한쪽 손으로 막고 몸을 웅크렸다.

"서, 선생님? 괜찮아요?"

아사히가 말을 걸었을 때였다. 미사키 젠이 휘청이며 고개를 들었다.

그 눈동자는 그때와 마찬가지로 진홍색으로 물들어 있었지만 낯빛이 지독하다. 안 그래도 새하얀 얼굴이 더 창백했다.

미사키 젠이 자신의 정면에 놓인 대형 텔레비전을 바라봤다. 전원이 꺼져 있을 텐데 텔레비전이 소리를 내며 멋대로 켜졌다. 하지만 좀처럼 화면이 나오지 않았다. 미사키 젠은 어두운 화면을 계속 응시했다.

이윽고 새카만 화면에 노이즈가 생겼다. 잠시 후 어딘가의 방 안인 듯한 영상이 나왔다.

"오, 시작했다. 역시 굉장하군요."

야마지가 그렇게 말하고 양복 안주머니에서 스마트폰을 꺼냈다. 아무래도 텔레비전에 나오는 영상을 촬영할 생각인 것 같았다.

커튼이 쳐진 어두운 방 안이었다. 유일한 빛은 벽에 놓인 텔레비전에서 나왔다. 텔레비전에서 흘러나온 건 어떤 영화인 듯했다. 금발 남자아이와 흑발 여자아이가 눈을 맞추며 얘기하고 있다. 본 적 있다고 아사히는 생각했다. 전에 본 적이 있는 영화다. 제목은 분명…….

"……〈렛 미 인〉이네요."

미사키 젠이 그렇게 중얼거렸다. 그렇다. 〈렛 미 인〉. 스웨덴의 뱀파이어 영화다. 이전에 슬쩍 미사키 젠하고도 이 영화 이야기를 했던 기억이 있다. 어머니와 아들 둘이 사는 가정에서 생활하는 오스카르가 옆집으로 이사 온 엘리와 만나는 장면이었다. 엘리는 어딘가 특이하고 신비스럽지만 오스카르처럼 고독하고, 둘은 자연스레 서로에게 끌린다. 하지만 엘리의 정체는 뱀파이어였다. 인간이 살해당하거나 뱀파이어에게 습격당하는 말로는 끔찍한 반면 오스카르와 엘리가 교류하는 장면은 매우 순수하고 아름다웠다. 무엇보다 엘리의 커다란 검은 눈동자가 무척 인상적이었는데 그 눈은 뱀파이어로서 살아가야 하는 자의 슬픔으로 가득했다. 미즈하라 아야노는 죽기 직전에 이 영화를 보고 있었다는 걸까.

갑자기 화면이 흔들렸다. 아마도 아야노가 돌아본 것이겠지. 화면이 오른쪽으로 이동하여 방 입구 쪽을 향했다.

누군가가 방 안으로 들어온다. 초로의 남성이다. 뭔가 이야기하면서 성큼성큼 이쪽으로 걸어오고 있다. 하지만 소리가 너무 희미해서 무슨 말을 하는지 알아듣기 힘들다. 이야마 때는 말하는 목소리도 주변 소리도 선명하게 들렸는데 이번에는 마치 물 안에서 듣고 있는 것 같다. 화면에 아야노의 것인 듯한 팔이 비친다. 남자에게 팔을 붙잡혀 힘겹게 저항하고 있다. 화면의 노이즈가 심해진다.

남자는 거부하는 아야노를 억지로 방 밖으로 데리고 나가는 듯하다. 비스듬히 기울어진 영상 속에 맨션 바깥 복도인 것 같은 모습이 비치고, 이어서 엘리베이터 안이 비친다.

그대로 아야노를 밖에 세워진 차에 구겨 넣고 남자는 차를 출발시켰다. 차에 다른 사람은 타지 않은 것 같았다. 창밖에 흘러가는 풍경은 평범한 거리인 것 같은데, 대체 어디일까?

차는 계속 달리고 있고, 화면은 몇 번인가 짧게 블랙아웃을 반복했다. 아야노가 정신을 잃었던 것일지도 모른다. 노이즈로 가득 찬 화면이 이따금씩 풍경으로 돌아갔을 때 운전석에서 남자가 스마트폰을 꺼내는 모습이 보였다. 누군가에게 전화가 온 모양이다.

통화를 위해서 남자가 차를 보도 옆에 세운다.

그때 갑자기 아야노가 뒷좌석 문에 달려들어 문을 열었다.

화면 끝에서 놀란 운전석의 남자가 뒤돌아본다. 아야노는 그대로 달린다. 심하게 흔들리는 화면, 더 심해지는 노이즈. 아야노는 좁은 골목으로 뛰어들어 그대로 가로지르며 달린다. 넘어졌는지 화면이 뒤집어진다. 그러다가 금세 일어나서 다시 달리기 시작한다. 비스듬하게 기울어져 있어도 앞으로, 앞으로 달리는 화면에서 아야노의 필사적인 기분이 전해져온다.

아야노가 골목을 빠져나간다.

빠져나간 곳에서 다시 다른 골목이 나오고, 오른쪽에서 차가 오는 게 비친 순간 바로 화면이 심하게 회전한다.

영상은 거기서 잘리고 화면이 완전하게 블랙아웃됐다.

동시에 미사키 젠이 새까만 피를 토했다.

"미사키!"

나츠키가 기우뚱 기울어진 미사키 젠의 몸을 떠받쳤다. 그억 하고 미사키 젠의 목이 기분 나쁜 소리를 냈다. 마른 등이 경련하고, 두 번, 세 번, 미사키 젠은 피를 토했다. 그 양은 시험관 하나보다 훨씬 많아 보여서 처음에는 새까맣다가 나중엔 진홍색이 섞여 나오는 피를 보고 아사히는 무서웠다.

"서, 선생님, 정신 차리세요!"

아사히는 나츠키 맞은편에서 미사키 젠의 몸을 붙잡았다. 몸이 부들부들 떨리고 있는 게 아사히의 손에 직접 전해져왔다. 괴로운 듯 구겨지는 얼굴은 마치 시체 같은 낯빛이었고 빨갛던 눈동자는 원래대로 돌아와 있었지만 동시에 생기를 아예 잃어버린 듯했다. 이미 몇 번째인지 알 수 없을 정도로 여러 번 피를 토했다. 토해내는 피는 아야노의 피가 아니라 미사키 젠 자신의 피 같았다. 어떡하지. 이대로 미사키 젠이 죽어버리면.

그때 떠오른 건 〈뱀파이어와의 인터뷰〉라는 영화였다. 커스틴 던스트가 연기하는 미소녀 뱀파이어 클로디아가 톰 크루즈가 연기한 뱀파이어 레스타트를 속여 죽은 사람의 피를 마시게 하는 장면이 있었다. 죽은 사람의 피는 뱀파이어에게는 치명적인 독이라는 설정이었다. 물론 그건 영화다. 하지만 영화가 전부 허구라고 단정지을 수는 없지 않은가.

"……괜찮습니다."

미사키 젠이 떨리는 호흡과 함께 꺼져가는 목소리를 토했다. 검붉게 물든 입술을 손으로 슥 닦으면서도 미사키 젠은 아사히를 보며 미소 지었다.

"죽지는 않습니다……. 죽은 사람의 피가 몸에 좋지 않은 건 사실이지만."

"선생님!"

미사키 젠의 몸에서 힘이 빠져나갔다. 쓰러지려는 미사키 젠을 나츠키가 소파에 뉘였다. 부엌에서 소란스러운 소리가 들려서 확인하려고 뒤를 돌아보니 루나가 뭔가를 안고 이쪽으로 달려오고 있었다. 루나는 아사히를 제치고 미사키 젠의 옆에 앉았다.

루나가 안고 온 것은 수혈용 혈액 팩과 머그컵이었다. 루나가 팩의 내용물을 머그컵에 담는다. 검붉은 혈액이 컵 안에 채워지는 모습에 아사히는 현기증을 느꼈다.

아사히는 야마지가 이 상황에서 태연하게 방금 전 스마트폰에 찍어둔 영상을 확인하고 있는 걸 눈치챘다.

"뭐 하는 거예요?"

자신의 목소리라고는 생각할 수 없는 목소리가 나왔다. 야마지는 만족한 표정으로 스마트폰을 넣고 아사히에게 웃어 보였다.

"제대로 찍혔는지 확인한 겁니다. 그 염사는 텔레비전 방송을 녹화하듯 기록매체에 남기는 건 불가능하지만, 이렇게 비친 걸 직접 촬영해서 기록으로 남길 수 있어요. 미사키 선생님이 노력해준 덕분에 얻은 소중한 수사 자료입니다."

"당신…… 당신은 미사키 선생님을 뭐라고 생각하는 거예요?"

그때 누군가가 야마지에게 달려들려는 아사히의 팔을 뒤에서 끌어당겼다.

너무나도 힘없는 그 손가락의 감촉으로 아사히는 누구 손인지 알 수 있었다. 돌아보기도 전에 아사히의 두 눈에 눈물이 차올랐다.

눈물범벅이 돼서 흔들리는 시야 속 얼굴이 창백해진 미사키 젠이 아사히를 보고 작게 고개를 저었다. 어째서? 아사히의 의문은 목소리로 나오지 않았고, 미사키 젠은 소파 위에서 아사히를 올려다보며 다시 한 번 고개를 저었다.

어째서, 어째서 미사키 젠은 이런 짓을 용서하는 걸까.

이건 너무 심하잖아.

루나가 미사키 젠의 입가에 머그컵을 가져다 댔다. 미사키 젠은 내용물을 단숨에 마셨지만 금세 토해버렸다. 루나가 울 것 같은 표정으로 미사키 젠에게 달라붙었다.

나츠키가 그 모습을 굳은 표정으로 내려다보면서 입을 열었다.

"……계장님."

"하야시바라 군, 사전 신청도 없이 헌혈하는 건 규정 위반이야."

야마지가 자신의 가방을 열면서 그렇게 말했다.

"계장님, 시말서든 뭐든 쓸 테니까……."

"참고로 신청서는 여기 있어. 내 도장은 이미 찍혀 있네."

야마지가 가방에서 서류철을 꺼내 내밀었다. 나츠키가 혀를 차며 아사히는 지금까지 한 번도 본 적 없는 표정을 지었다.

"난 당신의 이런 점이 정말 싫습니다."

"난 좋은 부하를 뒀다고 생각하는데. 세나 씨, 돌아가시죠."

야마지가 자리에서 일어나 아사히의 어깨에 손을 올렸다. 아사히는 그 손을 세게 뿌리쳤다.

"만지지 마세요! 저는 안 돌아가요! 선생님이……!"

"지금부터는 저희 하야시바라가 돌볼 겁니다. 당신이 할 수 있는 일은 없어요. 그것보다…… 미사키 선생님도 당신이 여기에 없는 편을 좋아하실 겁니다."

"무슨 뜻이에요?"

"아사히 짱, 계장님이랑 같이 나가줘."

나츠키가 목소리를 낮추고는 양복 재킷을 벗고, 넥타이를 풀고, 셔츠 깃을 젖히며 말했다.

"난 긴급한 상황에 한해서만 미사키에게 피를 줄 수 있어."

나츠키의 말에 아사히는 경악했다. 나츠키는 미사키 젠을 한쪽 팔로 안아 일으키면서 아사히 쪽을 보지도 않고 말했다.

"미사키는 아사히 짱에게 보이고 싶지 않을 거야. ……그러니까 돌아가."

그때였다.

맥없이 처져 있던 미사키의 손이 경련에 가까운 움직임으로 튀어 올랐다. 어깨를 붙들린 나츠키의 표정이 약간 구겨졌다. 아마도 엄청난 힘으로 달려들었겠지.

"서…… 선생님?"

아사히의 위치에서는 미사키 젠의 모습이 나츠키의 몸에 가려져 잘 보이지 않았다.

하지만 숨소리는 들렸다. 마치 짐승의 숨소리 같은 소리였다.

천천히 미사키 젠이 고개를 들었다. 나츠키의 어깨 너머로 그 얼굴이 보였다. 아사히가 아주 잘 아는 얼굴이었다. 훌륭하게 정돈된 아름다운 얼굴. 하지만 지금 텅 빈 두 눈동자는 숯불처럼 붉게 타오르고, 모양이 잘 잡힌 입술 끝에는 본 적 없는 긴 송곳니가 엿보였다.

나츠키가 한 번 더 말했다.

"돌아가. 부탁이니까, 빨리."

야마지가 다시 아사히의 어깨에 손을 올렸다. 아사히는 이번엔
저항하지 않고 가방을 주워 들고 야마지가 어깨를 밀치는 대로 거
실을 나왔다. 돌아보는 건 허락되지 않았다. 그대로 현관까지 끌려
가 집 바깥의 복도로 밀려나 야마지와 함께 엘리베이터에 탔다.

"그나저나 방금 영상은 정말로 중요한 정보였습니다."

야마지가 입을 열었다.

"그 영상으로 어쩌면 미즈하라 아야노가 감금됐던 방이 어디인
지 알아낼 수 있을지도 모릅니다. 아니, 감금이라는 말은 조금 틀린
것 같군요. 미즈하라 아야노는 아무래도 자신의 의지로 피를 제공
하고 있던 것으로 보입니다."

아사히는 말없이 그저 엘리베이터 문을 바라보고 있었다.

"그 영상에 나온 남성이 누구인지는 모르겠지만 그 사람은 아야
노의 애인이 아닙니다. 영상으로만 봤을 때는 아야노를 도우러 온
것처럼 보였는데 아야노는 거기에 저항하고 있었습니다. 그렇게
느껴지지 않았나요?"

아사히가 대답하지 않아도 야마지는 혼자서 계속 떠들었다. 이
윽고 엘리베이터가 1층에 도착했다.

현관에서 밖으로 나오기 전에 아사히의 발이 멈췄다.

"왜 그러세요, 세나 씨?"

"……왜."

"네?"

"왜 선생님은 당신 같은 사람에게 협력하는 건가요?"

묻지 않고는 견딜 수가 없었다. 경찰이 미사키 젠을 대하는 태도는 너무하다. 보상으로 혈액 팩을 제공한다는 얘기는 들었다. 하지만 그렇다고 해서 이런 취급을 받으면서까지 경찰에 협조할 이유가 대체 뭐가 있는 걸까.

야마지는 늘 그랬듯이 웃는 얼굴로 어깨를 살짝 으쓱했다.

"도내에서만 매년 얼마나 많은 사건이 일어나고 있는지 아세요? 살인, 상해, 강도……. 우리 경찰은 한시라도 빠른 사건 해결과 범인 체포를 목표로 날마다 일하고 있습니다."

"그거랑 미사키 선생님이 상처받는 거랑 무슨 상관이에요?"

"쓸 수 있는 방법은 뭐든 쓰고 싶은 건 당연하잖아요? 사실은 이질범이 얽히지 않은 사건에도 협조받고 싶을 정도입니다."

"미사키 선생님은 도구가 아니에요!"

"그가 스스로 원한 거예요, 경찰에 협력하는 건!"

강한 어조로 야마지가 말했다. 아사히는 뺨을 맞은 듯한 기분으로 야마지를 봤다.

"희한하다고 생각한 적 없습니까? 그는 뱀파이어입니다. 그리고 대부분의 뱀파이어에게 인간은 포식의 대상일 겁니다. 그런데 왜 미사키 젠의 경우는 그렇지 않을까."

갑자기 말투를 누그러뜨리며 야마지가 말했다.

"왜 미사키 젠은 경찰의, 아니, 인간의 편을 들고 있다고 생각하세요?"

아사히가 대답하기 전에 야마지는 답했다.

"지금도 그는 자신이 인간이라고 생각하기 때문이에요. 적어도 마음만은, 아니, 영혼이라고 해야 할까요. 세나 씨는 기오샤 사람이죠. 그럼 당연히 『론도』는 읽었을 테고. 미사키 젠의 데뷔작 말이에요."

"……네."

"몇 번을 다시 태어나 엇갈리고 서로 그리며 환생을 반복하는 남녀 이야기. 눈물 나는 이야기죠. 그게 대부분 실화라면 어떻겠어요?"

"……네?"

야마지는 정면으로 아사히의 눈을 바라보며 말했다.

"『론도』가 비극인 것은 두 사람이 환생하는 타이밍이 서서히 엇갈리기 때문이죠. 두 사람의 시간이 엇갈림으로써 만나고 싶어도 만날 수 없게 됩니다. 괴롭고 견디기 힘들어요. 실제로 견딜 수 없었던 겁니다, 남자 쪽은."

환생해서 다시 만나자. 약속하고 헤어져도 시간이 그들 사이를 무참하게 찢어놓는다. 그들의 소망은 다시 태어날 때마다 점점 멀어져간다.

"그러니까 그는 시간을 멈춘 겁니다. 사람이기를 그만두는 것으로."

그 이야기에는 나오지 않는 진실이라고 야마지는 말했다.

"우리가 미사키 젠이라고 부르는 그 뱀파이어는 과거에는 인간이었어요. 환생을 반복하는 동안 잃어버린 연인을 찾기 위해 뱀파이어가 된 겁니다. 그리고 전 세계를 여행한 끝에 여기 일본으로 흘러들어 왔습니다. 그가 일본에 막 도착했을 때 그를 돌봐준 사람이 당시 경찰 조직의 꼭대기에 있던 사람이었어요. 그러니까 미사키 젠이 경찰에 협력하는 건 그 사람에게 은혜를 입었다고 생각하기 때문이겠죠."

야마지는 담담한 목소리로 말하며 문득 시선을 아래로 향했다. 조금 신경 쓰는 그 시선은 6층에 있는 그 집을 향한 것이겠지.

"하지만, 사람은 사람의 틀을 벗어나서는 안 되는 겁니다."

야마지는 말했다.

"시간을 멈추고 싶다는 건 인간에게 분에 넘치는 소망이에요. 인간이라는 틀을 뛰어넘는 소원입니다. 그 대가로 그는 자신이 사랑했던 연인과 같은 종족의 피를 빨아먹으며 살아가게 됐습니다. 그는 언젠가 자신이 사람을 덮칠까 봐 두려워하고 있어요. 그때 덮친 사람이 알고 보면 환생한 연인일지도 모른다는 가능성까지도. 그러니까 그가 과거의 연인을 사랑하는 한, 사람을 덮치는 일은 없을 겁니다. 연인을 생각하는 마음, 그것만이 그가 과거에 인간이었다는 증거예요. 그것이야말로 그가 우리 인간의 편인 이유입니다."

우리는 그걸 이용하는 거구요. 야마지는 그렇게 말하며 웃었다. 늘 짓던 미소와는 조금 다른, 자조 섞인 웃음이었다.

야마지는 더 이상 할 말이 없다는 표정으로 발걸음을 돌린 뒤 뚜벅뚜벅 발소리를 내면서 현관에서 나가려다 발걸음을 멈췄다.

"하야시바라 같은 인재는 귀중합니다. 그런 사람은 좀처럼 없거든요. 그 사람이 오래 일해주지 않으면 곤란해요. 당신도 마찬가집니다, 세나 씨."

"네……?"

"기오사가 당신을 미사키 젠에게 붙인 건 옳은 선택이었습니다. 당신도 오래 일해주세요. 그 선생님을 위해서."

야마지는 격려인 듯하면서도 아주 비겁한 말을 남기고 이번에야 말로 정말 자리를 떠났다. 아사히는 망연자실한 채로 떠나는 야마지를 지켜본 뒤 엘리베이터를 돌아봤다.

당장 6층으로 돌아가고 싶다는 생각도 들었지만 나가달라고 말했을 때 나츠키의 표정을 떠올리면 더 이상 다리가 움직이지 않았다. 지금 자신이 할 수 있는 일은 아무것도 없다는 걸 깨달았다.

터덜터덜 현관을 나와 역으로 돌아가서 전차를 탔다. 정신을 차리고 보니 아사히는 기오사 건물에 돌아와 있었다. 집으로 가려고 했는데. 상관없다고 생각하며 멍하니 편집부로 향했지만 아무도 없었다. 같은 층에도 거의 사람이 없었다. 휴일이니까 당연하겠지.

미사키 젠의 집에서 스마트폰을 찾아온다는 걸 깜빡했다는 사실이 그제야 떠올랐다. 내일 가지러 가면 되겠지.

내일— 갈 수 있을까. 가도 괜찮은 걸까.

같은 층 맞은편에서 불이 꺼졌다. 먼저 간다는 목소리가 들렸다. 이 층에 남아 있는 사람은 이제 아사히뿐인 듯했다.

아사히는 벽 쪽 책장으로 다가갔다. 그곳에는 기오사가 출판한 문예지가 꽂혀 있었다. 물론 미사키 젠의 작품도 전부 있다. 아사히는 그 중에서 『론도』를 꺼냈다.

야마지는 작품의 내용이 미사키 젠 자신의 이야기라고 했다.

……아, 아사히는 깨달았다.

오하시가 '미사키 젠은 쓰지 않으면 안 된다'라고 했던 이유를 드디어 알게 됐다.

이건 러브레터다.

『론도』에도 러브레터 비슷한 구절이 있다. 과거 가수였던 여자가 그를 위해 악보를 남기고, 과거 시인이었던 남자가 그녀를 위해서 시를 읊는 장면이다.

이 책도 마찬가지다.

자신들의 이야기를 책으로 써서 세상에 내보내면 언젠가 그녀의 눈에 들어올지도 모른다. 그녀가 읽고 미사키 젠을 떠올릴지도 모른다. 그리고, 언젠가 만나러 올지도 모른다.

그러니 미사키 젠은 소설을 써서 세상에 계속 내놓지 않으면 안 되는 것이다. 자신은 여기 있다고 그녀에게 알려주기 위해서.

생각해보면 미사키 젠이 쓰는 소설은 전부 사랑에 관한 이야기였다. 잃어버린 사랑 이야기, 이제 막 싹트는 사랑 이야기, 끝나가는 사랑 이야기, 꿈처럼 행복한 사랑 이야기.

"선생님…… 너무 한결같은 거 아닌가요, 정말."

아사히는 중얼거리며 코를 훌쩍이고『론도』를 끌어안았다.

뒤에서 탁, 하는 작은 소리가 들려서 아사히는 황급히 눈물을 닦고 돌아봤다. 그곳엔 작은 소녀가 있었다.

크림색 블라우스에 빨간 스커트. 딘발머리의 여자아이.

"이런 시간에 어쩐 일이야? 어디서 왔니?"

왜 이런 곳에 여자아이가 있지? 그렇게 생각하며 묻는데, 여자아이는 아사히의 바로 눈앞까지 걸어와서 주먹을 이쪽으로 쑥 내밀었다. 뭔가 주려는 모양이다.

아사히가 한쪽 손을 내밀자 아이는 아사히의 손 위에 캐러멜 한 알을 떨어트리며 말했다.

"젠을 잘 부탁해. 걔도 참 못 말리는 애니까."

"······응?"

아사히가 놀라서 눈을 깜빡인 순간, 여자아이의 모습은 사라졌다.

아무리 주변을 둘러봐도 아무도 없었다. 환각이라도 본 것인가 생각했지만 아사히의 손안에는 캐러멜이 한 알 남아 있었다.

혹시 지금 본 아이가 전에 다카야마와 후루야가 말했던 그 유령일까. 혼자서 사무실에서 심야 잔업을 하고 있으면 나타난다는 그 소녀일까.

하지만 여자아이는 미사키 젠의 이름을 입에 담았다. 아사히는 받은 캐러멜을 바라봤다. 전에 아사히의 책상에 놓여 있던 것과 같은 캐러멜이었다.

다음 날 저녁 아사히가 미사키 젠의 맨션을 찾아가 초인종을 누르자 6층 문을 열어준 사람은 루나가 아니라 미사키 젠이었다. 이제 건강해 보였고, 평소와 다르지 않은 얼굴이었다. 아사히가 어쩐지 울 것 같은 표정을 지었는지도 모르겠다.

"······그런 표정은 짓지 말아주세요, 세나 씨."

미사키 젠이 쓴웃음을 지었다.

"내 집에 휴대전화를 놔두고 간 정도로는 화내지 않아요."

미사키 젠은 얼버무리고 있었다.

어제 일에 대해서 더 얘기하지 말라는 의미인지는 알 수 없었지만, 아사히는 그 이상 아무 말도 하지 않고 그저 고개를 숙였다.

아사히가 미사키 젠의 뒤를 따라 거실로 들어서자 맞이한 건 숨막힐 정도로 강한 냄새였다.

"야호, 아사히 짱, 부추간볶음 먹을래?"

나츠키가 생글생글 웃으면서 소파에 자리 잡고, 어딘가에서 사온 것 같은 부추간볶음 도시락의 뚜껑을 막 열려던 참이었다. 테이블에는 같은 상자 두 개가 쌓여 있고 루나가 엄청 기분 나쁜 표정을 지으며 찻잔에 홍차를 따르고 있었다.

확 퍼지는 간볶음 냄새에 마시키 젠이 어이없다는 표정을 지으며 말했다.

"……나츠키 씨, 모처럼 내온 홍차를 망치고 있잖아요."

"시끄러워. 피가 부족할 때는 간이야!"

나츠키가 불량스럽게 나무젓가락을 이빨로 쪼갰다. 나츠키는 빈혈이라면서 표정은 평소와 다름없었지만 와이셔츠 깃에 감춰진 목덜미에 커다란 거즈를 붙이고 있는 게 보였다.

"뭐 해, 미사키. 너도 먹어. 피가 늘어난다니까."

"저는 늘지 않습니다. 나츠키 씨나 열심히 먹어두세요."

평소와 같은 풍경이었다.

소파나 바닥에는 아직 희미하게 피에 물든 흔적이 남아 있었지만, 두 사람은 아무것도 달라진 것 없는 평소 그대로였다. 아사히는 그 사실에 왠지 가슴이 벅차올랐다.

"아, 안 돼. 아사히 짱이 본격적으로 울 것 같아. 미사키, 너 무슨 짓 했어?"

"아무 짓도 안 했습니다. 나츠키 씨의 그 도시락 냄새가 너무 심해서 그래요."

"……아니에요. 이번에야말로 스마트폰 잊지 말자고 자기반성하는 거예요."

아사히는 코를 훌쩍이며 테이블에 놓인 자신의 스마트폰을 가방에 넣었다. 루나가 티슈 상자를 내밀어서 감사히 한 장 받아 코를 풀었다.

그때 인터폰이 울렸다. 모니터에 히로노의 얼굴이 비쳤다.

잠시 후 들어온 히로노는 방 안에 감도는 부추간볶음 냄새에 흠칫 놀라고, 와그작와그작 도시락을 먹고 있는 나츠키와, 눈이 벌게진 아사히, 그리고 우아하게 앉아서 홍차를 마시고 있는 미사키 젠을 순서대로 훑어보고 나직이 말했다.

"……뭐야, 이 카오스 같은 공간은."

"저도 그렇게 생각하던 참입니다. 그래서 히로노 씨, 용건이 뭐죠?"

히로노는 미사키 젠이 묻자 그제야 여기 온 목적이 떠올랐던 모양이었다.

"하야시바라가 오전 중 비번이라서 못 들었을까 봐 정보를 전달하러 왔어. 미즈하라 아야노의 애인이 누군지 알아냈어."

미사키 젠이 눈을 가늘게 떴다. 나츠키가 텅 빈 도시락을 테이블에 올려놓았고 아사히도 무심결에 몸을 내밀었다.

"어제 야마지 계장이 제공해준 영상을 토대로 미즈하라 아야노가 감금됐던 방을 찾아냈어. 방의 주인 이름은 하세가와 레이지, 24살, K대 의학부 중퇴, 부친은 일본인, 모친은 영국인. 어릴 적 양친은 이혼하고 모친은 영국으로 귀국했어. 하세가와 레이지의 외모는 서양풍의 이목구비에 장신이고, 아야노 친구에게 사진을 보여주고 확인도 했어. 근처 주민의 말로는 늘 방에 커튼이 쳐져 있었다고 하더군. 영장을 발부해서 집에 들어갔지만, 아무도 없었어. 현 시점에서 하세가와 레이지의 거처는 불명이야. 며칠 동안 집에는 돌아오지 않은 것 같아. 하지만 집 안에서 아야노의 소지품과 혈액이 나와서 하세가와 레이지를 용의자로 확정했어."

히로노는 거기까지 쉬지 않고 말하고 약간 머뭇거린 뒤, 거실 벽의 영화 DVD를 진열해놓은 선반에 슬쩍 눈길을 주며 말했다.

"하세가와 레이지의 집 안에서 뱀파이어에 관한 영화와 서적이 다수 발견됐어. 전에 본 그 영화도 그중 하나였고. ……어떻게 생각하나? 수사본부로서는 광적인 뱀파이어 마니아에 의한 범행이라는 선에서 끝낼 가능성이 농후해. 하세가와 레이지는 평범한 인간이고 뱀파이어는 아니야. 하지만…… 평범한 인간이 도중에 뱀파이어가 되는 경우도 있잖아?"

"굳이 따지자면, 태어날 때부터 뱀파이어인 경우는 드물어요. 즉 수사본부로서는 하세가와 레이지가 어느 시점에서 진짜 뱀파이어가 됐다는 가능성도 버리지 않겠다는 거네요?"

"……맞아."

히로노는 고개를 끄덕였다.

"참고하려고 묻는 건데, 대체 어떻게 하면 보통 인간이 뱀파이어로 변하지?"

히로노의 질문에 미사키 젠은 짓궂은 미소를 띠고 말했다.

"진짜 뱀파이어를 찾아서, 그의 피를 마시는 겁니다."

미사키 젠이 하세가와 레이지의 부친과 만나고 싶다고 해서 나츠키와 히로노가 동행하기로 했다. 아사히도 따라간다고 하자 히로노는 떨떠름한 표정이었지만 그 이상 아무 말도 하지 않았다.

하세가와 레이지의 본가는 미타카에 있다. 부친의 이름은 마사후미로, 꽤 큰 규모의 병원을 경영하고 있는 의사다.

늘 그랬듯이 나츠키가 운전하는 차를 타고 목적지로 향하던 도중에 미사키 젠의 휴대폰이 울렸다. 스마트폰이 아닌 검은색 피처폰이었다.

미사키 젠이 통화를 스피커로 돌려서 다 같이 들으니 다카라였다.

[여보세요, 젠? 역시 최근에 새로운 뱀파이어가 도내에 나타났다는 얘기는 없어. 물론 뱀파이어의 혈액이 유통됐다는 얘기도.]

"알겠습니다, 다카라 씨, 감사합니다."

[됐어, 젠 부탁인걸. 다음에 데이트하자. 연락 기다릴게!]

마지막에 쪽 하고 큰 소리로 키스하는 소리에 히로노가 뭐라고 형언하기 힘든 표정을 지었다.

"……어이, 지금 이건 뭐야."

"정보원입니다."

"……정보비로 뭘 주는 거야, 대체."

"묻지 말아주세요."

드디어 차가 하세가와 레이지의 본가에 도착했다. 가지와라 젠조의 집에는 미치지 못했지만, 이쪽 집도 꽤 큰 집이었다.

이미 다른 수사원이 몇 명이나 와 있고 안에는 미사키 젠의 존재를 아는 듯한 사람도 있었다. 미사키 젠은 거기에 신경 쓰는 기색도 없이 하세가와 레이지의 부친, 마사후미와 대면했다.

마사후미의 얼굴을 본 순간, 아사히는 자기도 모르게 숨을 삼켰다. 미사키 젠이 염사했던 그 영상에서 아야노를 구하러 왔던 사람이 바로 이 마사후미였다.

마사후미는 초췌한 모습으로 자신의 서재 의자에 앉아 있었다. 수사원이 방문하기 훨씬 전부터 자신의 아들이 무슨 짓을 했는지 알고 있었으니 당연했다. 게다가 마사후미는 아마도 사고를 당한 아야노를 버리고 도망갔을 것이다.

"아드님 얘기를 들을 수 있을까요?"

미사키 젠이 앞에 서서 묻자, 마사후미는 힘겹게 고개를 들었다.

"……레이지는 찾았습니까?"

"아뇨, 아직."

"레이지는…… 그 애는 엄마랑 닮아서 좀 허황된 꿈을 꾸는 아이였어요."

그렇게 말하며 마사후미는 더듬더듬 말하기 시작했다.

레이지의 어머니인 마리아는 마사후미가 영국에서 유학할 때 만난 사람이었다. 마사후미가 귀국하면서 한 번 헤어졌지만, 마사후미가 의사가 되어 생활이 안정됐을 때 다시 교제하기 시작해 결혼하기에 이르렀다.

하지만 마리아는 일본 생활에 적응하지 못했다. 원래부터 몸이 건강한 편이 아니었고, 심한 저혈압으로 오전 중에는 거의 일어나지도 못했다. 대체로 흐린 날씨의 영국 기후에 익숙한 탓인지 일본 여름의 햇볕을 견디지 못했다.

마리아가 마사후미와 레이지를 두고 고국으로 돌아가 버린 것은 레이지가 다섯 살 때였다. 이후 레이지 안에 어머니의 모습이 어떤 형태로 남았는지는 알 수 없다. 다만 엄청 하얗고 태양빛을 싫어하고 아침에 일어나지 못하는 어머니를 보고 뱀파이어를 연상했을 가능성도 높다. 마리아가 남긴 서적이나 영화도 거기에 한몫했을 것이다. 마리아는 고딕소설이나 환상적인 영화를 사랑하고 그 중에는 뱀파이어를 소재로 한 것도 많이 포함되어 있었다. 언제부터인가 레이지 자신도 그런 걸 수집하게 되었다.

"그래도 대학에 들어갈 때까지는 그렇게까지 이상하지는 않았어요. 하지만…… 무리해서 의학부에 보낸 게 잘못됐는지도 모릅니다. 그 애는 대학 공부를 따라가질 못했던 모양이에요. 제가 눈치챘을 때는 이미 학교에 가지 않고 있었습니다. 대학에 들어갔을 때 혼자 살게 하지 말 것을 그랬어요. 그 애가 대학을 그만둔다는 소식을 듣고 제가 그 애 집을 찾아갔을 때…… 그 애는 커튼을 치고 어두운 방에 혼자 틀어박혀 대학병원에서 훔친 수혈용 혈액 팩을 빨고 있었습니다."

대학을 그만둔 게 레이지의 정신 상태를 악화시킨 것이다.

어럼풋하게 기억에 남은 어머니는 평소에 보던 영화나 책의 뱀파이어의 모습과 완전히 같은 것으로 변용되어 결국 다른 환상을 낳았다. 모친이 뱀파이어라면 자신도 뱀파이어임이 틀림없다는 환상. 그 환상이 피를 갈망하게 만들고, 레이지는 혈액을 섭취하는 일에 집착하게 됐다. 그렇지 않으면 죽을 거라고 생각했던 모양이다.

그 시점에서 마사후미는 레이지를 병원으로 데리고 갔어야 했다. 하지만 마사후미는 체면을 신경 쓰고 말았다. 아들이 정신적으로 아프다는 사실을 주위에 알리는 게 두려워서 망설였다.

마사후미는 레이지를 그저 혼내기에 급급해 양어깨를 붙잡고 정신을 차리라고 했다. 그리고 레이지를 본가에 데려와서 잠시 생활하게 했다. 몇 번인가 레이지가 손목을 긋고 자살하려고 했지만 치명적인 상처는 아니었기 때문에 마사후미는 자신이 직접 처치했다. 하지만 마사후미도 일로 바빴고, 병원에서 자는 날도 있어서 밤중에 레이지가 집에 있는지 없는지 알 수 없는 날도 많았다.

그리고 어느 날 마사후미는 레이지의 옷에 피가 묻어 있는 것을 발견하고 말았다. 레이지는 마사후미가 추궁하자 애인의 피라고 했다. 애인이 그에게 피를 줬다고.

마사후미는 레이지가 혼자 살고 있던 집으로 향했고, 그곳에서 미즈하라 아야노를 발견했다. 이런 곳에 있으면 안 된다며 데리고 나와 거부하는 아야노를 차에 태웠지만 운전 중에 병원에서 긴급한 연락이 들어오고 말았다. 차를 세우고 이야기하는 동안 아야노는 차에서 빠져나와 사고를 당했고, 마사후미는 아들의 일이 드러날까 두려워 그대로 도망쳤다.

집으로 돌아와 레이지에게 아야노의 일을 전하자, 레이지는 그 길로 집을 뛰쳐나갔다. 그리고 돌아오지 않았다.

"전부…… 제 잘못입니다."

공허한 시선을 바닥에 떨구고, 마사후미는 그 말을 마지막으로 아무 말도 하지 않았다. 살아갈 기력을 완전히 잃어버린 표정이었다.

미사키 젠은 그런 마사후미를 내려다보며 말했다.

"네, 맞습니다."

냉정한 그 말에 마사후미의 어깨가 움찔했다.

마사후미를 내려다보는 미사키 젠의 눈동자에는 동정의 빛이라고는 조금도 보이지 않았다. 너덜너덜하게 상처받은 자신을 탓하는 것 외에 어찌할 도리가 없는 마사후미를 더욱 더 규탄이라도 하듯이 미사키 젠은 말을 이었다.

"아드님이 묘한 환상에 빠진 것도, 그게 심해진 것도, 그리고 물론 미즈하라 아야노 씨의 죽음에도 당신에게 일말의 책임은 있습니다. 그래서? 그래서 당신은 앞으로 어떻게 할 생각입니까?"

"어떻게라니……"

그런 질문을 받을 줄은 몰랐을 마사후미가 곤혹스러운 표정으로 미사키 젠을 올려다봤다.

"자신이 전부 잘못했다고 말하는 건 쉽습니다. 그렇게 죄를 통감하고 있다는 듯이 몸을 둥글게 말고 앉아 있는 것도 말이죠. 그렇게 앉아 있다 보면, 그사이 누군가가 당신을 향해 '당신의 죄는 이러저러하니 이렇게 속죄하시오'라고 지시를 내려주겠죠. 하지만 저는 그런 속 편한 짓을 당신에게 허락할 생각은 없습니다."

미사키 젠은 마사후미의 눈을 정면으로 쳐다보며 말했다.

"생각하세요. 멍하니 앉아 있지 말고. 아들이 당신 앞에 돌아왔을 때, 무슨 말을 해야 할지. 어떻게 해야 할지. 거기서 계속 생각하세요. 그사이에 저희가 반드시 당신의 아들을 찾아낼 겁니다."

줄곧 공허했던 마사후미의 눈 속에, 그 순간 작은 빛이 돌아온 느낌이 들었다. 마사후미가 한쪽 손을 뻗어 미사키 젠의 팔을 붙잡았다.

"그 애를…… 찾아주시겠습니까?"

"네, 그러기 위해서 이렇게나 많은 사람이, 그리고 제가 움직이고 있는 겁니다."

미사키 젠은 그렇게 말하고 마사후미의 손 위로 자신의 손을 포갰다.

미사키 젠은 마사후미와 이야기한 뒤 아사히와 나츠키를 데리고 하세가와의 집을 뒤로했다. 히로노는 다른 수사원과 할 이야기가 있다고 그대로 남았다.

이미 하세가와 레이지의 얼굴은 밝혀졌다. 얼굴 사진이 실린 수배지를 바탕으로 수많은 수사원이 하세가와 레이지를 찾고 있었다. 어쨌든 그들도 번화가를 중심으로 찾아보기로 하고 나츠키가 운전하는 차를 타고 도심으로 향했다.

"어쩌면 하룻밤이 걸릴지도 모릅니다. 세나 씨는 이제 돌아가셔도 돼요."

미사키 젠이 그렇게 말했지만, 아사히는 고개를 가로저었다. 여기서 돌아가라고 해도 아사히가 '네, 알겠습니다' 하고 돌아갈 리 만무하다.

담당 편집자로서의 업무는 한참 전에 끝난 걸 알고 있지만, 이게 미사키 젠이 평소에 하는 일이라면 알아두고 싶었다. 이 사람이 무엇을 하고, 어떤 지시를 받으며 소설을 쓰는지 봐두고 싶었다.

"마지막까지 같이 있게 해주세요. 부탁할게요."

아사히가 말하자 미사키 젠은 조금 고민하는 눈빛이었지만, 안 된다는 말은 하지 않았다.

차에 올라탄 후, 나츠키는 무전기를 켰다. 그 순간 수사원과 본부가 나누는 대화가 끊임없이 흘러나왔다. 드라마나 영화에서 자주 듣던 것과 완전 똑같았다. 새삼 아사히는 자신이 몇 번이나 탔던 이 자동차가 경찰차라는 사실을 실감했다. 이번이 제일 사건다운 사건이라서 더욱 그랬을 것이다.

나츠키는 형사고, 미사키 젠은 자문 역할이고, 자신은 그저 편집자지만 여기 있어도 된다는 허락을 받았다. 매우 기묘하고, 자신 따위가 어떤 도움을 줄 수 있을지도 모르지만, 그래도 여기 있고 싶다. 무엇이든 좋으니 미사키 젠과 나츠키에게 도움이 되고 싶어서 아사히는 열심히 경찰 무전에 귀를 기울였다.

"결국 진짜 뱀파이어가 아니라 그냥 인간이라는 거지? 호혈증(好血症)이라고 하던가? 그런 병 있잖아, 왜."

운전하면서 나츠키가 그렇게 말했다. 미사키 젠이 대답했다.

"아마도 그럴 겁니다. 진짜 뱀파이어와 만나서 그 피를 마시는 사건은 좀처럼 일어나지 않아요. 무엇보다 도내에서는 저 이외의 뱀파이어가 없고, 뱀파이어의 혈액이 유통된 흔적도 없습니다. 하세가와 레이지는 해외로 나갔던 경험도 없는 것 같고요."

"그렇다면 이수계가 맡을 사건은 아닌데⋯⋯. 그래도 뭐, 이미 배에 올라탔으니까. 어디의 누구 씨가 아들을 꼭 찾아준다는 둥 약속해버려서 말이지."

"시끄러워요, 나츠키 씨."

미사키 젠이 나츠키를 노려보자 나츠키가 히죽 웃는 모습이 백미러 너머로 보였다.

무전에서는 아직까지 하세가와 레이지를 찾았다는 소식이 들리지 않았다. 그는 대체 어디에 있는 것일까.

"하세가와 레이지가 실종된 건, 미즈하라 아야노 씨가 죽었다는 사실을 아버지가 알린 뒤입니다. 그때부터 오늘로 5일째니 그만 한 기간 동안 몸을 숨길 수 있는 장소는 어느 정도 한정돼 있다고 생각합니다."

"제일 흔한 게 인터넷 카페지. 오랫동안 있을 수 있고, 샤워실도 화장실도 음식도 있으니까. 도내 및 부근의 인터넷 카페에는 이미 수배 전단지를 뿌려놓았으니까 그물에 걸려들어주면 좋겠는데. 누군가가 숨겨줄 가능성도 기야 있지만⋯⋯ 친구 관계를 조사해본 느낌으로는 딱히 친한 친구는 없었으니까, 가능성이 희박할 거야. 다른 건 본인과 관계있는 장소겠네. 뭔가 추억이 있는 장소, 혹은 잘 알고 있는 장소."

"아마 본인도 경찰에게 쫓기고 있다는 사실을 알고 있을 가능성이 높아요. 그렇다면 무서운 건 자포자기한 하세가와 레이지가 새로운 사건을 일으키는 것, 그리고 또 한 가지."

미사키 젠이 한 번 말을 잘랐다. 아사히는 불안해져서 미사키 젠을 봤다.

"뭔가요, 선생님?"

묻는 아사히에게 미사키 젠은 대답했다.

"<u>스스로 목숨을 끊어버리는 겁니다.</u>"

아사히는 표정이 굳어 무심코 경찰 무전 쪽으로 시선을 보냈다. 그렇다. 당장이라도 무전에서 하세가와 레이지의 사체를 발견했다는 말이 들려도 이상하지 않았다.

하세가와 레이지가 직접 미즈하라 아야노를 죽인 건 아니라고 해도 그 죽음에 깊은 연관이 있는 건 틀림없다. 아야노에 대한 자책, 혹은 경찰에게서 도망가지 못할 것이라는 생각 때문에 스스로 죽음을 선택할 가능성도 충분히 있었다.

하지만 그래서는 안 된다. 하세가와 레이지에게는 그를 걱정하는 아버지가 있다. 반드시 데리고 오겠다는 약속도 했다. 자살하기 전에 신병을 확보해야 한다.

게다가 하세가와 레이지가 미즈하라 아야노의 죽음에 관련된 이상, 그 길을 선택하게 해서는 안 된다. 하세가와 레이지에게 아버지가 있듯이 미즈하라 아야노에게도 가족과 친구가 있다. 하세가와 레이지는 그들에게 사건의 경위를 전부 설명할 책임이 있다.

방금 미사키 젠이 하세가와 레이지의 아버지에게 했던 말과 마찬가지다. 이대로 자신이 저지른 일에서 도망치려고 하다니, 그런 속 편한 짓은 용서할 수 없다.

"괜찮습니다."

미사키 젠이 말했다.

"일본 경찰은 의외로 뛰어납니다. 분명 찾을 거예요."

"미사키, '의외'는 왜 붙여, '의외'는. 이래봬도 다들 매일 죽을힘을 다해 열심히 하고 있다고."

미사키 젠의 말에 나츠키가 쓴웃음을 짓고 나서 삼시 뒤였다.

경찰 무전에서 하세가와 레이지로 보이는 인물을 발견했다는 보고가 흘러나왔다.

하세가와 레이지가 발견된 곳은 그가 중퇴했다는 대학 의학부의 캠퍼스였다. 하지만 경찰 무전은 동시에 아주 곤란한 상황임을 전했다. 하세가와 레이지가 현재 있는 곳은 학교 건물 옥상이고, 당장이라도 뛰어내릴 것 같다고 했다. 미사키 젠의 예상이 맞았다.

"나츠키 씨, 우리도 갑시다. 하세가와 레이지가 인간이라는 확실한 보장은 아직 없어요. 만에 하나 뱀파이어가 됐을 경우, 잘못하다간 수사원이 위험합니다."

"알았어. 뭐, 이미 같은 배를 타버렸으니. 근데 괜찮아, 미사키?"

나츠키가 백미러 너머로 슬쩍 미사키 젠에게 시선을 보냈다.

"뭐가요, 나츠키 씨?"

"아니, 시간이 너무 지체되면…… 곤란하지 않을까 해서."

"괜찮습니다. 빨리 가죠."

미사키 젠이 나츠키를 재촉했다.

나츠키는 그 이상 아무 말도 하지 않고 핸들을 꺾어 행선지를 바꿨다. 나츠키는 뭘 걱정하는 걸까. 아사히는 궁금했지만 미사키 젠도 나츠키도 말하려 하지 않았다.

아사히 일행이 캠퍼스에 도착했을 때는 이미 경찰차가 여러 대 세워져 있었다. 수사원의 숫자도 많아 보였고, 땅에는 뛰어내릴 것을 대비하여 거대한 매트도 깔려 있다. 역광기도 설치되어 있었지만 자극을 주지 않으려는 탓일까, 불은 켜져 있지 않았다. 하지만 캠퍼스 내의 외등만으로도 5층 건물 옥상에 사람이 있다는 건 확인할 수 있었다. 하세가와 레이지인 걸까. 몸은 이미 울타리 밖에 있다. 밑에서 확성기로 설득을 시도하는 수사원을 거들떠보지도 않은 채, 비틀비틀 옥상 위를 걷는다. 늦은 시간이라서 그런지 구경꾼의 모습은 거의 보이지 않았다.

나츠키가 수사원들 쪽으로 달려가서 상황을 확인하고 돌아왔다.

"현재로서는 설득에 응할 기미가 없나 봐. 옥상 출입구가 뭔가에 막혀서 폐쇄되는 바람에 건물 안에서 옥상으로 나가는 건 불가능해. 가스 토치로 뚫자는 얘기도 나오는 것 같은데 시간이 걸리는 모양이야. 부친도 부를 것 같은데 그쪽도 지금 당장 올 수 있는 것도 아니고."

"저 상태라면, 시간을 너무 지체하면 안 될 것 같네요."

미사키 젠이 옥상을 올려다보며 눈썹을 찡그렸다.

하세가와 레이지는 한 손으로 난간을 쓸면서 옥상 둘레를 계속 걸고 있었다. 그가 어디로 뛰어내려도 어떻게든 받으려고, 많은 수사원들이 그의 움직임에 맞춰 매트 위치를 틀고 있지만 나무들 때문에 좀처럼 제대로 되지 않았다.

"……어쩔 수 없군요."

미사키 젠이 그렇게 말하고 학교 건물 쪽으로 걸어갔다. 입구를 통해 들어가려나 싶었는데 미사키 젠은 그대로 학교 건물 뒤쪽으로 돌아 들어갔다. 그쪽은 수사원도 보이지 않고 외등 빛도 거의 닿지 않아서 아주 어두웠다.

미사키 젠은 학교 건물의 벽을 올려다보며 말했다.

"그럼 잠시 다녀오겠습니다."

"응? 선생님 가신다니, 어딜요?"

"옥상에. 그가 진짜 뱀파이어인지 아닌지 한번 이야기를 나누고 싶어서요."

"저기, 옥상에 가신다니, 하지만 선생님……."

상황 파악이 안 돼서 당황한 아사히는 제쳐두고, 미사키 젠은 나츠키를 향해 말했다.

"나츠키 씨, 그가 혹시라도 정말 뱀파이어라면 제가 신병을 확보해서 여기로 데려올 테니 야마지 씨에게 연락해주세요. 인간일 경우에는 옥상 문을 열어서 수사원을 들이겠습니다. 그렇게 해도 괜찮겠죠?"

"알겠어. 하지만…… 저기, 나도 따라가면 안 될까?"

"……방해될지도 모르니 저 혼자 가겠습니다."

미사키 젠이 그렇게 말하고 다시 한 번 벽을 올려다본 직후였다.

미사키 젠의 모습이 사라졌다.

"서, 선생님?"

아사히는 놀라서 허둥지둥 주변을 둘러봤다. 나츠키가 그런 아사히의 어깨를 두드리며 말없이 손가락으로 위쪽을 가리켰다. 아사히는 가리킨 방향을 올려다보고는 놀라 눈이 커졌다.

이미 미사키 젠은 3층 창문 아래에 둘러진 캣워크(평상시 사람이 접근할 수 없는 장소에 있는 기기를 점검하기 위해 둔 사다리꼴의 수평 통로)에 발을 걸치고 있었고 그대로 다시 날았다. 체중이 느껴지지 않는 가벼운 동작으로 어둠 속에서 공중을 날고 있었다. 4층 창문 틈을 박차고 순식간에 5층 높이에 도달해서 더 약진했다. 그 몸짓은 마치 영화의 한 장면 같았다. 아사히는 뱀파이어의 엄청난 신체 능력에 입을 다물지 못했다. 검은 개 사건 때 미사키 젠이 순식간에 2층 베란다에 올라가는 모습을 봤지만, 이번엔 훨씬 더 대단했다. 미사키 젠의 몸에 와이어가 달려 있지 않다는 게 믿기지 않았다.

미사키 젠이 건물 정상에 도달할 때까지 몇 초밖에 걸리지 않은 것 같았다.

"저런 걸 보면 저 녀석이 정말로 인간이 아니구나, 하는 생각이 들어."

나츠키가 말했지만 그 목소리에 공포는 깃들어 있지 않았다.

"엄청나지, 저 녀석."

단순히 친구를 자랑하는 것 같은 말투로 그렇게 말하고 나츠키는 웃었다. 아사히는 아직 입을 다물지 못했다는 사실을 깨닫고는 얼른 다물고 고개를 끄덕였다.

"네. 정말 대단해요. 선생님은 슈퍼히어로 같아요."

미사키 젠의 모습은 보이지 않았다. 하세가와 레이지가 있는 곳으로 향한 것일까.

그래도 아사히는 나츠키와 함께 학교 옥상을 계속 올려다봤다. 왠지 조금 자랑스럽다는 생각이 들었다.

학교 뒤쪽에 있는 수사원들이 움직인 건 바로 직후였다. 학교 뒤쪽 아사히 일행이 있는 곳까지 수사원들이 지르는 소리가 들려왔다. 비명이라기보다는 경악하는 목소리였다. 아마도 미사키 젠이 하세가와 레이지의 신병을 확보했으리라.

아사히는 학교 건물 옆으로 돌아가서 수사원들의 상태를 살폈다. 수사원들은 다 같이 옥상을 올려다보며 무슨 일이 일어나는지 모르는 채로 소리치고 있었다.

"지금 뭐였어?" "꼭 안쪽으로 빨려 들어가는 것처럼 보였어." "누군가 옥상에 있는 건가?" 죄송합니다만, 옥상에 있는 사람은 저희 작가 선생님입니다, 라고 자진 신고할 수도 없어서 아사히는 건물 뒤에 숨은 채 귀를 쫑긋 세웠다.

미사키 젠은 옥상의 울타리 밖에 있던 하세가와 레이지를 끌어다가 안쪽으로 돌려놓은 모양이었지만 지상에 있는 수사원들로서는 위의 상황을 알 수 없으니 혼란을 초래한 듯했다. 건물 안에서 문을 열려는 자들에게 연락을 취하는 목소리가 들렸다. "어이, 빨리 해." "옥상 상황은 모르는 거야?" "서둘러, 빨리 확인해." 이윽고 그 목소리에 다시 경악이 섞였다.

"뭐? 문이 열렸다고? 그래서 옥상 상황은, 뭐? 쓰러져 있어? 생명에 지장은 없다는 거군. 기절했을 뿐인 거지? 그래서 그 녀석은 하세가와 레이지가 틀림없어? 옥상에 다른 사람은…… 아무도 없다고? 말도 안 돼. 그럼 어떻게……."

거기까지 듣고 아사히는 나츠키에게 돌아갔다.

"선생님이 옥상 문을 열었나 봐요. 지금 수사원이 쓰러져 있는 하세가와 레이지를 발견했대요."

"아, 그래, 그렇다면 역시 인간이었다는 거네. 그럼 나머지는 밖에 있는 수사원들한테 맡기고 우리는 미사키가 돌아오길 기다릴까."

나츠키가 가볍게 기지개를 켜고 그렇게 말했다. 수사원들이 하세가와 레이지 이외의 존재를 찾지 못했다는 건, 미사키 젠이 늘 그랬듯 존재감을 지웠든가 아니면 어딘가에 숨었다는 것이다. 어느 쪽이든 금세 돌아올 터였다.

하지만 아무리 기다려도 미사키 젠은 돌아오지 않았다.

돌아온다면 방금 전처럼 벽을 통해 내려오거나, 아예 옥상에서 단숨에 날아서 내려올 것이라고 생각하고 한동안 올려다보고 있었지만, 그런 기색은 전혀 없었다. 건물 안을 돌아다니고 있을지도 모른다고 생각했지만 그렇다고 해도, 돌아올 곳은 아사히와 나츠키가 있는 곳뿐일 텐데.

하지만 미사키 젠은 돌아오지 않았다.

그동안 밖에 있는 수사원들이 철수하기 시작했다. 나츠키가 일단 수사원들에게 이야기를 들으러 갔지만 역시 옥상에 하세가와 레이지 이외의 존재는 발견되지 않았다고 했다. 주변을 둘러봐도 미사키 젠의 모습은 없었고, 나츠키와 아사히는 어찌할 바를 모르 겠다는 표정으로 마주봤다.

"그 녀석, 어디 있는 거지……. 혹시 아직 옥상에 있는 건가."

"무슨 일이 일어난 걸까요?"

아무래도 걱정이 되기 시작했다. 나츠키가 미사키 젠의 휴대폰 으로 전화를 해봤지만 응답이 없었다. 설마 하세가와 레이지 때문 에 부상당했다고는 생각하지 않지만, 그렇더라도 돌아오지 않는 건 이상하다.

"어쩔 수 없네. 우리도 옥상으로 가볼까."

나츠키가 그렇게 말하고 학교 건물 뒤쪽으로 돌아 들어갔다. 마 침 경비원인 듯한 사람이 입구를 봉쇄하려던 참이었다. 나츠키는 경찰수첩을 보여주고 문을 열어두라고 한 뒤, 아사히와 함께 옥상 으로 향했다.

5층짜리 허름한 건물에는 엘리베이터 같은 제대로 된 시설은 없 는 모양이었다. 비상등만이 희미하게 비치는 귀신의 집 같은 한밤 중의 학교에서 아사히는 나츠키와 함께 계단을 올랐다.

미사키 젠이 이쪽을 등지고 옥상 끝에 서 있었다. 부상을 당한 기색은 없었다.

"아, 정말 미사키! 뭐 하는 거야. 왜 아직까지 안 내려온 건데? 해 뜬다고!"

"서, 선생님…… 무사해서 다행이에요…….."

아직까지 쌩쌩한 나츠키와 약간 숨을 헐떡이는 아사히가 입을 모아 말을 걸어도 미사키 젠은 돌아보지도 않았다. 왠지 안 좋은 예감이 들어서 아사히는 한 발짝 미사키 젠 쪽으로 다가갔다.

"선생님, 무슨 일 있으세요?"

"결국 하세가와 레이지는 평범한 인간이었어요. 어떻게든 진짜 뱀파이어가 되고 싶었던 모양입니다."

뒤돌아보지 않은 채, 미사키 젠이 입을 열었다.

"갑자기 옥상에 나타난 저를 보고 인간이 아님을 눈치챘겠죠. 나보고 뭐냐고 묻기에 뱀파이어라고 가르쳐줬습니다. 그러자 저에게 피를 달라고 하더군요. 뱀파이어의 피를 마시면 뱀파이어가 된다는 사실을 알고 있었어요."

"그렇군. 뭐, 자세한 이야기는 나중에 들을 테니 어쨌든 돌아가자."

나츠키가 그렇게 말하며 아사히를 지나쳐 미사키 젠에게 다가갔다. 하지만 나츠키가 팔을 잡아끌어도 미사키 젠은 움직이려 하지 않았다.

미사키 젠이 아까부터 줄곧 바라보고 있던 건 동쪽이었다.

아사히의 안에서 왠지 모를 나쁜 예감이, 엄청나게 나쁜 예감으로 바뀌었다.

이쪽을 향한 미사키 젠의 등은 어딘가 피로에 찌든 것처럼 보였다. 생각해보면 이번 사건 시작부터 그랬다. 뱀파이어가 일으켰을지도 모르는 사건이라는 말을 들었을 때부터 미사키 젠의 눈은 지쳐 있었다. 경찰이 그를 범인으로 의심한 탓이라고 생각했지만, 사실 범인은 뱀파이어가 아니라 인간일지도 모른다는 이야기가 있을 때도 미사키 젠은 똑같은 눈을 했다.

"어째서일까요. 뱀파이어가 된다고 해도 딱히 좋은 것도 없는데. 예를 들어 햇빛에 닿으면 타 죽는데."

"미사키, 어이…… 너 왜 그래? 설마 바보 같은 생각 하는 건 아니지?"

나츠키의 목소리가 굳었다.

"아니요. 저도 그 사람처럼 바보 같은 짓을 했구나 싶어서, 그렇게 생각하니 모든 게 바보 같다는 생각이 들어서요."

"그래서 뭐 어쨌다고. 슬슬 해가 뜬다니까! 돌아가자고, 얼른."

"싫습니다. 잠시 여기 있겠습니다."

미사키 젠은 평소와 다르지 않은 말투로 담담하지만 완고하게 주장했다. 나츠키가 미사키 젠의 팔을 놓고 아사히를 돌아봤다.

"안 되겠어. 이 자식 지금 바보 됐어. 나 시트 같은 거 찾아올게."

"네? 나츠키 씨!"

"방수시트든 암막커튼이든 뭐든 좋으니까 어쨌든 햇빛을 막을 수 있는 걸 찾아올게! 그렇지 않으면 집에 돌아가기 전에 해가 뜰 거야! 햇빛은 저 녀석한테 정말 위험하다고!"

나츠키가 엄청난 기세로 계단을 내려갔다. 아사히는 조심스럽게 미사키 젠을 봤다.

"서, 선생님? 진정하세요. 심호흡해보세요. 네?"

"진정하고 있는데요. 그저…… 정말로 나 자신이 바보 같아서요. 대체 뭘 하고 있나. 너무 진지하게 생각해버린 게 문제였나."

미사키 젠은 역시 돌아보지 않았다.

아사히는 그의 등을 바라보며 뒷모습만으로도 아름다운 사람은 정말 아름답다고 쓸데없는 생각을 했다. 이대로 미사키 젠을 두고 간다면 어떻게 될지 생각하고 싶지 않았지만 그러고 싶지 않아도 시간은 흘러간다. 생각해내자. 영화에서 자주 이런 장면이 있었지 않은가. 자살하려는 사람을 말릴 때 다들 상대방을 어떻게 설득했 더라. ⋯⋯안 되겠다. 아무것도 떠오르지 않았다.

그래도 무슨 말이든 하지 않으면 안 될 것 같아서 아사히는 입을 열었다.

"선생님. ⋯⋯죽으면 안 돼요."

"왜 안 되나요?"

"안 돼요. 그만두세요! 선생님은⋯⋯ 선생님은 계속 글을 쓰셔 야 하니까 안 돼요."

그때 미사키 젠이 몸을 반만 아사히 쪽으로 돌렸다. 감동적이고 아름다운 옆얼굴이었다. 아사히는 더 이상 무슨 말을 해야 좋을지 몰라 머릿속은 혼란스러운 채로 생각나는 대로 줄줄 말했다.

"저, 선생님의 팬이에요. 데뷔작부터 줄곧 읽고 있어요.『론도』의 마지막 장면을 특히 좋아해요. 겨우 만난 두 사람이 그때까지 봤던 일출 중에 가장 아름다운 일출을 바라보는 장면이오. 일출 묘사가 정말 아름다워서, 전혀 상관없지만 제 이름이 '아사히(朝日)'라는 것만으로도 조금 기뻤어요. 그 장면은 정말 눈물 나고, 감동적이라 서⋯⋯. 내가 무슨 말을 하는 거지, 이런 상황에서?"

아니다, 이건 아니다. 지금 해야 하는 말이 아니다. 팬이니까 계 속 작품을 써달라는 건 독자의 이기심이다.

"아니요. 그게 아니라 선생님은⋯⋯ 선생님은 쓰지 않으면 안 되는 이유가 있잖아요? 『론도』는 선생님 자신의 이야기라고 들었어요. 선생님이 뱀파이어가 된 건 시간을 멈추기 위해서라고 들었어요! 전부 다시 한 번 연인과 만나기 위해서라고 — 어딘가에서 다시 태어났을 연인에게 자신은 여기 있다고 전하기 위해서 쓰는 거잖아요? 그렇다면 쓰지 않으면 안 돼요!"

"애초에 그게 틀렸습니다!"

아사히는 거칠게 돌아온 목소리에 어깨를 움찔했다. 이런 식으로 소리치는 미사키 젠은 처음 보는 거였다.

"저는 인간이기를 포기하고 괴물이 됐습니다! 시간을 적이라고 생각해서 시간을 멈추면 그녀를 얼마든지 찾을 수 있다고 생각했지만, 틀렸습니다!"

이미 돌이킬 수 없는 격렬한 후회가 떨리는 목소리로 전해졌다.

"이제 모르겠어요."

미사키 젠이 말했다.

"모르겠다니……. 무슨 소리예요?"

"사람이 아니게 된 순간, 저는 그녀가 어디에 있는지 알 수 없게 됐어요. 그전까지는 막연하게나마 어떤 연결고리를 느꼈는데. 어디 있는지 알 수 있었고, 만나면 한눈에 알아봤었어요. 그런데 — 지금은 아무것도 느껴지지 않아요. 연결이 끊긴 거예요."

"선생님……."

"저는 그녀가 어디에 있는지 알 수 없습니다. 이미 그녀와 다른 생물이 돼버렸으니까요. 혹시라도 눈앞에 나타난대도 알아보지 못할지도 모르죠. 그렇다면 저는…… 뭘 위해서 이런 몸이 된 거죠?

앞으로 글을 쓴다고 해도 무슨 의미가 있습니까?"

미사키 젠이 자신의 손을 내려다보며 중얼거렸다. 미아가 된 아이 같은 표정이었다.

미사키 젠은 무섭고 불안한 것이다.

그녀를 찾기 위해서 이런 몸이 되었고, 그녀가 발견하기를 바라면서 소설을 썼다. 그런데 어쩌면 자신은 그녀가 바로 옆에 있어도 모를 수도 있다.

단순히 이런 몸이 된 뒤로 실제로 그녀를 만나지 않았기 때문일지도 모른다. 하지만 단정할 수는 없다. 목적을 잃는다면 남는 건 괴물이 된 자신의 몸뿐이다. 불안은 마음을 갉아먹고 구멍을 뚫는다. 그리고 그녀를 만나기 위한 수단은 의미를 잃는다.

"그렇다면…… 아예 백지 상태로 돌리면 어떨까요."

미사키 젠은 갑자기 모든 에너지가 지워져 사라지고 심하게 갈라진 목소리로 말했다.

"지금이라도 목숨을 끊어서 다시 한 번 윤회의 바퀴로 돌아갈 수 있다면, 어쩌면……. 그렇다고 해도 한 번 윤회의 바퀴에서 벗어난 영혼이 다시 똑같은 곳으로 돌아갈 수 있을지는 모르겠습니다."

"안 돼요…… 그건 안 돼요!"

아사히는 소리쳤다.

나츠키는 아직 돌아오지 않았고 아침이 시시각각 다가온다. 미사키 젠은 정말 여기서 끝내버리고 싶다고 생각하는지도 모른다.

"그렇게 말씀하시지만, 세나 씨, 저는…… 조금 지쳐버렸어요, 이제."

"안 돼요, 선생님!"

"세나 씨는 방금 『론도』의 마지막 장면이 좋다고 말했죠. 일출 묘사가 좋았다고⋯⋯. 세나 아사히 씨, 제가 눈으로 일출을 본 건 아주 오래된 옛날이라 이미 기억나지 않아요. 그 묘사는, 그러니까 그저 상상일 뿐이에요. 이제 한 번 더 태양이 떠오르는 걸 보고 싶어서 못 견디겠어요. 그래서 아까부터 여기 서 있는 거예요."

아니다. 그건 안 된다.

해가 떠오르는 순간은 미사키 젠이 죽는 순간이다.

어떤 말을 하면 미사키 젠을 멈출 수 있을까. 이제 아무 생각도 나지 않았다. 일출을 보고 싶어 하는 뱀파이어. 뱀파이어가 일출을 보는 방법. 소원을 이루려면 어떻게 해야 할까.

"선생님! 〈뱀파이어와의 인터뷰〉라는 영화 보셨나요?"

아무 생각도 나지 않는 머리를 쥐어짜서 튀어나온 말이 영화 이야기였다. 영화광도 이런 영화광이 없다. 그래도 아무 말도 하지 않는 것보다는 낫다.

"⋯⋯본 적 있어요. 앤 라이스가 쓴 소설이 원작이고, 톰 크루즈랑 브래드 피트가 주연인 뱀파이어 영화죠."

미사키 젠이 대체 무슨 말을 하려는 건지 궁금하다는 표정으로 아사히를 돌아보며 성실하게 대답했다.

"그렇다면 그 영화의 마지막 장면쯤에서 브래드 피트가 영화관에 가는 장면 나왔던 거 기억하세요? '기계의 기적이 나에게 2백 년 만에 일출을 보는 걸 허락했다'라는 대사를!"

"아⋯⋯ '정말 멋진 일출이야!'"

"맞아요! 흑백영화 시대에는 은빛이었고, '바람과 함께 사라지다' 때는 자홍색이었고, '슈퍼맨' 때는 그리운 푸른색이 되었고 지금은 더 아름답잖아요. 아이맥스라든가, 3D라든가! 영화를 보면 일출도 석양도 볼 수 있어요! 그뿐 아니라 우주공간으로도 갈 수 있고, 밤하늘의 별이 비친 꿈같은 바다를 작은 배로 떠다니거나 지금은 사라진 공룡을 눈앞에서 볼 수도 있어요!"

이미 무슨 말을 하는지 스스로도 알 수 없었다.

"그러니까 선생님…… 돌아가요. 돌아가서 브래드 피트랑 같이 일출 봐요."

결국 한심하게도 울음 섞인 목소리가 나왔다. 아사히는 울먹거리며 미사키 젠의 등에 아이처럼 들러붙었다.

"죽으면 절대 안 돼요. 왜냐하면, 왜냐하면 앞으로 선생님은 제일 좋아하는 사람을 분명히 만날 수 있어요! 그리고 이번에야말로 함께 행복해지는 거예요! 생각해보세요, 영화 속에서도 매번 그렇게나 많은 기적이 일어나잖아요! 이야기를 딛고 살아가는 선생님에게 기적이 일어나지 않을 리 없어요!"

"……쿡."

그때 갑자기 미사키 젠이 웃음을 터뜨렸다.

아사히가 기대어 있던 등이 떨리고, 미사키 젠이 그 자리에 주저앉았다. 덩달아 웅크린 아사히 앞에서 미사키 젠이 등을 구부리고 웃기 시작했다.

"응? 선생님, 왜 그러세요?"

"설마…… 설마 그런 식으로 말할 줄은 꿈에도 몰랐어요……."

미사키 젠은 숨 쉬기도 괴로운 듯이 떨면서 말하더니, 다시 폭소했다. 아사히로서는 영문을 알 수 없었다. 방금 전까지 둘은 심각한 상황이었는데. 그런데 갑자기 폭소한다. 뿐만 아니라 숨도 못 쉴 정도로 웃고 있다.

끄윽끄윽 하고 웃는 미사키 젠을 보는 날이 올 줄은 몰랐다.

"당신이라는 사람은 그런 말을 잘도 하는군요. 정말이지…… 아, 당신은 나츠키와 똑같이 바보예요."

"네? 아니에요!"

"거기서 그렇게 강력하게 부정하면 나츠키가 가엾잖아요."

너무 웃어서 눈물까지 삐져나왔다. 미사키 젠의 눈물이라니, 세상에 이럴 수가. 고등학교 시절의 자신이 이 장소에 있다면 무슨 말을 할까?

미사키 젠은 손가락으로 눈꼬리를 훔치며 자리에서 일어났다.

"아…… 왠지 다른 의미로 바보 같아졌네요."

"네?"

"그리고 영화가 너무 보고 싶어졌어요."

"네."

"〈뱀파이어와의 인터뷰〉 DVD 갖고 있어요. 같이 볼래요?"

"서, 선생님, 그럼……."

"그 영화도 진짜 뱀파이어 입장에서 지적하고 싶은 부분이 가득하지만, 그래도 나쁘지 않은 편이에요. 다음 이야기는 영화를 보고 나서 다시 하죠. 돌아갑시다, 집으로."

"……!"

이때 아사히가 지른 함성은 아래층에 있던 나츠키에게도 들렸던 모양이다.

티켓은 미리 인터넷에서 예약했고 방금 발권도 끝냈다. 완벽하다. 약속 시간까지 15분 남았고 화장실을 다녀오면서 거울로 옷차림도 확인했다. 여름 원피스에 볼레로 차림은 평소 일 때문에 미사키 젠의 집을 드나들 때보다 약간은 더 부드럽고 여성스러워서 아주 조금 부끄러웠다. 집을 나오면서 2호를 상대로 끝없이 반복했던 변명을 머릿속으로 한 번 더 중얼거렸다. 이건 데이트가 아니라 업무의 일환이다. 분명 오늘은 휴일이고 회의도 하지 않을 테지만.

─하지만 상대가 미사키 젠이니까.

8월 중순의 토요일 밤. 아사히는 시부야에 있는 작은 극장 입구 근처에 서서 안절부절못하면서 지나치는 사람들을 바라보고 있었다. 미사키 젠은 아직 오지 않았다.

미사키 젠과 함께 영화를 보기로 약속했다.

하세가와 레이지의 사건이 무사히 정리되고 다음 장편소설 집필에 대한 회의를 천천히 진행하며 몇 번인가 미사키 젠의 집을 방문했을 때 '그럼 요즘 상영하고 있는 영화 보러 갈래요?'라는 말이 누가 먼저랄 것도 없이 나와서 오늘로 날을 정했던 것이다.

작가와 편집자가 같은 취미를 갖고 영화를 보러 극장에 가거나 콘서트를 보러 공연장에 가는 건 그리 드문 일은 아니다. 다른 뜻은 없다. 다른 뜻 없이 취미가 같을 뿐이다.

─그렇다고 해도, 영화를 본 후 뭔가 먹으러 가거나, 술을 마시

러 갈지도 모른다.

그건 마치 데이트 같지 않은가. 아니다, 그렇지 않다. 이건 업무의 일환이다. 아사히는 아직도 머릿속에서 한바탕 변명하고 있었다. 머리가 터질 것 같아서 안 되겠다. 심장도 파열될 것 같다. 정신을 안정시키기 위해 2호의 폭신폭신한 털을 꼭 껴안고 싶었다.

그때였다.

"아, 저기 있네. 아사히 짱."

"어?"

북적이는 사람들 사이에서 이쪽을 향해 붕붕 손을 흔들고 있는 눈에 띄는 장신은 나츠키였다. 오늘은 양복이 아니라 사복 차림이었다. 그 옆에는 미사키 젠의 모습이 보이고, 미사키 젠의 팔에는— 어째서인지 처음 보는 금발 미녀가 들러붙어 있었다. 잠깐만. 뭐지, 저 옵션은?

미사키 젠은 늘 그랬듯 인파 속에서 존재감을 숨기고 있는지 주변의 주목을 받지 않고 걷다가 아사히의 앞까지 와서 말했다.

"기다리셨죠, 세나 씨."

"아, 아뇨, 아직 약속 시간 전인데요……. 아, 저기, 왜 나츠키 씨까지…… 그리고 이쪽 분은 누구시죠?"

"아, 루나예요."

"네?"

듣고 보니 미사키 젠의 팔에 팔짱을 끼고 있는 미녀의 얼굴은 생김새만 보면 루나와 빼닮아 있었다. 하지만 크기가 다르다. 키도 다르지만 가슴이며 엉덩이며 이래저래 다르다. 게다가 일본인은 소화하기 힘든 저 섹시한 검정 미니드레스는 뭘까.

"집 안이 아니라서 딱히 작을 필요가 없으니까요."

이해하기 어려운 설명을 하는 미사키 젠 옆에서 루나가 아사히를 향해 혀를 내밀었다. 늘 우습기만 했던 그 행동을 어른의 얼굴로 당하니까, 어엿한 작은 악마 같았다.

"미안합니다. 루나가 꼭 오고 싶다고 하면서 말을 안 들어서. 심지어 이야기했더니 나츠키 씨까지 오고 싶다고 해서."

"그렇지만 즐겁잖아. 나 오늘은 비번이고 여자랑 영화 보는 거 엄청 오랜만이라고! 경찰관의 일상은 메말라 있다고! 게다가 이수계는 계장이랑 나 둘뿐이고!"

"……나츠키 씨, 여자친구 없어요?"

"……저기, 아사히 짱, 형사는 의외로 인기가 없어. 휴일도 불규칙하고."

나츠키가 약간 상처받은 표정으로 고개를 숙였다. 그런 이유로 이전에 차인 적이 있는 모양이었다.

"저기, 근데 티켓이 나랑 선생님 것만 있는데……."

"어? 그럼 빨리 티켓 두 장 더 사야지! 아사히 짱, 좌석 번호 보여줘! 최대한 가까운 자리에 앉을 테니까!"

나츠키가 매표소로 달려갔다. 아사히는 미묘한 표정으로 그 모습을 지켜봤다.

미사키 젠을 보다 그 팔에 고롱고롱 소리를 낼 것 같은 표정으로 붙어 있는 루나와 눈이 마주쳤고 루나는 그 순간 하악, 하고 위협했다. ……어떡하지. 왠지 눈물 날 것 같다.

"저기, 선생님…… 오늘 약속이 혹시 민폐였나요?"

"그렇지 않습니다."

미사키 젠이 놀란 표정으로 말했다.

"저야말로 세나 씨한테 폐를 끼치는 건 아닌지 걱정하던 참입니다. 이런저런 옵션을 달고 와서 미안합니다."

"아, 아뇨, 괜찮아요!"

"그게 아니더라도 세나 씨한테는 이래저래 폐를 끼치고 있으니까요."

"아뇨, 저야말로 지켜드린다고 해놓고 전혀 지켜드리지 못했고, 딱히 도움도 못 돼서…… 편집자로서도 저 같은 게 담당이라서 죄송한 마음도 꽤 있지만, 잘 부탁드려요!"

"저 같은 거라니요, 그렇게 비하할 건 없어요."

"아뇨, 정말로 저는 너무 평범한 인생만 살아온 재미없는 인간이에요! 후지이 하나에 선생님에게 그런 말과 함께 잘렸고, 전에 사귀었던 남자친구한테도 '넌 너무 평범해서 지루해'라는 말로 차인 적 있어요. 저 같은 인간이 잘도 기오샤에 들어갔다고 생각해요!"

점점 더 자학으로 빠지고 말았다. 미사키 젠은 그런 아사히를 가만히 바라보며 말했다.

"……그 남자친구라는 사람은 영화를 별로 안 좋아했죠?"

바로 정곡을 찔렀다. 과연 예리하다.

"네, 영화에 전혀 흥미가 없는 사람이었어요."

"그래서 세나 씨는 그 사람을 배려하느라 영화 이야기는 별로 하지 않았고요?"

"……네, 영화광이라고 생각해서 질릴까 봐."

"아, 그렇다면 그런 말 들을 수도 있었겠네요."

"저한테서 영화를 빼면 아무것도 아니라는 식으로 말하지 말아 주실래요?"

하지만 생각해보면 아사히를 '지루하다'고 잘라버린 후지이 하나에도 영화는 좋아하지 않고 가부키를 좋아했고, 아사히는 가부키에 대해 거의 몰랐다.

지금 생각하면 후지이 하나에를 담당했을 때는 적당히 대화를 맞춰줬던 것 같다. 그렇다면 '지루하다'라는 말이 이해가 된다. 후지이 하나에는 부족함을 숨기고 무난하게 어울리려 했던 아사히의 얄팍함을 꿰뚫고 있었다.

"참고로 기오사에 뽑힌 이유에 대해서 사요 씨에게 들었어요."

"네?"

"세나 씨, 면접장을 나와서 넘어졌죠? 그때 가방의 내용물이 전부 바닥에 쏟아졌다고."

"어, 어떻게 알고 계세요?"

"그 안에 『론도』가 있었죠?"

"네……."

"몇 번이나 읽은 흔적이 있었지만 난폭하게 다룬 느낌은 아니었다고 사요 씨가 말했어요. 바닥에 떨어트렸을 때 표지 끝이 찢어져서 울먹거리는 표정을 지었다고. 그걸 보고 사요 씨는 '저 사람은 책을 사랑하는 사람이구나, 게다가 미사키 젠의 팬이구나'라고 생각해서 엄청 마음에 들었던 모양이에요."

"자, 잠깐만요."

아사히는 한 손을 들고 미사키 젠의 말을 가로막았다.

미사키 젠은 어떻게 이렇게나 자세하게 그때 일을 알고 있는 걸까. 애초에 그 사요라는 인물은 누구인가. 미사키 젠의 말투를 봐서는 아무래도 꽤 대단한 인물인 것처럼 들렸다.

"사요 씨가 누구예요? 그 이름이 자주 나오는 것 같은데……."

"만난 적 있을 텐데요. 아직 모르겠어요?"

어쩐 일인지 미사키 젠이 놀란 표정을 지었지만 아사히는 아무리 말해도 알 수 없었다.

"면접 장소를 나와서 넘어졌을 때를 잘 떠올려보세요. 가방의 내용물을 주울 때 누군가 도와줬죠?"

"네? 아…… 그러고 보니 그래요."

어쩌다 그 길을 지나가던 친절한 초등학생이 도와줬다. 분명 단발머리였는데, 왜 이런 곳에 초등학생이 있을까, 그때도 의아했는데.

"어…… 어? 어라? 사요 씨라면 설마 그 유령요? 캐러멜?"

"아뇨, 사요 씨는 유령이 아니에요. 자시키와라시입니다."

"……네?"

"자시키와라시가 사옥에 붙어 있는 경우는 매우 드물지만. 기오사는 출판계가 불황일 때도 돈을 벌었죠. 참고로 제가 기오사에서 책을 내게 된 것도 사요 씨와의 인연 덕분입니다."

갑자기 밝혀진 회사의 비밀에 아사히는 경악했다. 설마 자신이 입사한 회사에 자시키와라시가 있을 줄이야.

"어, 그럼 기오샤는 자시키와라시가 붙어 있고, 작가는 뱀파이어인 거네요. 얼마나 판타지스러운 회사인 거예요?"

"그러니까 지금까지 평범한 인생을 살았다는 세나 씨에게 획기적인 소식이네요. 자시키와라시의 마음에 들어서 입사하고, 뱀파이어인 작가를 담당하고 있는 세나 씨가 대체 어디가 평범하다는 거죠? 아마도 대부분의 사람들은 이 이야기를 들으면 말도 안 된다고 생각할 겁니다."

"우와…… 전혀 몰랐어요……."

무섭다. 분명 다른 사람 이야기라면 이걸로 소설 한 권도 쓸 수 있겠다고 생각을 것이다. 내 일이라고 생각하지 않으면 정말 소설 같은 인생이다.

"소설 같은 이야기는 종류만 다를 뿐 어디에든 있지요."

미사키 젠이 말했다.

이 사람도 장대한 이야기를 등에 지고 있는 사람이구나.

적어도 아사히가 미사키 젠을 담당하게 되면서 아사히의 인생이라는 제목의 이야기는 크게 변했다.

미사키 젠의 이야기는 앞으로 어떻게 될까. 아사히라는 요소가 들어가서 뭔가가 변했을까. 그건…… 좋은 변화일까.

아사히는 그렇다면 좋겠다고 생각한다. 그리고 미사키 젠이라는 이야기와 자신의 이야기가 아직은 조금 더 겹치기를 바랐다.

좀 더 알고 싶고 좀 더 옆에 있고 싶다.

만약 미사키 젠이 다시 절망의 늪에 빠지면 얼마든지 바보 같은 이야기나 영화 이야기를 끌어내야지.

가능하면 미사키 젠이라는 이야기의 끝을 보고 싶다는 생각도 들었다. 그거야말로 아사히가 진심으로 사랑하는 『론도』의 진짜 결말일 테니까.

"기다렸지, 티켓 사 왔어."

나츠키가 매표소에서 돌아왔다.

나츠키가 고른 좌석은 아사히가 고른 좌석에서 두 열 뒤였다. 좌석은 두 좌석씩 나란히 붙어 있었다. 무조건 승복하기로 하고 손바닥 뒤집기로 자리를 정하자는 이야기가 나와서 네 명이 다 같이 무자비한 손바닥 뒤집기를 했다.

그 결과, 미사키 젠과 나츠키, 아사히와 루나가 각각 나란히 앉게 되었고 왜 우선 남녀로 나눠서 시작하지 않았느냐는 논의가 그자리에서 터져 나온 것은 또 다른 이야기였다.

동경하는 작가는 인간이 아니었습니다

1판 1쇄 인쇄 2018년 10월 31일
1판 1쇄 발행 2018년 11월 07일

지은이 사와무라 미카게 **옮긴이** 김미림
펴낸이 김영곤 **펴낸곳** ㈜북이십일 아르테팝
미디어사업본부이사 신우섭
미디어믹스팀 윤기홍 윤효정 **책임편집** 김미래 **디자인** 박지영
미디어마케팅팀 민안기 정지은 정지연 **해외기획팀** 임세은 장수연 이윤경
문학영업팀 권장규 오서영 **제작팀** 이영민

출판등록 2000년 5월 6일 제406-2003-061호
주소 (우10881) 경기도 파주시 회동길 201(문발동)
대표전화 031-955-2100 **팩스** 031-955-2151 **이메일** book21@book21.co.kr

㈜북이십일 경계를 허무는 콘텐츠 리더

아르테팝 채널에서 도서 정보와 다양한 영상 자료, 이벤트를 만나세요!
장강명, 요조가 진행하는 팟캐스트 말랑한 책 수다 〈책, 이게 뭐라고〉
페이스북 facebook.com/21artepop 포스트 post.naver.com/artepop
인스타그램 instagram.com/21artepop 홈페이지 arte.book21.com

ISBN 978-89-509-7778-8 04830
책값은 뒤표지에 있습니다.

이 책 내용의 일부 또는 전부를 재사용하려면 반드시 ㈜북이십일의 동의를 얻어야 합니다.
잘못 만들어진 책은 구입하신 서점에서 교환해 드립니다.